戦争が遺した五つの物語

愛しき父よ　母よ　友よ

紺野　滋

歴史春秋社

目次

第一話　外交官ろう城日記

在外日本公館に勤務した外交官と戦争との関わりはあまり知られていない。福島県石川町出身の外交官佐藤武五郎は米国との戦争が始まる前、ルイジアナ州ニューオリンズ領事館に書記生として勤務していた。開戦と同時に領事らと約一カ月にわたり館内にろう城し軟禁生活を送ったが、このときの緊迫した様子を日記に綴っていた。

ワシントンＤＣの日本大使館でも、難航する日米交渉の矢面に立っていた野村吉三郎全権大使、来栖三郎特使をはじめ館員、その家族や使用人までもが館内にこもった。ほかの在米日本公館でも同じ状況にあったが、武五郎の日記は、領事館における緊張した日々を初めて明らかにした貴重な外交資料でもある。

ろう城の後、野村大使一行らと第一次日米交換船で帰国した武五郎は、外務省で記録文書などを空襲から守るための疎開に従事した。戦後に赴任したホノルル総領事館では、領事として福島県出身者をはじめとした移民との間に立って日系人社会の安定的な地位の向上や確立に尽力した。

これから始まる五つの物語は、この日記を書いた武五郎の外交官生活をたどることから幕を開けよう。

武五郎は一九〇二（明治三十五）年九月三十日、阿武隈山系に囲まれた農村地帯の石川町で農家の次男として生まれた。実家は現在の町役場北側あたりの地区にある。

一九一四（大正三）年に名門私立石川中学校（現学法石川高等学校）に入学。羽織、袴姿で下駄を履き、四キロの山道をわずか三十分で通学したと伝えられている。家の庭には、武五郎が中学でもらってきたという花木が、今も白く淡い花を咲かせる。母屋の後ろには樹齢を重ねたしだれ桜があり、武五郎もあでやかな姿を目にしたに違いない。

小さいころからおとなしい性格だったというが、『学校法人石川高等学校１００年史』には、当時は珍しかった車が通るたびに家から飛び出して見に行き母親に叱られたことや、家でアルミニウムの弁当箱を実験に使って溶かしてしまったという旺盛な好奇心を物語る逸話が紹介されている。

中学は十三回卒。この後、教師や軍人を志したこともあったが、日本大学法学部を卒業して外務省に入った。なぜ外交官をめざしたのか、その志を知る人は、もういない。

武五郎の伴侶となったのは、白河市で製紙工場を営んでいた和田家の次女で、白河高等女学校を卒業して現在の日本女子大学で学んだユキだった。同郷であることが縁となり、一九三二（昭和七）年に結ばれた。武五郎は二年後に海外勤務となり、それからの外交官生活は約四十年間に及んだ。

三九年には書記生としてベルリン大使館勤務となった。七月に妻、五歳の長男武彦、四歳の長女紀子、間もなく一歳になる次女経子を連れて神戸港から鹿島丸で任地に出発した。ところがローマ到着後に第二次世界大戦がぼっ発する。武五郎は約四十日間、ローマに待機した後、単身でベルリンに赴任した。一方で家族は帰国の途に就くのだが、ニューヨークで予想外の出来事が待っていた。

運命の船旅を記す

ユキは筆まめな性格で、ほぼ毎日、日記をつけていた。神戸からローマ、そして帰路のニューヨークに至るまでの日々も流れるような文字で綴っていたが、それを三女熊倉純子さんが編集し、『洋上日記　海の上での半年間』と題してまとめた。

この『洋上日記』や、武五郎が「ろう城日記」を書いていたことを知ったのは、私が二〇二一（令和三）年十月末に横浜市に住む武五郎の次男武宣氏を訪ねたときのことだった。

武宣氏宅は、横浜港からの汽笛が届くこともある閑静な住宅地にあった。商社マンとして海外にも住んだことがある武宣氏は、早稲田大学漕艇部で活躍したスポーツマンで部顧問の肩書も持つ。退社後もボートに親しみ、百キロの川下りを成し遂げたこともあった。自宅居間で見せてくれたのが両親の日記だった。

ユキの日記には波乱に満ちた船旅が綴られていたが、それではまず、主な出来事や内容を日記から抜粋してみよう。

鹿島丸は七月二十日に神戸港を出港して上海、香港、サイゴン、シンガポールに到着。長女紀子の発熱や船酔いなどに見舞われたが、スエズ運河に到着すると戦争の気配を敏感に感じ取れたという。

「八月二十七日　急にヨーロッパの空気が変になり私たちのドイツ行きもどうやら駄目になりそうになった由。そうしたら主人とは別れ別れに生活することになるだろう。何とか明るい生活ができますように」

「九月一日　ナポリ着。ローマ大使館員と主人との話により、マルセイユまで行くことの危険性からここで下船。思い出多い鹿島丸とお別れすることになった」

「九月四日　仏英が宣戦布告をしたそうだ」

「九月十五日　今夕、主人がベルリンに出発する。知らぬ土地で残されるのは寂しい。長男武彦はベッドの上で寂しいと泣き出す。それを見るとまた涙がでる」

ローマで経子が一歳の誕生日を迎えた後、ユキと子どもたちは伏見丸で帰国の途に就く。

「十月九日　とうとう帰り路に就いてしまった。主人のみをベルリンに残し、子供三人を連れての船旅を誰が考えていただろう。誰もかれもが只平和の道ばかりを踏んでくる人はいないのだ。今まで平和だった私たちの結婚生活のこれが修練なのだろう」

マルセイユに十日ほど滞在したが、ユキの心に埋めようのない不安や寂しさが募った。船はようやく出港してジブラルタル海峡を抜け、十一月三日にロンドンに着岸、十八日に伏見丸に乗り移ってニューヨークに向け出発した。

「十一月二十二日　いよいよ今朝より大西洋の荒波と戦う。一難去れば又一難、なんと多難な旅よ。昼食は苦しくて食べられず。主人より電報がある。照国丸の遭難を知り、さぞ心配していてくれるのだろう。武彦が今日は吐き出す。紀子も食欲無し」

照国丸は日本の客船で、十一月二十一日、イギリス東海岸で機雷に触れ水没したが、浅瀬のため乗員乗客は無事だった。

台風の接近で船がかなり揺れることもあったが、十二月二日に摩天楼を眺めながらニューヨーク港に着いた。

米国は移民の国といわれるが、その移民を受け入れた玄関口がニューヨーク港であり、第二次世界大戦が始まると、港の桟橋から日系兵士がイタリア、ドイツ戦線に送られた。

ニューヨーク港に着いても、ユキは前日から熱が高くなった武彦のことが気がかりだった。ユキと子どもたちは四日に下船して「病人用のカー」でホテルに入った。武彦は長期療養が必要になった。

「十二月九日　とうとうやってきた病魔。半年もの旅行は坊やには重すぎた。可愛そうに、可愛そうに。主人もさぞベルリンで寝付かれない夜をいく夜も持っていることだろう。この子は運が強いはず。どうか父と母の一念で勝ってほしい」

十二月十日の日記には、「鐘の音に祈り続ける母の胸　神に通じて治る日の待つ」と回復を祈る母の心が綴られている。

適切な治療と母の一念が通じたのだろう。武彦は徐々に回復していった。経子の入院もあったが、大事には至らなかった。

「昭和十五年一月一日　今年はニューヨークから始まる。三人の子も病気の重苦しさからやっと抜け出てどうやら明るい元旦を迎える。どうぞ今年こそ恵まれた年でありますように」

ユキらの帰国はかなわなかったが、外務省の計らいで武五郎がニューオリンズ領事館に転勤になり、家族が再会できることになった。

「一月十六日　三年は会えないと決めていた主人に、はからずしも大使らのお取り計らいで近く会えるようになった。その日までこの子らが少しでも元気になってくれますように」

「一月十九日　坊や次女とも元気良く、ますます嬉しい。あと五日で主人に会える」

日記は、子供たちの体調の良さを記した翌二十日付で終わっている。

武五郎一家はこうしてニューオリンズに移り住んだ。ユキは戦後、南部の人々は親切で優しく本当にいい人達ばかりだったと回顧しているが、そうした良き隣人たちとの関係を断ち切ったのが戦争だった。

　武五郎の日記は、家族がユキの遺品を整理していてコピーを見つけた。原文の行方は定かではない。日記は漢字とカタカナで走り書きされた簡潔な文章で、日米開戦直後に領事館がどのようにして機密書類を処分したのかなどの興味深い状況が描かれていた。読みづらい個所も多々あったが、貴重な資料と受け止めた熊倉純子さんが編集し、四女木村綏子さんが挿絵を担当して、「父の日記　母の日記」と題して読みやすく編集された。

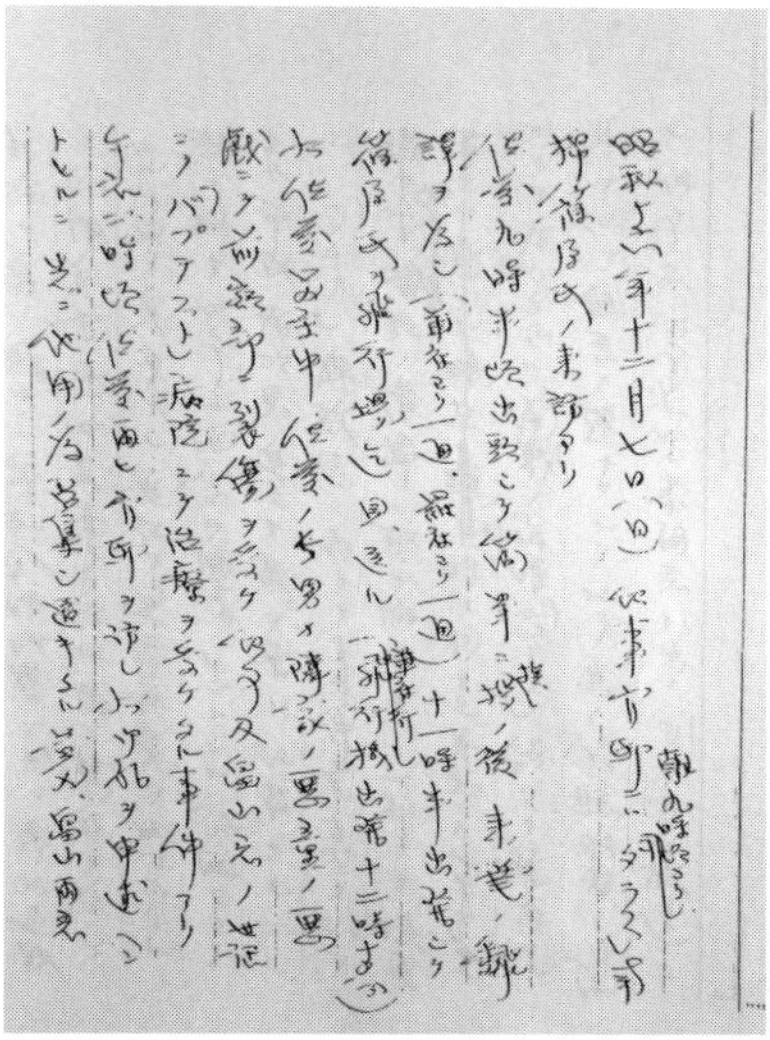

開戦でニューオリンズ領事館に軟禁された様子を書き留めた佐藤武五郎の日記のコピー（佐藤武宣氏提供）

　その「父の日記」からやはり主な内容を抜粋する。

「昭和十六年十二月七日　朝九時半に出勤して来電の翻訳を為す（ワシントンから一通、ロサンジェルスから一通）。館員、領事らとラジオ放送に耳を傾け無言の態なりし。開戦の臨時ニュース続々と発表される。一同時を移さず書類の清掃にとりかかり、その一部を焼却す。

ラジオ放送により事件発表を知りたる市民、野次馬追々と数を増し、記者なども話を掛け領事に面談を強要せんとする気配をありたるをもって警察へも電話を廻して注意を与えたるに、制服警官三、四名来りて野次馬の整理を為し、騒ぎは午後八時半ごろに至り暫時退散せり。

機密書類の残存せるも無かりしも、少しでも整理せんものと館員らと母屋と車庫との間にて焼却を始めたるに、記者など車庫屋上より見下ろすものあり。終り頃に至り野次馬の示唆によるものか、隣の住人が飛び火の危険ありとの通話を消防署に為さるるによりて、同署員三、四名駆けつけきたり焼却の中止を要求す。ただし仕事は大体終わりたる頃なり。焼却手助け中の黒人運転手は連邦探偵局員に殴打せられたり」

ワシントンやロサンジェルスからの来電翻訳とは、日本大使館や総領事館から届いた暗号電だったと思われる。

現地のラジオ放送局は当日、真珠湾攻撃のことを盛んに報じていた。連邦探偵局員とは連邦捜査員（ＦＢＩ）のことだが、黒人運転手を殴った行為は、奇襲を仕掛けた敵国人を助けたことへのあからさまな反感だったことは疑いようがない。南部の州には人種差別が色濃く残っていたが、運転手が白人だったら果たしてこのような殴打は起きていただろうか。

日記は続く。

「夜になり一同領事館リビングルームに集まり、東京放送による国歌唱和し聖戦の語詔勅を拝承す。続いて東條総理からの国民に告辞、内閣情報局第二部長の海外同胞に対する放送あり」

残っていた機密書類を焼却したことにも注目したい。領事だった伊藤憲三編『米国抑留記』によると、八月ごろから順次書類を内密に焼却し、当時は数冊の暗号書しか残っていなかったという。日本からのラジオ放送を夕刻に聞けたので、最後の一冊も完全に焼却できたとも書かれている。

リビングルームで聞いた東京放送については、放送の最後に「天気予報が西の風を報じた」とも書き残していることに注目したい。これは外務省が在外公館に機密書類や暗号機の処分を指示した「気象暗号」だった。

解読された外交暗号電

日記から、ニューオリンズ領事館では最小限の機密書類を残し、ほとんどをあらかじめ焼却処分していたことが分かる。こうした処分は外務省の指示で行われていたのだが、ここからは、あまり知られていない開戦直前の外務省と在外日本公館間におけるやりとりにページを割く。『外務省の百年下巻』（外務省百年史編纂委員会）では、デーヴィット・カーン著『暗号戦争』（秦郁彦・関野英夫訳）が、日米交渉時の暗号電はいかにして破られたかを知る上で有用であるとわざわざ注釈を入れているので、『暗号戦争』を開いてみた。

これによると、外務省は主な在外公館に最高機密として打電される暗号の解読機を配置していたが、米陸海軍の二つの暗号解読情報機関は共同でこの解読機の模造に成功、暗号戦争に勝利する大きな転換点となった。暗号は日本語に精通した班員が解読して英語に翻訳されたが、一九四一（昭和十六）年三月から十二月までの間に、東京とワシントンＤＣを往復した日米交渉関係電報二百二十七通のうち、四通を除くすべてを傍受していたという。

こうして解読された最高機密電文の配布は大統領、陸海軍長官、国務長官など十人に限られたが、後に大統領顧問らにも配布された。

これら傍受解読電のうち、四一年七月一日から十二月八日までの間に日本政府から発信された外交電の傍受記録が、国立国会図書館でデジタル公開している米国戦略爆撃調査団文書（ＵＳＳＢＳ）の中に納められている。

これは「ＰＥＡＲＬ　ＨＡＲＢＯＲ」（以下傍受記録）と題した資料で、真珠湾攻撃に至る経緯を調査する米連邦議会合同委員会用として四五年に作成された。日本では終戦直後、多くの外交資料も破棄されたが、傍受記録は開戦が迫る状況下で外務省と在外公館がいかに対処したかを裏付けるとても興味深い記録である。

開戦直前の日本海軍の動きを確認すると、四一年十一月二十二日、真珠湾攻撃の命令を受けた機動部隊は千島列島の択捉島ヒトカップ湾に集結、二十六日にハワイに向けて出撃した。

外務省外交史料館が公開する「公文書に見る日米交渉」によると、山本五十六連合艦隊司令長官は十二月二日、軍令部総長から口頭で開戦日として指定された十二月八日以前に日米交渉が妥結した場合は、作戦を中止するよう指示されていた。

外務省は機動部隊の作戦を知らされていなかったが、難航する日米交渉を受け、傍受記録には十一月十九日にワシントンの日本大使館に二三五三号の暗号電信を打ったと出てくる。

主題は、緊急時における特別通報の放送に関してで、外交関係が断絶する危険性が切迫した緊急時や国際通信が途絶した事態には、毎日の日本語短波ニュース放送中に以下の警告を流すという内容だった。

警告は、日米関係が断絶の危機の場合は「東の風　雨」、日ソ関係は「北の風　曇り」、日英関係は「西の風　晴れ」で、これらは天気予報の真ん中と終わりに挿入し、二回繰り返すので、これを聞いたらすべての暗号書などを破棄するよう指示した。

同日発の二三五四号電もある。これは、外交関係破綻の危機に陥れば、通常の情報関係放送の冒頭と最後に日米関係は東、日ソ関係は北、タイ、マラヤなどを含む日英関係は西を加え、五回繰り返すとの内容だった。

二つの暗号電はともに「Ｃｉｒｃｕｌａｒ」の符号が付いていた。これは複数の発信元に一斉に発信する「合電」のことで、このうち二三五四号電には日本大使館からリオデジャネイロ、ブエノスアイレス、メキシコシティ、サンフランシスコに転電するよう指示されていた。

これら注目される二つの暗号電の原文は、日本に残されていない。

米情報機関はこうした気象暗号を「ウインドメッセージ」と呼び、開戦を察知する重要な情報源として傍受に神経をとがらせた。

合言葉は「マリ子」

暗号ばかりではなく、国際電話では隠語、つまり合言葉も使われた。

合言葉については、傍受記録のほかに、いくつかの外務省記録が残されているので引用する。

四一年十月十三日夜に豊田貞次郎外務大臣から野村大使に打たれた暗号六六二号電では、日本時間十四日正午に外務省アメリカ局長だった寺崎太郎と駐米公使若杉要による国際電話で使われる合言葉が示された。

これらは、「マリ子」が「駐兵問題に関する米側の態度」を意味し、「マリ子がお宅に遊びに来るや」と言えば「米側の態度がリーズナブル」の意味で妥当であること、「遊びに来ない」を使えば「アンリーズナブル」の意味で、妥当ではないことを表した。このほか、「交渉の一般的見通し」を意味する「その後の公使の健康」、「あくまで突っ張るか」を表す「気に入りましたか」、「何とか色をつけるか」を意味する「気に入りませんか」などが示された。

「マリ子」は、ワシントンの日本大使館一等書記官寺崎英成の長女だったマリ子に由来した。英成の兄が太郎だった。

英成もまた、太郎と国際電でたびたび話す際に、マリ子の愛称「マコ」を暗号として使ったと

PEARL HARBOR 65

Of point 1 set forth above, we are particularly interested in being advised of what the United States exactly desires concerning the matter of evacuation or garrisoning of troops.

23421
JD-1: 5779 (D) Navy Trans. 10-13-41 (S-TT)

[Secret]

From: Tokyo
To: Washington
13 October 1941
#662

We have made the necessary arrangements for a telephone connection between Chief of the American Bureau of the Foreign Office, Terasaki, and Minister Wakasugi, for noon (Japan time) on the 14th. On this occasion, the following passwords and codes will be used.

U. S. attitude Is reasonable	MARIKO OTAKU NI ASOBI NI KURUYA (Is Mariko coming to pay you a social call?)
U. S. attitude Is unreasonable	MARIKO ASOBI NI KO NU (Mariko is not coming to pay a social call.)
General outlook of the negotiations	SONO GO NO KŌSI NO KENKŌ (The health of the Minister since then.)
The Four Principles	SITIFUKUJIN NO KAKE MONO (Japanese scroll of the Seven Luck Gods.)
Will they stick to it?	KI NI IRIMASITA KA (Did it meet with your approval?)
Is there some way through it?	KI NI IRIMASEN KA (Did it not meet with your approval?)

23514
JD-1: 5840 (D) Navy Trans. 10-14-41 (S-TT)

米軍に傍受、解読された同じ暗号電（米国立公文書館蔵、国立国会図書館デジタルコレクション公開）

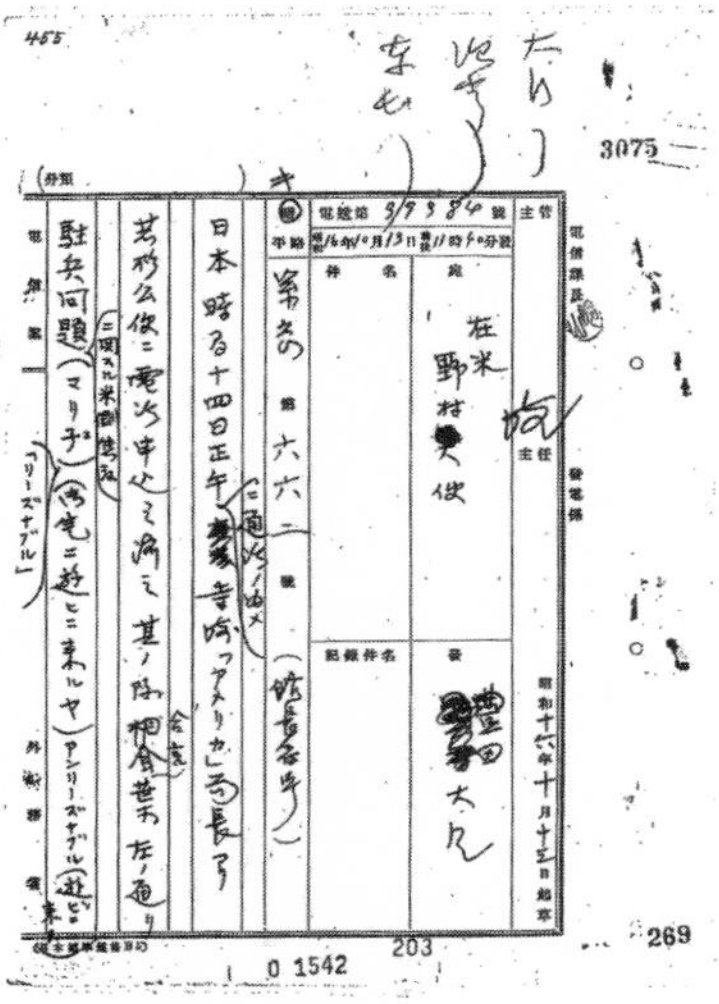

「マリ子」などの合言葉を示した暗号電（外交史料館蔵、アジア歴史資料センター公開）

いう。「マコは元気です」は事がうまく運んでいるとき、「マコが病気だ」は、うまくいっていないことを意味したと、英成の妻で米国人のグエン・テラサキは自著『太陽にかける橋』（新田満里子訳）で明かしている。マリコの名付け親は外務大臣を務めた重光葵で、二人はとても仲が良かったという。

四一年十一月二十六日に東郷茂徳外務大臣から野村大使に宛てた八三六号電も傍受されたが、こちらも外務省記録が残されている。

これによると、対米関係が日々緊迫しており、電報では時間がかかるので、必要に応じ対米交渉などの会談で内容が簡単な場合、随時電話を使用して山本熊一アメリカ局長に連絡をするよう指示。この際に用いる次のような合言葉を送っている。

「伊藤君」と言えば総理のことであり、「縁談」は日米交渉、米大統領は「君子さん」、ハル国務長官は「梅子さん」、陸軍は「徳川君」、海軍は「前田君」、譲歩するは「山を売る」、形勢急転するは「子供が生まれる」などを意味した。

この合言葉が使われた電話は十一月二十七日、ハルとの会談を伝えた来栖大使と外務省山本局長との会話だった。この会話も傍受、録音された。

傍受記録では山本が「今日の結婚問題はどうなりましたか」（今日の日米交渉はどうでしたか）と尋ねると、来栖は「梅子さんが昨日言及したこととあまり変わっていません」（ハルが昨日言及したこととあまり変わっていない）と答えている。

また、来栖が「子どもが生まれそうですか」（危機は差し迫っているように思えますか）と聞くと、山本は（はっきりとした口調で）「はい、その通りです」と返答した。

記録には、来栖が驚いて山本の返事を確かめた様子まで微に入り細に入り表現されている。

十二月に入ると、外務省からは、開戦に備える暗号電が次々と発信された。

十二月一日に傍受された日本大使館への二四三六号電では、暗号破棄の事態には用意されている薬品を使用することが指示されていた。同日、もう一通の二四四四号電では、ロンドン、香港、シンガポール、マニラの四公館には暗号機の使用停止が指示されたが、ワシントンでは暗号機やコード表をそのまま保持するよう告げた。さらに、スイス経由でフランス、ドイツ、イタリア、トルコにも知らせ、ワシントン経由でブラジル、アルゼンチン、メキシコに転電するよう命じた。

米情報機関が開戦間近と色めき立ったのは、十二月二日に日本大使館への八六七号電を傍受してからだった。これは、使用中の暗号機と一部の暗号書を除きすべてを焼却すること、これらを済ませたら「ハルナ」と打電せよという内容だった。

また、同日に外務省から、ハバナ、オタワ、バンクーバー、パナマ、ロサンゼルス、ホノルルにある各日本公館にも同様の焼却と作業終了時に「ハルナ」を打電するよう指示した二四四五号電が送られた。

『暗号戦争』には、ホノルル日本総領事館から送電された「ハルナ」電の写しや、ワシントンの日本大使館で行われた焼却の様子が描かれている。

傍受記録によると、十二月五日に日本大使館から外務省電信課長亀山一二に、暗号の廃棄は済んだが、日米交渉がまだ継続中のため、もう一台の暗号機はこのままにしていいかと打電。翌六日に亀山から、しばらくの間、残りの一台を使用するようにと返電された。

外務省記録では、六日、東郷外務大臣から野村大使に九〇一号電が打たれ、政府が日米交渉打ち切りを告げる、いわゆる最後通牒手交を決定したと訓令した。通牒は長文のため全部の接受は七日になるかもしれないが、受け取りは厳重に秘密にすることを指示。米側に提示の時期は別電で送るが、いつでも手交できるよう万全の準備を整えるようにと命じている。

十二月六日午後八時三十分に、十四部のうち十三部に分けた九〇二号電が外務省から発電され、米側に傍受された。『暗号戦争』によると、ルーズベルト大統領は約十分かけて十三部の訳文を読み、「これは戦争を意味する」と語ったという。

六日には東郷外務大臣から野村大使に宛て、大使館で機密保持を徹底するようにとの九〇四号電が打たれた。米国も傍受していたが、外務省記録によると以下の内容だった。

「申すまでもなきことながら本件覚書を準備するに当たりては「タイピスト」等は絶対に使用せざる様機密保持に此上共慎重に慎重を期せられ度し」

九〇二号電は十三部まではほぼ予定通りに送信された。しかし、交渉の打ち切りを告げる最も重要な十四部はこの後、外務省で留保され、大幅に遅れて発信された。『暗号戦争』には、米側はこの日のうちに傍受して翻訳、ルーズベルト大統領に渡されたと出ている。

七日午後五時三十分には大至急として、野村大使に九〇七号電が打たれ、最後通牒を直接手渡す手交時間を現地の午後一時にするようにと訓示した。
日本大使館内での混乱は容易に想像がつく。十四部の到達は大幅に遅れ、しかも、暗号機は一台しか残っておらず、外務省の指示通り一等書記官だけがタイプを打っていたので作業に手間取ってしまう。野村大使は会見時間の延長を申し入れ、来栖大使とともにハル国務長官に面会したのは午後二時二十分で、すでに真珠湾攻撃が開始されていた。

こうした日本大使館での事務処理の混乱が手交時間の遅れとなり、米側から「だまし討ち」との非難を招いたとされるのが通説となっている。

野村大使は四二年八月二十日の「駐米任務報告」に「余より午後一時此の回答を貴長官に手交すべく訓令を受けたと申した処、国務長官は、今は午後二時二十六分であると申し、我方回答を一読しつつある間に次第に手を振るはし、自分は過去九ケ月常に信実《（ママ）》を語って居った。斯くの如く歪曲したる公文書を見たことはないと述べた。国務省より帰邸後、布哇《ハワイ》奇襲の報に接したが、「ハル」長官が既に当時之を承知していたか否やは知るに由なし」と苦しい胸の内を明かしている。

また、著書『米國に使して』でも次のように書いた。

「国務省より帰邸後ハワイ奇襲の報に接したが、その後の情報によれば、長官はホワイト・ハウスより電話にて情報を得ていたようである。余はハワイ奇襲の件に就《（ママ）》いては何ら想像すらなして居なかったこの日より大使館は監視厳重となり、一同籠城生活に入った」

一九四五年十一月九日付の朝日新聞に、「自国外交団をも欺く」という見出しのＡＰ特約電によるこんな記事が出ていた。

「連合軍司令部は東条大将の戦争犯罪人としてのぼう大な資料が収集された旨発表した。この中には東条大将は戦争勃発直前ワシントンの日本外交団に対し、戦争をじゃっ起せしめた事態に対し十分なる報告を行っていなかったことを暴露したものである。このことは先に野村大将が自分は前もって真珠湾攻撃計画を知らされていなかったと説明した事実を裏付けている」。野村大将とは、野村大使である。

前記の通説に対して、ニュージーランド大使や国連参事官などを務めた元外交官の井口武夫氏は第十四部の発信遅れを「徹底再検証」して異論を唱え、『開戦神話』（中央公論新社）を書いた。

この中で井口氏は、陸軍参謀本部が外務省に圧力を加えて発信を遅らせたと主張。さらに、遅延の原因を日本大使館の事務処理の混乱に転嫁して全責任を負わせ外交史の神話を作り上げたと指摘した。

また、二〇一二（平成二十四）年十二月八日付の日本経済新聞は、九州大学の三輪宗弘教授が同年九月末に米国立公文書記録管理局で、多くの誤字や脱字があった九〇二号電の訂正を指示した電報二通の発信時刻や米海軍が傍受した時刻などを記録した資料を発見したと報じた。記録によると、二通の発電は第十三部が打たれてから大幅に時間がたっていたことが分かったという。この発見は、井口氏が指摘した外務省の関与を裏付ける資料として注目された。

ここまで見てきたように、日米交渉の暗号は米側にすっかり解読されていたが、真珠湾攻撃は成功した。それは、日本側が「われわれはパールハーバーを攻撃する」というメッセージを送らなかったからだと『暗号戦争』は結論付ける。しかし、その後、千三百五十日にわたった激しい戦争において米暗号解読陣は、ミッドウェー海戦の勝利など計り知れぬ貢献を果たしたと強調した。

だが、日本側も米外交電の暗号を解読していたことは、外務省記録が明らかにしている。いずれもハル米国務長官からグルー駐日大使に宛てられた一九四一年十一月三十日付の米特暗号外第二十一号「来栖『ハル』会談内容」や、同年十二月六日付の米特暗号外第二十五号「米大統領ハ日米会談ニ関シ国務長官及国務次官ニ対シ覚書ヲ交付ス」などだ。

第二十一号には「国家機密」と筆で書かれ、第二十五号ともども「極秘　一、用済後焼却スベシ　二、本情報ノ利用ニハ注意ヲ要ス」との判が押されていた。

作成はいずれも陸軍で暗号の傍受や解読を担当していた参謀本部第十八班で、解読した内容を外務省に送ったとみられる。

「用済後焼却スベシ」と指示された機密文書がなぜ残っていたのか。文書を公開しているアジア歴史資料センターによると、「保存の経緯は不明だが、記載内容の機密性が高いため、受け手の方で保存することを選択したと思われる」とのことだった。一般的に「用済後焼却スベシ」のような指示が書き込まれても、実際に現物が残っている資料は内外に多数存在しているという。

ただ、外務省の暗号対策は米国と比べてはるかに脆弱だった。

二〇一三年三月七日に公開された外交文書の中に、開戦時の外務省電信課長亀山が一九四五年十二月にまとめた「外務省暗号ノ漏洩事件ト今後ノ対策確立方法」がある。

これによると、外務省は日米交渉開始前に、暗号が解読されているのではないかという疑いを持っていた。このため、送信法や暗号機の改良など応急対策に乗り出し、暗号機の根本的改革にも取り組んだという。

当時は、機密保持のため暗号機の設置は重要公館に限られ、全公館を対象にした訓令などは内容の重大性いかんに関わらず一般暗号に頼らざるを得なかったという実態も述べている。

さらに、新たな暗号機や新一般暗号は日米交渉中に開発したが、開戦で全在外公館に配備できなかったなどの実情も明かした。

亀山は「暗号の一部が他国により解読せられたる形跡あることは否認すべからざる次第」と漏洩を認め、「右に至れるは当時の我国暗号理論及び技術がすこぶる幼稚なりしこと及び、これに気づきたりしこと遅く、挽回に至る時期遅れたることすこぶる遺憾なりと言わざるべからず」との心境を吐露している。

放送された「気象暗号」

ところで、米側が日本からの発電に神経をとがらせていた「気象暗号」は実際に放送されたのか気になるところだ。

ＵＳＳＢＳの傍受記録には出ていないのだが、『暗号戦争』にはホノルルが空襲の惨禍でごった返している最中に、米連邦通信情報部の傍受員が日本のＪＺＩ放送局からの日本語放送をとらえたと出てくる。放送では真珠湾攻撃の勝利を報道した後の天気予報で「西の風晴れ」と伝えたという。ＪＺＩ放送局は、海外放送を送信していた名崎放送局（茨城県）のコールサインで現実味がある。

これは、暗号の破棄を指示していなかった若干の在外公館に対し、日本が英国と開戦したことを告げ、暗号の破棄を命じた暗号だったとも書かれている。

海外放送研究グループ編纂『ＮＨＫ戦時海外放送』には、当時国際放送部にいた関係者による以下のような興味深い証言がある。

開戦前日の夕、当局との連絡会議に出席した第二課長が、「西の風晴れ」という言葉を深夜放送で日本語により放送せよという指令を受け帰局したのだという。「西の風晴れ」放送は夜中過ぎ、第七送信（西南アジア向け）の日本語ニュースの中で、「ただいまから天気予報を申し上げます」と担当アナウンサーが放送し、さらにもう一回、第七送信か欧州向け第一送信冒頭部分で放送されたという。

真珠湾攻撃当時の記録はないが、一九四二年三月三十一日に逓信省電務局長が陸軍省整備局長に報告した「海外放送周波数ノ件」には、四月一日から六カ月間の使用として、第七送信（二十三時〇〇分から三時三十分）は名崎放送所のＪＺＩかＪＬＧ４のどちらかを使用すると記載してあった。ちなみに、午前三時三十分は、ハワイ時間で真珠湾攻撃さ中の時間帯に相当する。

当時の外交官による著作でも、「東」と「西」とで分かれている。

「天気予報が『西の風晴れ』を報じて放送は終わった」と記したのは、開戦時のニューオリンズ領事だった伊藤憲三だったが、ホノルル総領事館員森村正として真珠湾の米艦隊動向を探っていた吉川猛夫は著書『東の風、雨』の中で真珠湾攻撃第一弾が落下した前後の様子を描き、総領事喜多長雄が「さっき、ラジオで東の風、雨の隠語情報を聞いた。雑音で分かりにくかったが、たしかに聞いた」と語ったと書いた。

ホノルル総領事館では、それまで何回か暗号書を焼いていたが、気象暗号を聞いて「暗号室に鍵を閉めて、大きな金庫の中で残りの暗号書を引き裂いて焼却した」ともある。

吉川は著書で、自分は真珠湾における米海軍の動向を日本軍に報告していたスパイだった、と正体を明かしている。

この「気象暗号」が実際に放送されたことを明らかにしたのが、二〇一三年三月七日に公開された外交文書だ。これは、一九四五（昭和二十）年十一月に連合軍総司令部の将校が亀山からから聴取した内容を記録した日本側の文書である。

このうち、十一月十五日午前に同総司令部で行われたエスキン大佐通訳による聴取では、少将から日付や宛先の記載がない二三五三、二三五四の番号がある「日本文」を示されている。通訳や質問将校の地位の高さは、アメリカ軍が「気象暗号」に強い関心を持っていたことが分かる。

これらの番号は傍受記録の中で触れた、「東の風」、「北の風」、「西の風」暗号電である。十一月十九日に打電された二三五三、二三五四号電は日本に記録が残されていないので、確認のためこの聴取に及んだのだろう。開戦が近づくにつれ暗号の破棄を命じた一連の外交電も残されておらず、一斉に破棄されたとみていいだろう。

亀山は聴取で暗号電は発電されたのかと問われ、正確に記憶はないが昭和十六年十二月三、四日ごろと回答。引き続く問答の要旨では「実際に放送されたと聞き及べり。十二月七、八日ごろなりし」とも答えている。さらに、「この種の事項は機密漏洩防止のため自分と電信事務に従事したもう一人の職員とで取り扱ったが、この職員は過労のため翌十七年一月に死去した」などと答えた。

しかし文書には、具体的な放送の内容などは書かれていない。聴取は一時間十分間に及んだ。

「開戦直前ノラヂオ放送ニ関シ米軍ニ報告ノ件」（昭和二十年十一月十八日付）と題した文書も同時に公開された。報告者名は朝海（開戦当時の調査部第五課長朝海浩一郎）と記載されている。十一月十六日から十八日にかけ、総司令部で行われたアキン少将、アースキン中佐による聴取の要旨だった。亀山の報告書に少将の名はないが、やはりアキン少将だったと思われる。

このうち十八日には、アースキン中佐に対し「十二月八日の恐らく午前二時半以降に、ラヂオトーキョーで放送されたと記憶せり」と朝海は答えている。放送の経過として、外務省の局長らが日米交渉打ち切りの通牒時間を考慮しながら決めたとも述べた。

十九日に米軍司令部「シグナル・セクション」で行われた開戦時の調査部長田尻愛義への聴取記録も公開されている。

これによると、放送が八日午前二時ないし二時半ごろまでだったのは、ラジオが世界を数地区に分けた「ローテーション・システム」で放送しており、この時間を外すと数時間遅れになることを懸念して追加の説明をしたとも書かれている。

田尻は報告について「本件はシグナル・セクションが最近活動中の開戦当時の情報固めの最後の一頁を成す事項の模様なるにつき、その方面の調査も一段落するものと認めて差し支えない」と結んでいる。

「シグナル・セクション」とは、日米外交交渉における日本側の外交暗号電文を解読した米陸軍信号情報局（Ｓｉｇｎａｌ　Ｉｎｔｅｌｌｉｇｅｎｃｅ　Ｓｅｒｖｉｃｅ＝略称ＳＩＳ）と思われる。

日本が敵国公館にどう対処したのかに視点を移す。

日本の公安当局も、開戦とともに敵国公館の機能を停止させ、館員を差し当たり公館内に居住させることなどを決めていた。また、館内の短波ラジオや無線の押収、電話線も切断し、領事館を封印して利益代表国に引き継ぐことにしていた。外国人検挙対象者の名簿も作成し、抑留、留置場所も事前に決めていたのである。

この手順に従い、十二月八日午前十一時から敵国公館の封鎖に着手した。

「ハルナ」暗号が傍受されると、米側でも東京の米国大使館駐在陸軍武官に暗号の大部分を破棄するよう指示していた。八日の米国大使館内は静かだったが電信室にカギがかけられ、機密書類の処分が行われた（『暗号戦争』）。捜索でラジオ六台、無線機九台が押収されたが、この間、館内外に警察官が配置され、ものものしい警戒態勢が敷かれた。館内には十二月末現在で東京領事館員や日本人の雇用者も含め男女百五人が収容されていた。

英国大使館では、開戦の情報を把握すると書類の焼却に着手したが、館内はやはり静かだったという。横浜や大阪などの領事館では、出入り口が封鎖された。館内には十二月末現在で日本人の雇用者も含め二百七十人を超す男女が収容されていた。

内務省警保局は、収容された公館員の診療、買い物などは適切な範囲で許可させること、外出の際は私服警察官を同行させることを指示していたとある。

八日朝からは外国民間人への一斉摘発も始まり、イギリス人三十人を筆頭に、日本人も含めて百十一人が外諜（スパイ）容疑で警察、憲兵隊に検挙された。（内務省警保局編『外事警察概況昭和十六年』龍渓書舎）

米国本土では開戦から一週間で約千五百人の日本人が抑留され、ハワイでも摘発が相次いだ。その後、西海岸に居住した約十二万人の日本人や日系人が財産を没収され、十カ所の強制収容所に入れられた。

このように、外交上の暗号も絡んだ複雑な裏舞台が展開して戦争が始まり、民間人の犠牲も伴いながら、戦いは泥沼化していった。

監禁下で迎えた正月

再び武五郎のろう城日記に戻る。

ニューオリンズ領事館のリビングルームで東京放送を聞いたところまで書いたので、翌十二月八日分から再開しよう。

「館員二人の出勤に際しては私服警官の名刺要求等あり。新聞記者等が種々質問を試むるをありたるも相手にせず。昨日以来、三分或いは五分おき位に電話によるイタズラあり。五月蝿《うるさ》きかぎりなり」

「十二月九日　家主側家賃遅延を口実に家屋明け渡しなどを求めて提訴したる趣にて、シェリフが二名を伴い来館す。館員を外部弁護士の連絡に出し、一応ひきとらしむる。早くも当日より外部との連絡を絶たれる」

「十二月十日　佐藤らは昨日に引き続き家主弁護士事務所に赴き解決を促す。われわれの外出には必ず私服警官、保護と称し同道し、総ての話し合いに同席す」

「十二月十五日　領事館電話切断せらる。因みに佐藤宅には制、私服警官の見回りもなく電話も切断されず。世間の熱もさめたるものか、平常と異ならざる気分さえありて…佐藤はこのころより領事館よりの帰途、付近まで出掛けて夕刊の買い入れを為されり」。佐藤とは武五郎自身のことだ。

「十二月十七日　午後六時ごろ佐藤宅に探偵局当地主任なるもの私服警官らを伴い伊藤領事に導かれて来り。即刻領事館に移転方を要求す。やむなくベッドのマットレスだけを運び、領事館応接間を寝室とす」

「十二月十八日　佐藤宅荷物はトラック二台にて領事館に運搬せらる。籠城中の心得などにつき領事より一同に注意をなす。本日より新聞の入手を禁ぜられる。食料品などの買い入れは今後五日分までを行うこととし、本日第一回分を行う。

籠城者名簿

伊藤領事夫妻、長男、長女、次男　日本人婦人従者

佐藤書記生夫妻　長男、長女、次女、三女、日本人婦人従者

館員二人　以上十五名」

在留日本人やろう城者名簿は、二十三日に来館した利益代表国スペインの領事に手渡された。

「十二月二十四日　午前十時ごろ探偵局員来訪し、ある場所に移転せしむべき旨を領事に通告す。館品の一切については米側が処理を行うと併せて通告があり、再度館内残存物の点検を為す。食

料、必要品の第二回買い入れを為す」

「十二月二十五日　昨日に続き残存書籍類の整理点検、廃棄区分を行う。廃棄分は全体の八割程度ならん」

「十二月二十八日　只限られたる館内に閉じ込められ居ること甚だ勿体無し。他日の為生気を蓄積せんか」

「十二月二十九日　移動予告を受け荷造り業者の派遣を求めて一回催促し、本日第二回の催促を為したるも遂に来らず」

　荷造り業者は三十日になって訪れ、探偵局員が立ち会った。

「十二月三十一日　当地の気候、一昨日と昨日は華氏四十五、六度まで下がりたる模様なるも、本日は大体六十五度から七十度くらいならんか、寒気無しの年越しも是が最後。

　領事夫人は元旦を祝う為餅を作る。臼無し杵無しの餅つき甚だ奇なり。当館警戒の警官達、クリスマスにはプレゼントをねだり、お正月には、これまた何かお年玉をねだる。日本警官と比べて是又甚だ奇なり。…戦争に対する一般人の気持ちは甚だ薄き様、感じ得る」

　日記にある華氏四十五度は摂氏七度、華氏六十五から七十度は摂氏十八度から二十一度に相当する。

「昭和十七年一月一日　戦乱の昭和十七年を迎う。領事官邸で国歌斉唱、雑煮の馳走を受け一同国難の征服に邁進しつつある故国に思いを走らす」

「一月五日　昨日来、寒気強く本夜は零下に成る模様、当地としては零下に成るは稀なり」

「一月七日　ＦＢＩの提言を受け、不要雑誌などを適当方面へ提供するため救世軍よりトラック及び人力、要員を派遣し来られるに尽き積み込み中、国務省より使者領事を来訪。来る十日午前七時に当館を出発し、バージニア州ホットスプリングスに移さるべきにつき、準備する旨の申し込みありたり」

「一月十日　荷物を国務省派遣の大トラックに満載す。国務省員来館し、館員二人をホットスプリングに同道すべきことに疑義ありと領事に回答す。国務省とさらに打ち合わせする旨を告げて立ち去り、ホテル、経費其の他を領事において負担するならば差し支えなき旨の返事あり一同館を出でんとするに際し、国務省より同行を拒絶し来れり。かかる翻意を以って吾吾に対し何たることぞ。事ここに至りて、為すすべき余地なし。

吾吾はバスに乗り込み、オートバイ二輛の警官に先駆せられ駅に向かう。駅二階事務室に導かれ、ほどなくヒューストン副領事夫妻来る。待つこと約二時間、夜九時半、列車に乗り込むのに際し、一同涙して館員二人と別離す。領事より同君たちに対し、即刻加州へ発つべき旨を勧告し、佐藤はエフ・ビー・アイ及び警察官に対し同君たちを加州へ発たせるよう依頼す」

加州とはカリフォルニア州のこと。列車には国務省員とＦＢＩが乗り込み、一行を監視した。

「一月十二日　午前九時半ホットスプリングス駅到着。直ちにホームステッド・ホテルに入る」

武五郎の日記はここで終わっている。帰国までの経過をさらに記していたとも思われるが、推察の域を出ない。

バージニア州は米国東部にあり、ワシントンＤＣと接している。ホットスプリングスは州西部のアパラチア山脈にあるリゾート地。ホテルには野村、来栖両大使らのほか、南米駐在の外交官やその家族、新聞記者らも集められたが、ホノルル総領事館員は含まれなかった。

ホノルルで軟禁されていた総領事、館員や家族はアリゾナ州ツーソン郊外の保養地に移されて隔離され、厳しい監視下に置かれた。大使館による情報活動が疑われていたからだった。

野村大使ら日本外交官一行は四月にバージニア州西隣にあるウエストバージニア州のホワイト・サルファ・スプリングスのホテルに移され、カナダなどからの外交官も加わって収容者はさらに膨れ上がった。

外交官らが集められたのは、日米で相互に交換船を出し、帰国させるための準備が進んでいたからだった。

外交官交換関係の外務省記録によると、開戦直後の十二月十日に、在京スイス公使を通して米国から日米外交官らの相互交換について同意するかどうかを打診され、日本側は協定締結を原則同意。さらに、当時ポルトガル領だったモザンビークのロレンソ・マルケス（現在のモザンビーク共和国首都マプト）を交換地とする米側案も受け入れた。

『昭和十七年中における外事警察概況』には、米国大使館のジョセフ・グルー大使が十二月三十日に館員全員を応接室に集め、「日米外交官の交換場所はロレンソ・マルケスに決定せる旨発表せる趣にして…」と語ったとの記載がある。さらにグルー大使は翌年一月一日に警備員詰め所に立ち寄り、「戦争は国と国との間のことで個人としては何の恨みも持っていない。日本とアメリカがこんな関係にあることは悲しむべきことだ」などと語りかけたとも報告されている。

しかし、中立国を介したこともあって米英との交換協定が成立したのは一九四二年五月になった。ニューヨーク港でホノルル総領事館員も含めた日本外交団とその家族らがスウェーデン船籍の大型客船グリップスホルム号に乗船、六月十八日に出港した。この第一次交換船には、商社員、学者、留学生のほか、中南米から追われて米国の収容所に入れられた日本人移民も乗船した。これら民間人は、帰国希望者の中から外務省が選んだ人たちだった。

グリップスホルム号はリオデジャネイロに寄港してさらに日本人を乗せ、七月二十日にロレンソ・マルケスに着いた。

一方、グルー米大使らを乗せた浅間丸は六月二十五日に横浜港を出港。イタリア船籍のコンテ・ベルデ号は上海から米国人を乗せて出港し、ともに七月二十二日にロレンソ・マルケスに到着した。

交換は七月二十三日に行われ、浅間丸には北米からの日本人帰国者が乗船、コンテ・ベルデ号には南米からの帰国者が乗った。両船合わせて約千四百人の帰国者は横浜港に八月二十日に入港している。ニューヨークを発ってから二カ月の船旅だった。

第二次日米交換は一九四三（昭和十八）年十月に、当時ポルトガル領のゴア（現インド）で行われ、約千五百人が帰国した。

第一次日英交換は四二年九月、ロレンソ・マルケスで実施されたが、こちらでは約千七百人が帰国した。

浅間丸とコンテ・ベルデ号の一般乗客はすんなりと入国できたわけではなかった。横浜港に入る前日、千葉県館山湾に停泊させ、警察と憲兵が治安面で要注意人物とにらんでいた民間人百人を聴取した。

聴取者の中には、開戦後にいずれも米国内の強制収容所に入れられていた福島県出身者二人も

第一回日米交換船帰国を報じる内閣情報局編「写真週報第236号」昭和17年9月2日付（国立公文書館蔵、アジア歴史資料センター公開）

含まれていた。留学生と書籍商だったが、疑わしい点は認められなかった。しかし、中には「米国官憲から工作を受けたる形成あり。引き続き視察を要す」と要注意人物の扱いをされた男性もいた。

乗客には、敵国を利するような言動は処罰の対象になるといった内容の注意書も配られたほか、外国での経歴などを記入した申告書も書かされ、居住地の警察に送られた。公安当局による活動は公にされることはなく、交換船内での聴取も例に漏れなかった。

第一次交換船帰港の様子は、新聞で詳しく報じられた。

一九四二年七月三十日付朝日新聞は一面で、ロレンソ・マルケルにおける日米外交官らの交換完了と報じ、帰国する米・カナダ・中南米駐在外交官の氏名を掲載した。ここには、武五郎一家四人のほか、日本大使館書記官寺崎英成一家の名もあった。また、「気象暗号」で取り上げたハワイ総領事館森村書記生の名前も挙げられていた。二面には、民間帰国者として米国、カナダ、中南米への移民、一般人の名前も載せられている。

浅間丸やコンテ・ベルデ号には同盟通信の特派員が乗船し、記事を地方紙に送った。八月二十一日付福島民報夕刊には、船室のあちこちを歩き回る白服の野村大使や部屋の中央に立って遠くを見て回る来栖大使の姿とともに「愛児と共に久し振りに故国の姿に見入る母親、うっとりと手摺りにもたれて明け行く故国の丘を見つめる老人などとりどりの感傷的な姿があった」と浅間丸船上での感傷的な場面が報じられている。

武五郎一家も上陸して、平塚市の自宅に戻った。三九年にベルリン大使館赴任のため神戸を発って以来、三年が過ぎていたが、この年四月に東京が初空襲を受け、六月のミッドウェー海戦で日本海軍が致命的な敗北を喫して、戦争の先行きに暗雲が立ち込めていた。

四四年に入ると戦況はさらに悪化。空襲よる被害を避け、都内からの児童を福島県も含めた地方に疎開させる学童疎開が六月に閣議決定となり、実施された。

寺崎英成一家も疎開を余儀なくされた。栄養失調や病に襲われながら、そして妻グエンは二つの祖国のはざまに置かれて敗戦に至るまでを生きた。

グエン著『太陽にかける橋』によると、英成は三八年まで二年間、ハバナの代理公使を務めていた。ここには、キューバの人々は楽観主義で音楽は哀愁を帯びながらも楽しげだったと思い出が書かれている。三八年ごろは、福島県人も含めた日本人移民が農業や自営業で築き上げたキューバにおける生活の地盤を固めており、公館との結びつきや交流も深かった。

寺崎一家は終戦を疎開先の長野県蓼科の村で迎えた。ある朝、村からそれほど離れていない捕虜収容所に、米軍機が色とりどりのパラシュートで救援物資を投下した様子を目撃していた。場所からみて、捕虜収容所は諏訪郡北山村にあった東京捕虜収容所第六分所（諏訪分所）のようだ。投下を見てグエンは終戦を確信したという。

救援物資には食料、医薬品、衣料品などが含まれ、福島県いわき市の常磐炭砿、好間炭鉱にあった捕虜収容所、福島市に開設された外国人抑留所にも投下された。その様子を目撃していた人たちもおり、これについては後に触れることにする。

英成は終戦後、宮内省御用掛となり、昭和天皇とマッカーサー元帥との通訳を務めたが、英成がまとめた「昭和天皇独白録」は九〇（平成二）年に『文藝春秋』で公表され、話題になった。

重要文書や図書疎開に尽力

一九四三年九月になると、官庁や工場、人員を地方に疎開させる方針が閣議決定された。官庁で最初に疎開をしたのは内閣恩給局で、四四年一月七日に神奈川県小田原市に移った。

外務省は四二年一月の火災で文書の一部を焼失したこともあり、諸外国との間で締結された条約や協定など「外交関係上最も重要な公文書」の原本を四四年三月、一括して日銀本店地下金庫に保管を委嘱。この後に、鉄製キャビネット七箱などが金庫に入れられた。

日銀には、四五年三月の東京大空襲後に大蔵省本部が移転した。同省各局は都内にそれぞれ移り、地方部局との連絡は全く困難な状況に陥った（『大蔵省百年史下巻』）。国の戦時金融策が破綻したことはすなわち、財政面ですでに敗戦していたことを意味した。

外務省はさらに、四四年一月から重要図書を疎開させる準備に入った。外務省外交史料館蔵「外務省図書疎開略記」によると、遠隔地の安全性を考慮し福島県や栃木県などに候補地の照会を行った。しかし、疎開資材の不足や輸送力確保に難点があり、隣県に疎開させることを決めて横浜市の大倉山精神文化研究所地下書庫が選ばれた。

図書の搬出は四月に二回行われ、外務省のトラックで石炭箱に入れた約四千五百冊を運んだ。

作業は職員十九人が手弁当で行った。石炭箱を門前でトラックから降ろして三十段ほどの石段を手送りで上げ、さらにリヤカーで書庫の入口まで搬送。石炭箱から図書を取り出して地下の書庫まで運ぶという手間のかかる仕事だった。

ところが、研究所の一部を海軍が気象観測関係で使うことになり、搬入は打ち切りとなった。外務省は三回目以降から埼玉県北西部の八基村（現深谷市）の農業会倉庫を借り入れ、南埼玉郡の民家倉庫などにも運び入れた。

八基村への疎開作業にも人出がかかり、図書を入れた石炭箱をトラックで搬出。十人前後の職員が出張して汽車で深谷に入り、さらにバスか徒歩で八基村に入ってトラックの到着を待った。八基村では毎回、青年学校生十数人が図書の持ち運びを手伝い、図書の整理を行った。

このほか、埼玉県内の埼玉銀行幸手支店倉庫や南埼玉郡内の個人が持つ倉庫などを借りて重要文書を運び込んだ。

これら埼玉県への疎開にあたり、現地で事前調整をしたのが外務省理事官だった武五郎だった。また、輸送に当たっては石川町で当時相馬燃料工業所（現相馬商店）を営んでいた相馬章がトラックを提供した。相馬は当時四十三歳で村会議員も務めていた。従業員を約五十人抱えて木材や炭を扱っており、仕事で木炭トラックを使っていたが、当時の町内でトラック所有者はほとんどいなかったという。

『外務省の百年下巻』は、「疎開地の選定、依頼、物資の調達に並々ならぬ苦心を重ねた。例えば、疎開用貨物自動車の使用については、佐藤武五郎理事官の縁故により、福島県の相馬章氏に特別の協力を願った」と、二人の関係を特筆している。

縁故というのは、相馬の妻が武五郎の姉だったことをさす。武五郎の次男武宣氏も相馬のことは覚えており、「章さんは小柄で太った体格で、おおらかな性格だった。小学生のころ夏休みで遊びに行くと、炭を運ぶため木炭トラックに乗せられ山に入っていくことが楽しかったですね」と述懐する。

外交史料館蔵「文書及図書類疎開関係雑纂」にも、相馬に依頼した経緯が次のように記載されている。

「外務省は緊迫する状況下で一日も早く重要資料の疎開を完了したかったが、運搬資料が膨大なため、すぐにトラックと燃料を確保することは困難だっ

外務省文書、図書疎開にトラックを提供した相馬章（右から2人目、相馬順子さん提供）

た。そこで、相馬に運搬を依頼すると、相馬は国家的な事業だからと受け入れ、所有していた唯一の四トントラック提供を申し出た」

武五郎を介してトラックを手配したことは容易に想像がつく。

相馬が内諾した段階で、外務省から石川警察署長にトラック一台の派遣許可と燃料特配の要請がなされた。約二週間後には外務省から再度「当方の事情を察して至急許可されたい」と催促している。これらが許可されたことは武五郎にもいち早く知らされた。

相馬は早速、上京して段取りを打ち合わせ、燃料と食料を準備して最も信頼できる助手二人を付けてトラックを派遣した。

戦時中は米国による石油禁輸でガソリンは統制となり、一般自動車は木炭を燃料にした。ところが木炭トラックは始動をはじめ運転、整備に手間がかかったので、これらに精通していた助手が選ばれたのであろう。

相馬は、四月二十二日から運送を開始。約一カ月間にわたり日曜、祝日も休まず、外務省と疎開先を二十一往復して約三万冊を運び込む大役を果たした。この貢献が認められ、相馬には六月二十日付で外務省から感謝状が贈られた。

文書及図書類の疎開運搬に関し、民間人の名前が記録されているのは相馬しかいない。外務省がトラック手配を急いでいた状況からして、ようやく確保した相馬のトラックが埼玉輸送の中心だったとみられる。

石川町の相馬商店には、トラックの荷台に幌をかぶせ文書や図書疎開に関わった人たちが勢ぞろいをした記念写真が残されていた。運転席や荷台の上にも男性があぐらをかいて座っている。前列には背の高い武五郎の姿が写っている。

石川町で相馬が外務省の文書疎開に尽力したことを知る人は、もういない。相馬商店を継いだ長男の妻順子さんも、この写真がどこで撮られたか分からなかったが、さいたま市に住む相馬の次男匡氏は、「これは通称ガマと呼ばれていたニッサンのトラックで、父の所有でした」と覚えていた。ガマは、トラックがガマガエルの風ぼうに似ていたことから付けられたのだろう。運転席の後ろに木炭ガス発生装置のボイラーがあった。ドアに「相」のような字が見える。

こんなことも匡氏の記憶の片隅にあった。

「小さいころ、木炭ボイラーが付いていた風車のハンドルを回

外務省文書、図書疎開の関係者（右から２人目が佐藤武五郎、相馬順子さん提供）

して火をおこす手伝いをさせられましたね。エンジンはクランク棒を車の前部に差し込んで回してかけましたよ。写真には見覚えのある従業員の方も映っています。父と手伝いに行ったのでしょう」

匡氏はさらに付け加えた。

「父はたくさんの文書を極秘に運ぶ手伝いに行っているとか、その仕事を終えて帰ってきたとか家族が話していたことも覚えていますよ」

匡氏との会話では、張りのある声が印象に残った。後に分かったことだが、匡氏は退職後にジャズや童話作りに親しみ、八十五歳にしてなお、シンガーとしてステージに立っていた。

埼玉などに疎開した外務省文書や図書は戦災を免れたが、四五年五月からの空襲などで、各局課に貸し出されていた記録が焼失した。

武五郎を除き一家は空襲を避けて、四四年に白河市内のユキの実家に疎開する。武宣氏の疎開生活における思い出の一つが、庭に掘った防空壕に入ったことだった。白河市は空襲を受けなかったが、四五年四月十二日の郡山空襲では、保土谷化学郡山工場に動員されていた白河高等女学校(現白河旭高等学校)生十四人が犠牲となり、戦災が身近に迫っていた。また、隣接する矢吹町は陸軍飛行場や駅が終戦間際に艦載機の攻撃を受けたので、白河市でも空襲への警戒や緊張が増していた。

武五郎は家族に会うため白河市に来ることがあったが、コートに穴が開いていたり火傷を負っていたことがあった。東京空襲時の被害であったが、詳しくは武宣氏らも分からなかった。武五郎は白河市から外務省に戻ると、ロシアに出張するなどしていたという。

終戦を迎え、軍、警察、行政、教育機関などで中央の指示に基づき、一斉に資料、記録類の廃棄が行われた。

外務省でも、多くの記録文書が焼却された。終戦直前に決められた外交文書処理方針では、戦局が急転して本土が戦場となる事態が想定し得るとして、記録文書の速やかな焼却を指示。電信写しは特に暗号の機密保持目的のみで別扱いする必要はない――などとの指針を示した。

福島県内政部でも四五年八月二十四日に、貴重図書の隠匿疎開や敵国誹謗図書の焼却を指示。福島市郊外の渡利にあった県農学校に七月十三日に疎開した県教学課では県の指示通り、軍関係の重要書類を焼却した（『福島県教育史』）。同学校には兵事厚生課、軍需課、商政課なども疎開したが、同様の処分をしたとみられる。

渡利の県警察教習所には特高警察課や刑事課が疎開した（『福島県警察史』）。特高警察課はリヤカーで重要書類を市の斎場まで運び、燃やしたとの証言がある。県は福島市花園町の蚕業関係施設にも蚕糸課、水産課などを疎開させていた。

国会図書館などに勤めた大内直之著「満鉄資料の接収」（現代の図書館第24巻第2号）によると、満鉄東亜経済調査局の約七万冊の蔵書も、四四年五月から福島市森合の福島経済専門学校に疎開した。同校は戦後、福島大学経済学部になった。

しかし、校舎裏側の信夫山中に地下工場を造るため中島飛行機武蔵工場の一部が福島経済専門学校へ疎開することになった。このため県の斡旋で市東部の山間部にあった倉庫二棟を借り、馬車三台で一カ月をかけて再疎開した。

終戦直後にいち早く外交文書及び図書の疎開、処分状況を調査、把握したのが、「気象暗号」電文の聴取を行ったアースキン中佐だった。四五年暮れには、埼玉県の個人倉庫に疎開した外務省の文書が、連合軍総司令部（ＧＨＱ）によりいち早く回収されている。

四六年一月に入るとＧＨＱの指令で疎開文書の回収が始められ、一月三十日にはＧＨＱの大型ジープが福島市にもやってきて満鉄資料接収を開始。担当したのはワシントン・ドキュメントセンター（ＷＤＣ）で、一九八六年三月段階で、その大部分は米国議会図書館蔵書になっていたという。

空襲や焼却があっても数多くの公文書類が残されたが、敗戦後はその多くがＷＤＣや極東軍事裁判の情報収集に当たった国際検察局により、米国に渡った。

文書接収に対し外務省では返還を要請、これらの一部を取り戻した。さらに、平和条約発効後は独立国として文書返還を主張。在米日本大使館員が文書の所在調査を行って、他省庁や膨大な数の陸海軍文書原本の変換を実現させた。

一方で、主として一九四六年二月にＷＤＣが接収した外務省文書のうち、対外関係の重要書類など四六《パーセント》がまだ未返還のままで、他省庁でも接収文書の原本返還は一部にとどまっている現状にあるという。（石本理彩著「外務省文書及び図書の疎開・焼却・接収・返還」レコード・マネジメント№81）

ニイハウ島の悲劇を聞き取る

武五郎は戦後、返還前の沖縄に勤務し、戦死者の遺骨収集に尽力した。この後、一九五三（昭和二十八）年十二月からホノルル総領事館領事となり、一家で赴任した。

当時の日系人はハワイ全人口の四十パーセントを占める二十万人に達し、教育、法曹、医療界などに幅広く進出。野菜、花き栽培など、農業面の経営者はほとんどが日系人で占められた。

戦前のハワイ移民では、福島県出身者が東北で最も多かった。戦後、一世の多くが引退し後進に道を譲るようになると、ハワイに上陸した初期の福島県人の足跡をたどろうという機運が盛り上がっていった。それだけに武五郎の赴任に際し、ホノルルはじめハワイ各島の県人会は「おらが福島県人の領事が来た」ともろ手を挙げて歓迎した。武五郎も在任中は、親しみを持って福島県人と接したという。

このころの対日感情は安定しており、ホノルル総領事館は五六年の管内概況の中で、「現在はあからさまに排日的言辞を弄するものは殆ど皆無の状態である」と述べている。

その対日感情が最も悪化したのはやはり、真珠湾攻撃以降だった。日米両国のはざまに立ち、苦境に立たされた日系人を象徴する出来事がハワイのニイハウ島で起きた。

ハワイは北からカウアイ、オアフ、モロカイ、マウイ、ハワイの各島などから成るが、ニイハウ島はカウアイ島から西北に約二十四キロ離れた広さ約二百平方キロの小島だ。個人所有のため、日本人にはなじみがない。

ニイハウ島の地図

この島に、真珠湾攻撃に参加したゼロ戦が突然不時着したのが騒動の発端となった。島に住んでいた日系二世のハラダ・ヨシオが飛行士西開地重徳をかくまって島民と争いになり、二人とも亡くなった。

終戦から十年後に、ホノルル総領事館がハラダの妻ウメノに経緯を聞いている。この内容を記録した外交文書は二〇〇八（平成二十）年十二月二十二日付で公開されたが、聞き取りを行ったのが、領事だった武五郎だった。この出来事を取り上げた冊子などはあったが、外交記録として詳細が明らかにされたのはこれが初めてだった。

私は二〇一八（平成三十）年にオアフ島に渡り、欧州戦線での戦死後、六年ぶりに遺体が戻った日系兵士や、開戦直後に逮捕されサンドアイランドに収容の後、米国本土の強制収容所を転々とした日系二世ら、福島県にゆかりの深い人たちを取材したが、ニイハウ島での出来事は知らなかった。

それが今回、武五郎の生涯を追っていて公開された報告書を目にすることになり、ヨシオの両親は武五郎と同じ福島県人であることが分かって、福島とハワイ移民とのつながりの深さを改めて感じることになった。

聞き取りは一九五五（昭和三十）年九月十日、在外日本人調査の一環として行われた。当時、ウメノは自分が生まれたカウアイ島で、残された子どもたちを養うため洋裁業を営んでいた。

開戦時、島には島民約二百人と地主に雇われて養蜂に従事していたハラダ夫妻、島民と結婚した日本人が居住。夫妻は長女と長男をカウアイ島の姉に預け、次女を連れていた。島を所有していた白人宅付近の小さな家に住んでから間もなく二年になろうとしていた。

ヨシオの両親は相双地方に生まれた。家は農業を営んでいたが、一八九九（明治三十二）年に女児を連れて夫婦でハワイ移民となり、カウアイ島に渡った。

日本を離れた移民は、それぞれに事情を抱えていた。明治三十年代は不景気と凶作に見舞われ、福島県内でも貧富の差が著しく広がった。米価をはじめ諸物価の高騰で農民は飢えに苦しみ、新天地をハワイに求めて渡航した。

一八九九年に福島県からの旅券交付者は約五百七十人で、相双地方が二百十人と最も多かった。一八九八年から一九一二（明治四十五）年までの十四年間で、福島県内の海外旅券交付者は約七千五百人だったが、このうちの六十パーセント以上がハワイ行きだった。相双地方出身者は福島県の中通りに位置する信夫、伊達、安達郡に次ぐ多さだった。（吉田恵子著「東日本における明治期出移民の実態」）

相双地方は阿武隈山系と太平洋に挟まれた地域で、海から吹くやませが農村部に冷害をもたらした。ハワイから米国本土やカナダに移った相双地方出身の移民もおり、第一次世界大戦が起きるとカナダ義勇兵の一員として参戦した人たちもいた。激戦地となったフランスではこの中から死傷者も出ていた。（紺野滋著『知られざる福島移民』）

カウアイ島は、ほぼ中央にワイアレアレ山があり、東から南にかけて大きな集落がつながっていた。オアフ島やマウイ島に比べると、カウアイ島に住んだ福島県人は少なかった。

ヨシオの父は、サトウキビ耕地で働いた後、豊富な水を水路で導いて稲作を営んだ。母も男のように働いて家計を支え、「人の嫌がることでも、できることは何でもした」と後に語ったという。

ヨシオは、両親がハワイに移住した四年後にカウアイ島南部のワイメアで生まれた。両親がハワイで初めてもうけた子どもだった。ワイメアには当時、約二百人の日本人が住んでいた。南下すると島で日本人が最も多く住んだマカベリの街があった。

ヨシオは青年時代、心の温かい朗らかな性格で親しまれ、背が高い強健な体格で、相撲を好んだと武五郎は報告書に記述している。

両親は二十年後に、まだ小さかったカウアイ島生まれの二児を連れて帰国したが、ヨシオらはそのまま残った。

ヨシオはカウアイ島生まれのウメノと結婚する。ウメノの両親は山口県出身だった。

ここから、改めて武五郎の報告書を開く。

それは一九四一年十二月七日正午ごろのことで、島民は誰も真珠湾が攻撃されたことを知らなかった。低空で飛んできた小型機がヨシオの家から一・六キロほど離れた草原に不時着し、飛行士西開地は気を失ったが、島民の介抱で回復した。飛行士は日本人のようだとヨシオに知らせがあり、ハラダ夫妻は現場に急行。西開地から日米の戦争が始まり、燃料不足で不時着したこと、意識を失っている間に、ピストルと艦隊の位置が記入してある地図を奪われたことなどを告げられた。

島民らもその日の夕に開戦を知り、それまでのハラダ夫妻との関係に大きな亀裂が入った。島民は米軍が来るまで現場にとどまるべきだと主張。しかし米軍は現れず、九日になってハラダ夫妻は家に西開地を連れていった。島民は昼夜を問わず交代でハラダ夫妻宅内に入り込み、監視を続けた。

十二日になって、ヨシオと西開地はピストルと地図の奪回を決意。ウメノが蓄音機をかけて周囲の音を消したすきに二人はトイレの窓から抜け出した。地図などを奪ったと推察した島民に返還を迫るなどして混乱が広がり、島民との間で激しい戦いとなった。二人は山中に逃げ込むが、十三日に遺体で発見された。ヨシオは三十八歳だった。ウメノは武五郎に「両人は自害したと言われ、自分もそう信じる」と語ったとも記されている。

当時ハワイでは、西開地は島民に命を絶たれ、ヨシオは猟銃で自殺したと報じられた。聞き取りが行われたカパアは島東部の沿岸部にある。時間は午後。ウメノの住居は棟割り商店街の二階にあったが、武五郎とウメノの間は重苦しい雰囲気に包まれていたと思われる。

報告書は、ウメノがたどった苦難の人生に及ぶ。

ウメノは幼児とともに、カウアイ島に設けられた日本人収容所に入れられた。幼児は姉に預けられたが、ウメノは日本軍に協力したとして、さらにオアフ島に送られ、ホノルル湾対岸の埋め立て地だったサンドアイランドと、真珠湾北側にあるワイパフのホノウリウリに設けられた強制収容所に入れられた。（中国新聞社『移民』）

二つの収容所については説明が必要だろう。真珠湾攻撃直後から、あらかじめ好ましくない人物としてリストアップされていた日本人会の役員や日本語学校の校長、地域の有力者らが身柄を拘束されると、サンドアイランドに急造された収容所に入れられた。しかし、海岸に面した防御上の脆弱性から、ホノウリウリの砂糖キビ畑跡に新たな収容所が設けられ、サンドアイランドは閉じられた。

ホノウリウリは深い渓谷にあり、暑さがよどんで蚊が大量に発生するなどの劣悪な環境にあったことから、〝地獄谷〟と形容されたほどだった。収容所は有刺鉄線で囲まれ、要所に監視塔があった。南方戦線で捕虜となった多くの日本兵も送られ、重要な情報を持つ将兵は本土に送られて専用の施設で尋問された。ウメノはこれらの施設に三年近くも収容され、釈放された。

ホノウリウリ収容所の存在はやがて忘れられ、二〇〇二年（平成十四）年になってホノルルにあるハワイ日本文化センターのボランティアにより発見されたが、その経緯は拙著『知られざる福島移民』に詳しく書いた。

ウメノは苦労ぶりをさらに武五郎に語った。

釈放後は貯えもなく途方に暮れ、一家心中して夫の後を追おうと何回も考えたという。しかし、三人の子どもがまだ幼いことに心を励まされて働くことを決め、洋裁を習って職業にした。日夜働き詰めで子どもたちが通う学校の月謝を送金しているが、「全部の子どもらが成人し、送金が必要なくなるまで死んだと思って働き続ける」と、ウメノが目に涙を光らせて暗然と語った様子を武五郎は心に刻んで報告書に書き留めた。

ウメノの傍らには質素な仏壇があり、武五郎も霊前に手を合わせた。戒名は「浄心院徹譽義心大雄居士」だったとも記してある。

ヨシオの遺骨は一九四六年、親族によって埋設場所から掘り起こされ、ウメノの元に帰った。ウメノは西開地の遺骨も引き取りたいと希望したが、かなわなかった。武五郎は、西開地の遺骨は内地に送還されたと推察すると報告しているが、紆余曲折の末、今治市の遺族に渡された。

報告書は、カウアイ島に住む日本人らもニイハウ島を揺るがした出来事にはもはや関心が薄いようであり、未亡人をわざわざ訪ねた日本人は旧飛行隊指揮官だけだったと結んでいる。

手書きの原文には、タイプ打ちの報告書で省略されたこのような箇所がある。

語り終わったウメノに武五郎が、日本を訪れてヨシオの両親や自分の実兄、西開地の遺族を訪ねたらどうか、行く気があるならできる限りの心配りをすると申し向けると、ウメノは「それは念願だけれど、三人の子どもへの送金のため、まだまだ働かねばなりません」と語ったという。

ヨシオには、武五郎と同じ福島県人の血が流れていた。ヨシオの両親が住んだ相双地方は、武五郎が生まれた石川町を囲む阿武隈山系を東に越えた先にあった。しかも武五郎の方が年齢はわずかに五カ月年上。生まれ育った環境は異なるとはいえ、武五郎が同時代を生きたヨシオに特別な感情を抱いたとしても不自然ではない。さらに、ウメノのひたむきな生き方にも心を動かされたことは、報告書の内容から十分にうかがえる。

武五郎は個人的な考えと前置きして、「このような犠牲者のために、何らかの形を以って近いうちに日本を訪問せしめ、前記関係者と会わせる方法を講じてやるべきではないか。ぜひこれだけは実現させてやりたい」と強調している。

武五郎からの「非公式依頼」を外務省で検討したが、ホノルル総領事から意見が表明されなかったとして招待は実現しなかった。しかし、現地領事の希望を尊重し旧海軍関係者でだけでも何とか実現できないかと、対応に当たった事務官は個人的な意見を付した。

こうした経緯もあってか、一九五八（昭和三十三）に海上自衛隊練習艦隊がホノルル寄港の際、総領事館を通しウメノに、海上、航空自衛隊有志らが感謝状、額縁、布地を贈った。ウメノは二月五日付で海上、航空自関係者らに、記念品を亡き夫の霊前に捧げた、身に余る光栄に夫も喜んでいるでしょうなどとする次のように書かれた礼状を出した。

「血は水より濃しとか、やむにやまれぬ心境よりとりました主人、悔い無き事でせうに、終戦以来既に十余年の今日、旦尚皆々様の厚き御厚意に当時を偲んで一人で咽んで居ます」

ウメノからの礼状が届いたことは、外務省に戻っていた武五郎にも海上自衛隊から伝えられた。

ウメノは念願だったヨシオの両親宅を訪れている。一九八四（昭和五十九）年秋には、自分の父母の生地・山口や西開地の遺族を訪ねた（『移民』）。この年に足を延ばして福島にもやってきたようだ。このときのウメノの心境はもはや知る由もないが、田畑に囲まれたフクシマの原風景を見て、ヨシオの人生に〝ルーツ〟を重ねることができたのではないか。

ウメノは九六（平成八）年十月一日、九十一歳で亡くなった。孫が五人、ひ孫は三人になっていた。

記念の知事木杯を渡す

話は前後するが、武五郎はホノルル総領事館領事として福島県人会の行事にも欠かさず顔を出していたが、新年会としては一九五七（昭和三十二）年一月十三日の出席が最後となった。同月十七日付の「布哇報知」はこの新年会について、夫婦同伴のうえ郡部からも出席、武五郎の発声で「ハワイ在住福島県人万歳」を三唱し、故郷自慢の余興も飛び出してまれに見るにぎやかさだったと報じている。

明治時代に福島県からハワイに渡った移民が最多だったのは、一九〇六（明治三十九）年だった。ホノルル福島県人会では、集団移民五十周年を祝い、五七年八月十一日にホノルルの中心街にあるアラモアナ公園で約千人が集って記念式典を開いた。

式典席上、五十年前に渡航した県人や、七十五歳以上の会員の労苦をたたえ、前月退任したばかりの大竹作摩前県知事からの木杯が伝達された。木杯は武五郎から代表者の東海林甚七県人会長に手渡された。思わぬ贈り物を受けた先駆者たちは感激に浸ったという。式典の後、盆踊りなどが披露された。マウイ島福島県人会でも八月十八日、木杯伝達式を行った。

ハワイ移民の心のよりどころとなったのが各島や各地に設けられた福島県人会だった。その席上で踊られたのが「福島音頭」であり、伝統は今に引き継がれている。

東海林は旧伊達郡掛田町（現伊達市霊山町掛田）の出身。一九〇七（明治四十）年にハワイに渡り、ホノルルでホテルを経営して成功した。

武五郎にはすでに、外務省復帰の辞令が出されており、領事としての対外公式業務はこの木杯贈与が最後となった。

在任中に身内のような気配りをしてくれた領事の離任を惜しみ、福島県人会から留任運動まで起きたという。送別会で武五郎は感涙にむせ、ユキが代わって惜別の辞を述べた。帰国時のホノルル国際空港には見送りの県人が大勢詰めかけ、首にかけられたレイは段ボール四箱にもなったというエピソードも残されている。次男の武宣氏は両親より一年前、高校受験のため帰国していた。

繰り返しになるが、九州、中国や東北地方から多くの人々が、貧しさから逃れようとハワイに夢を求めた。しかし、家とは名ばかりのヤシの葉をふいた粗末な小屋に住み、男も女も炎天下でサトウキビを刈り、運んだ。

戦前、ハワイから旧信夫郡に戻った農夫は、現地での労働をほとんど家族に話さなかった。しかしある日、孫から「じいちゃんの耳はどうして平らなの」と聞かれ、「サトウキビをかついで

日系人に惜しまれホノルルから離任する佐藤武五郎、ユキ夫妻（佐藤武宣氏提供）

運んでいたからこうなったんだよ」と、初めて過酷な仕事ぶりを明かした。

天秤棒で運んだ飲み水を配る仕事や、貯めた水を畑にまく仕事もあった。「ホレホレ節」はそのころの重労働をせつなく歌った「民謡」でもある。農業県である福島で育った武五郎夫妻は、凶作で追い詰められた農民の苦境を知っているからこそハワイ移民一世に心を通わせ、二世にもまた慕われたのだろう。

福島県からの集団移民から一世紀以上が過ぎたが、日系人の中には薄れてしまった自分たちの先祖の歩みを確かめようとの意識は根強く残る。

二〇二三（令和五）年二月、福島県の国際交流事業に参加したハワイ出身で米国の首都に住む二十代の日系女性もまた、先祖探しが訪問の目的の一つだった。

とはいえ、女性のルーツは日本人に最も多い苗字の一つの佐藤家としか分からなかった。そこで私や郷土史家らが少ない情報を元に何とか五代前までさかのぼり、先祖は現在の伊達市伊達から出ていたことを明らかにした。しかも、佐藤家の祖祖母の母は、東海林甚七の姉だったことも分かった。

　先祖の故里である伊達地方は、この女性が住む米国の大都会と同じ時間を共有しながらも、一日の進み方があまりにも違うことに驚かされることがあった。しかし、それは自分の先祖が生まれ育った場所や、移民に出た時代背景を物語る地域の〝素顔〟であることを知り、深い感動に変わったという。

　女性は雪が積もった日に先祖の墓に花を供え、線香を手向けながら、「福島に来て本当に良かった」と胸の内を明かしてくれた。

　奇しくもこの年はハワイで最大のホノルル福島県人会が創立百周年を迎え、十月に記念式典を控えていた。

　武五郎は一九六三（昭和三十八）年に、米国オレゴン州のポートランド総領事館領事に就任。六六年に総領事になった。

　ポートランドについて武五郎は、経済外交研究会「経済と外交（523）」に「夏は北海道、冬は鹿児島のような理想的な気候。日系人の生活も安定しており、親近感も高まっている。木材や小麦など対日貿易は年々増加し、日本商社も増えている」と感想を寄せている。

武宣氏も商社員としてポートランドに四年間駐在したことがあった。

「現地で父を覚えていた人もおり、サトウの息子か、世話になったと感謝されましたよ。父は趣味を楽しむ時間がないほど人の世話をするのが好きだったようです」と回顧する。

武五郎は一九六七（昭和四十二）年に帰国。六八年十二月に退職してしばらく外交関係の仕事をしていたが、七二年（昭和四十七）八月十四日に六十九歳で亡くなった。

石川町の武五郎の実家に嫁いだ佐藤ツヤさんが、このようなことを話してくれた。

「昭和四十七年春に仕事の区切りがついたとあいさつに来てくれました。お盆の八月十四日にまた来るからと帰っていかれたけれど、そうしたら八月十四日に亡くなってしまって。これからが余生という時だったのに…」

ユキは子どもたちの教育に力を入れ、戦後の困難な時期に内職をしながら息子二人、娘四人を私立校へ通わせた。

二〇〇三（平成十五）年十二月十六日、ユキは九十三歳で生涯を終えたが、武宣氏の心には、社交的で明るく、どの任地でも内助の功で夫を支えた母の姿があった。

一方、外交資料の疎開に尽力した相馬は戦後、母校学法石川高等学校の同窓会長や地域の消防団長などの要職を務め、一九六九（昭和四十四）年一月一日に亡くなった。ちょうど六十七歳の誕生日だった。

「とても陽気で世話好き。困った人を助けることに一生懸命な義父でした。将棋も好きで、よく友だちと指していました」と順子さんは思い出を語る。

二〇二二（令和四）年になって、ようやく埋もれていた二人の功績に陽をあたらせることができた。武五郎は没後五十年、相馬は五十三年のことだった。

第二話　空行く怪物てん末記

戦後、米軍の空撮が捕らえた白い丸の風船爆弾発射台跡（国土地理院空中写真閲覧サービスの写真に丸印をつけた）

一宮の発射台跡（1952年11月29日米軍撮影）

勿来の発射台跡（1946年7月24日米軍撮影）

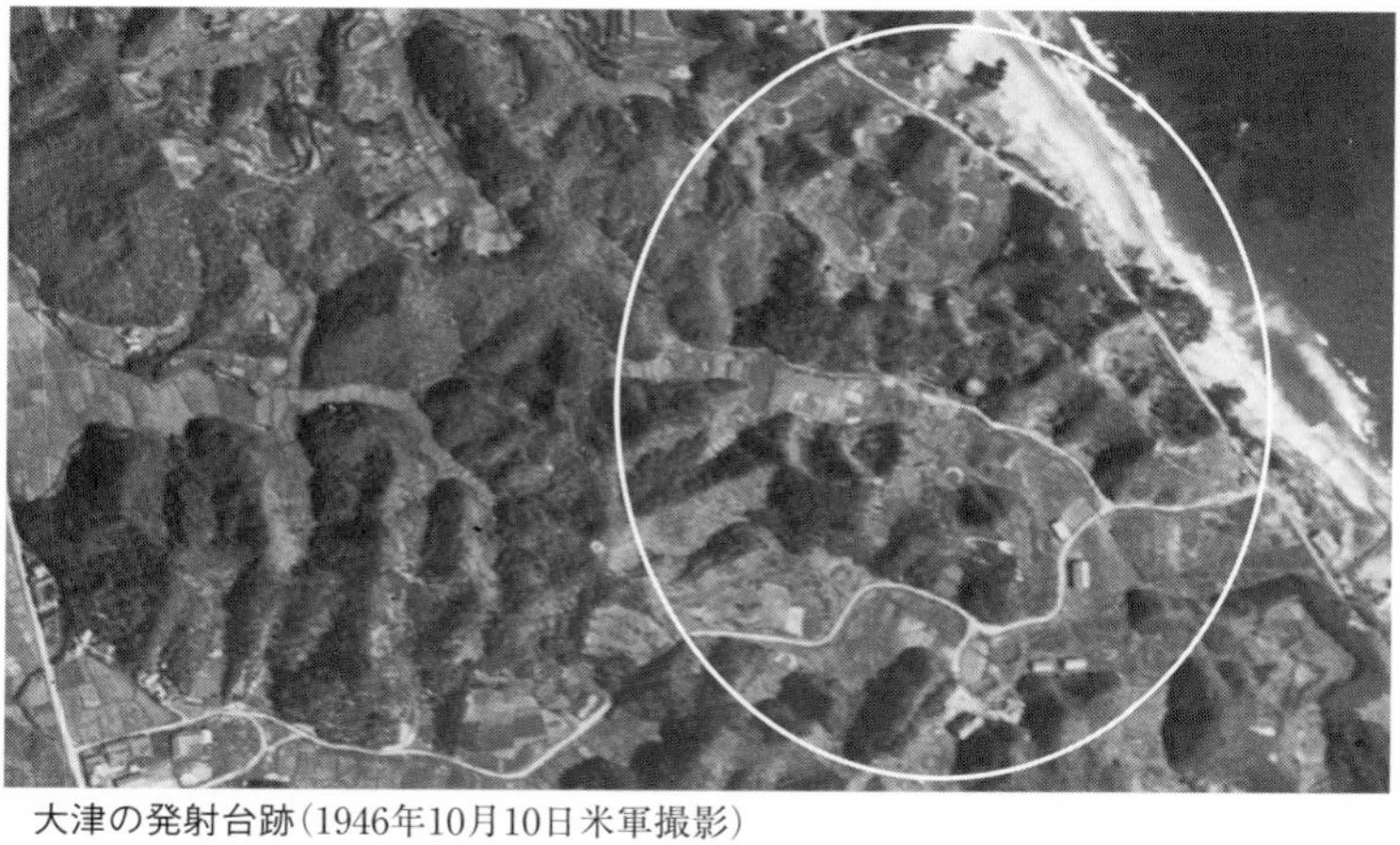

大津の発射台跡（1946年10月10日米軍撮影）

一九四四（昭和十九）年になると、国民生活はさらに引き締めが強化された。働き手は召集され、食料、工場の生産が停滞、食べ物、着る物などの消費が大幅に制限されて、自由に買える日用品はなくなっていた。『川俣町史』によると、タケノコやゼンマイなどの山菜さえも福島県山菜統制規則でしばられ、県外に持ち出す量が限られた。

このころの新聞を見ると、不自由な生活をいかに耐えるかという様子が盛んに報じられている。例えば、繊維不足を補うため児童や生徒が桑木の皮をはいだ記事もその一つ。この繊維で児童たちの服が作られ、少しずつ配給されたが、急ごしらえの薄っぺらな服地だったという。児童たちは、親の古着を縫い直し、布切れを当ててつくろった服を着て登校した。

繊維に代用するためヒマという植物の皮をはぐ方法も紹介され、畳の表として使用するため野生の植物チガヤを疎開児も加わって採取したことなども記事になった。

海路を封じられて入らなくなったガソリン不足を補うため、松の根から油を採る作業も行われた。全国で兵士から児童、生徒までもが動員されて根っこを掘る姿も美談として報じられた。

空き地に雑穀を植える応急対策も進められ、学校の校庭、道路の両側、河川の堤防などにも、ジャガイモ、カボチャ、サツマイモ、大豆などが植えられた。それでも食料不足は補えなかった。飢えに耐えかね、バッタやコオロギ、野草までも食べたという。空腹でやせ細った国民をかろうじて支えていたのは「お国のために」や「滅私奉公」という愛国精神だった。

国は決戦に備え、労働力を補うために学徒を工場で働かせる体制を作り上げた。教育を勤労とみなし、継続動員が通年動員へと強化された。これに伴い、四四年四月から学徒は軍需工場に動員された。四五年三月には「決戦教育措置要綱」を決定。今の小学校低学年に当たる国民学校初等科を除き、四月から一年間、授業が停止された。終戦時に動員されていた学徒は全国で三百四十万人を超し、戦闘や空襲による被害で多くの犠牲者を出していた。

四四年七月、米軍は日本本土空襲に向けたＢ29の一大基地を設けるためサイパン島を占拠、テニアン島も攻略した。

本土に迫る米軍の足音が間近に聞こえ始めたことから軍需工場の疎開が急がれ、福島県にも、大小二百を超す工場が疎開。企業再編成に伴い遊休施設となっていた紡績工場や、民間工場が軍需工場に転用された。

授業が目に見えて少なくなった国民学校は、疎開の場所や宿舎などとして代用されていた。福島市郊外にあった吉井田国民学校（現吉井田小学校）は顕著な例として挙げられる。

『吉井田小学校百年の歩み』によると、四五年三月に県教育会館から長椅子などの備品を搬入した。同会館は戦後、占領軍が福島軍政府として使用した。七月には東北軍管区経理部の宿舎に指定。福島市第六国民学校（現三河台小学校）からもピアノ、標本、戸棚などを受け入れた。福島民報社の巻き取り紙五十個も講堂に移した。同新聞社でも用紙制限強化を受けて減ページや夕刊廃止を行っており、発行継続のために用紙を安全な場所に確保することが急務だった。講堂は疎開してきた家族二世帯も使用した。また、国鉄福島鉄道管理部も三教室を使っていた。裁縫室は、信夫山の地下工場でゼロ戦のエンジンを製作するため疎開してきた中島飛行機武蔵製作所工員宿舎に充てられた。

このほか、福島県内の多くの国民学校が本土決戦用の部隊宿舎としても使われた。

軍部は、国民に強いた耐久生活のゆがみ、ほころびを警戒して言論統制にも力を入れた。新聞を例にとると、記事は警察による事前検閲を経なければ紙面に出せなかった。

四五年の紙面には、大本営が発表する華々しい戦果の見出しが躍ったが、本土決戦に追い込まれた中で、米軍の攻撃に対する防戦の成果を誇張した記事だった。

軍事機密の漏洩を防ぐために、天気予報さえも紙面から消えた戦時下で、きわめて目を引いたのが新兵器「気球爆弾」が米国本土を攻撃して山火事を多発させ、多くの死傷者を出したと報じた四五年二月十八、十九日付の各紙だった。

十八日は福島民報、岩手日報、読売報知、朝日新聞、毎日新聞、十九日は東奥日報、秋田魁新

太平洋を一飛び
〝気球爆弾〟米本土攻撃
日本新兵器 敵朝野衝動
空行く怪物
各地に爆発、火炎頻々
良質の紙製
立て、

風船爆弾による米本土攻撃は1945年2月18日か19日に初めて報道された（記事は2月18日付福島民報）

報に掲載された。河北新報は当時の新聞の保存がなく確認ができない。仙台空襲で失われたとみられる。山形新聞には記事が見られなかった。新兵器の見出しは、朝日新聞が「風船爆弾」、ほかは「気球爆弾」だった。

福島民報は一面四段で「太平洋を一飛び　〝気球爆弾〟米本土攻撃　日本新兵器敵朝野衝動」の躍るような見出しが付き、「上海、広東からの外電によると、米本土中西部では日本軍の気球爆弾による攻撃で山林火災が多発、多数の死傷者を出して米国民を不安にさせている。この情報に対し日本当局は一切言明を避けているが、もしこの気球攻撃が事実とすれば米国民に及ぼす影響は甚大だ。太平洋を越えて気球爆弾を飛ばす奇想天外の新戦術は我が科学陣の努力が表面に現れた一面と思われるが、この労苦が結実し輝かしい勝利への緒たることを期待したい。気球爆弾に関する代表的情報次の通り」など、外電をまとめた長い本文で始まっている。

さらに、「空行く怪物　各地に爆発、火炎頻々」の三段見出しが付いた記事が続く。これは【広東十六日発同盟】で、「広東に達した情報では、昨秋から米本土各地で頻発していた原因不明の山火事などは当局が厳重なかん口令を敷いたため真相が明らかにされなかったが、十二月十一日、モンタナ州カリスペル市付近の火災現場に日本文字の記された焼夷弾を装着する大型気球の残骸一個を発見したことから、これまでの火災は日本の特殊な空中攻撃によるものであることが分かった」と報じた。

また、「米当局はこれらの目撃例に対する一切の報道や批判を厳禁し、サンフランシスコ戦時情報局がカリスペル市付近での発見例を発表しただけに過ぎない。米側は損害程度の公表を避けているが、十二月二十日までに死傷者は五百人を突破したといわれ、損害は想像以上に大きいと予想される」と続けた。

戦後に分かったことだが、死傷者が五百余人だった事実はない。四五年五月五日にオレゴン州南部のブライという小さな町の松林で、ピクニックをしていた六人が風船に付いていた金属に触れ、爆発で亡くなったという悲劇が起きた。これが風船爆弾による唯一の犠牲者であり、第二次世界大戦において米国が本土で被ったただ一つの人的被害でもあった。

さらに、二段で「良質の紙製　時速二百哩《マイル》」の記事もある。【上海十七日発同盟】として、「ワシントンから当地に達した情報では、連邦検察局が最近、カリスペル付近の山岳地帯で発見された気球は良質の紙製で自動爆破装置、アルミと酸化物からできた爆弾があったことなどを発表、順風に乗れば時速二百《マイル》の高速に達することにも言明したといわれ、目撃者に厳重なかん口令を発している」などの記事がある。二百《マイル》は時速三百二十《キロ》に相当する。東北新幹線並みの速さである。

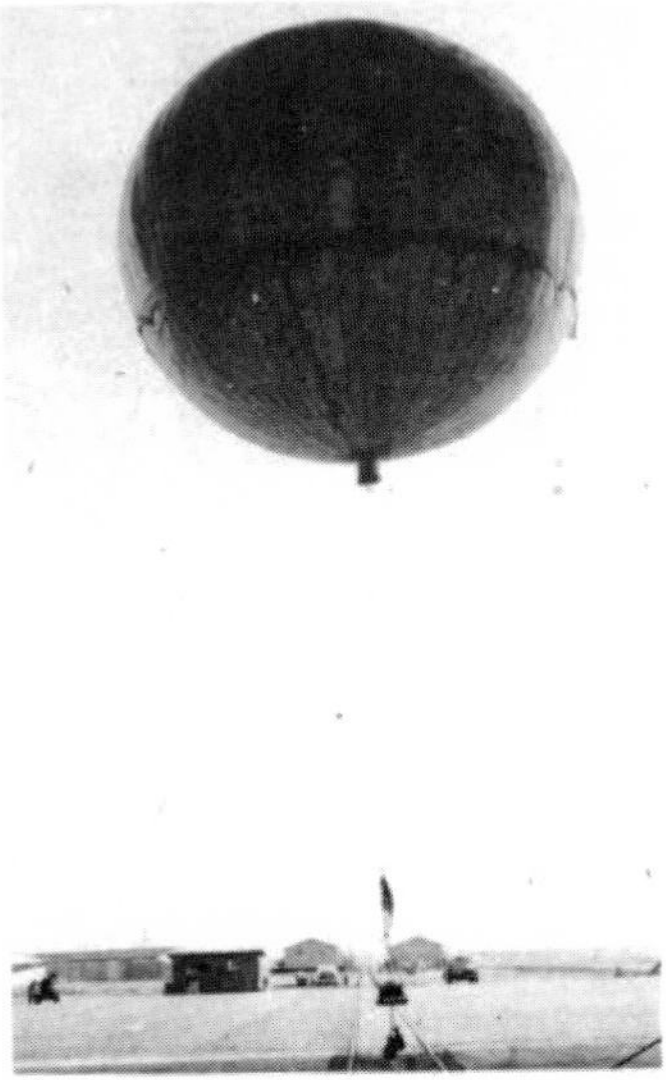

米軍に捕獲され、復元された風船爆弾（米国立公文書館蔵、国立国会図書館デジタルアーカイブス公開）

福島民報と岩手日報、東奥日報は、本文と二つの外電を載せた同じ構成で、記事の長さも同じ。他紙も本文と外電一つなどの違いはあるが記事は同じ中身で、同盟通信配信記事をそのまま使っている。

朝日新聞は、十六日発ストックホルム特電の記事も掲載。一月一日付の米誌タイムが、日本の風船爆弾が飛来した当時のあわてぶりや、ＦＢＩと陸軍航空隊の調査により水素ガスで浮揚する極めて巧妙な仕組みであることが判明したなどを伝えた、とある。

少し長くなったが、これらの記事からは、軍部が外電を利用しながら戦意高揚のため新兵器風船爆弾の威力を国民や米国にも訴えていたことがよく分かる。

一方で、米軍は風船爆弾から破壊工作者が降下する可能性も考え、捕獲した風船爆弾の分析に力を入れたこと、後にジェット気流と呼ばれるようになった偏西風を利用して飛ばしていることを把握していたことも読み取れる。米軍が最も神経をとがらせたのは、風船爆弾から細菌をばらまく生物化学作戦で、警戒と情報収集に力を入れた。

風船爆弾に関した詳しい資料は、終戦直後に陸軍が破棄を指示したので残されていないが、これまでに作家や研究者、地域の平和団体などが風船爆弾の開発や放球に携わった軍関係者、製造を担った女学生らの証言などを集め、全体像を明らかにした。

これらの成果や私の取材をまとめると、風船爆弾を偏西風に乗せて米国を狙う「ふ号作戦」は四四年十一月から開始されたが、実行部隊となった大本営直属の気球連隊の基地は福島県いわき市勿来、茨城県北茨木市大津、千葉県一宮町の三カ所に設けられた。いずれも太平洋に面した場所で、勿来、大津は近距離にある。本部は一宮に置かれた。風船爆弾の球皮は、和紙を糊で貼り合わせた。全国の和紙生産者や女学生が動員されて和紙を重ねた原紙が生産され、軍需工場や接収した劇場などで風船の形に貼り合わせた。あまり知られていないが、郡山市の三菱電機郡山工場では東北で唯一、この貼り合わせが行われた。

基地周辺の住民は、部隊の作業内容や見聞きしたことを他人に話さないよう軍から厳命され、列車が基地周辺に近づくと窓の鎧戸さえも下ろさせられた。当時の客車の窓には上げ下げできる木製の鎧戸が付いていていた。

基地に通じる主要道には憲兵が立ち警戒を強めたが、手紙やはがきに基地の存在を書くことも禁じられた。近況を古里に知らせた手紙の中に風船のことを触れていたことが検閲で分かり、教職を追われた教員もいたほどだった。この教員は戦後、復職することができたという（福島県公立学校退職校長会『明治百年福島県教育回顧録』）。風船部隊の兵士の手紙は検閲されていたので、基地周辺住民の手紙も開封されていたようだ。

原紙はコンニャク糊を使って何層にも貼り合わせた。この作業も秘密にされ、群馬県前橋高等女学校（現前橋女子高等学校）では二、三年生の作業場となった体育館にカギがかけられ、一年生に見られないようにしていた。生徒がコンニャクのアレルギーで診察を受けた際も、作業内容は口止めされたほどだったという（『前橋女子高六十年史』）。コンニャクには皮膚をかゆくする成分が含まれていた。

ところが、二月十八、十九日の新聞報道で突然、禁が解かれた。

前橋高女の生徒は「今朝の新聞を見て、私たちの仕事はついに報われたと思った」と喜びぶりを「作業日誌」に書いた。

東芝富士見町工場に動員された共立女学校（現横浜共立学園）生は、新聞記事で自分たちが造った装置を付けた「風船爆弾」が米国に達したことを知ると、一斉に拍手をした。しかし、コンニャク糊と和紙でできた風船と知って一同、あ然としたという。あまりにも頼りなさげな風船だったからだ。（櫻井誠子著『風船爆弾秘話』）

愛知県立川之江高等女学校三十三回生の会『風船爆弾を作った日々』にも、次のような回顧が載せられている。

「二月十八日に、気球づくりを学校に委託した国際科学工業の工場長が生徒たちに新聞を読んでくれた。あの米本土攻撃の記事だった。生徒たちは喜びに沸き、一心不乱に作業に取り組んだ」

さらに、作業内容を生徒に口止めしたはずの軍人が地元の有力者を作業場となった講堂に案内し、気球を仕立てて爆弾を付け米本土に直接攻撃すると大きな声で説明していたと、ずさんだった情報管理の実態も書いている。三月に入ると材料不足で仕事がなくなり、十五日に学校工場は解散したという。

勿来でもほとんどの住民が、朝晩になるとクラゲのような形をした大きな風船が基地から放たれて行くのを見ていた。立ち入りが禁止されていた基地から打ち上げられ、海の彼方に消えていったので米国を狙った兵器であることは想像できたが、その正体は風船爆弾だったことを新聞記事が教えてくれた。

一方で三菱電機郡山工場に動員され、寄宿舎で寝起きした福島市の福島高等家政女学校（後に福島商業高等学校に統合）の学生たちは新聞を読めなかったため、記事のことは知らなかった。しかし、自分たちが作る風船が勿来から打ち上げられていたことは噂で聞いていた。他校の生徒との交流はできなかったが、工場には近隣の女学校から汽車で通っていた生徒もいたので、家で読んだ記事が漏れ伝わってきたのだろう。この種の噂が広まるのは早い。

作家一色次郎は空襲体験をノート十一冊に記録し、『日本空襲記』として出版した。四五年二月十八日の日記に次のように風船爆弾が出てくる。

四四年十一月ごろか四五年初めごろからだったという。風船の噂が流れてきて、日劇（日本劇場）で風船を作っていることも知っていたという。

しかし、外電にその反響が全くないというのを疑問に思い、問題にされるほどの数ではないのか、あるいは、アメリカが記事を禁止しているのか、と思いを巡らしていたところだった。

「けさの新聞を見て、ハッとした。…大本営の発表になっていないのは、的確なる戦果を知ることができないからだろう。そしてまた、けさこれが発表になったということにも、別の意味がありそうであった」

東京の日本劇場や有楽座、浅草国際劇場、両国国技館などは陸軍に接収され、動員された女学生が原紙を貼る作業や、風船を膨らませて空気が漏れていないかを確かめる「満球テスト」などを行っていた。

風船爆弾の打ち上げが開始されたのは十一月七日だったが、十一月ごろから風船の噂が流れていたとしたら、基地周辺住民の目撃談が届いたのだろう。

それにしても、アメリカが記事を禁止していたのではないかという一色の指摘はまさに的を射ており、鋭い観察眼には驚かされる。

風船爆弾は和紙、コンニャク糊を使った純国産製だったが、偏西風の存在を科学的に実証した兵器でもあった。敗戦が濃くなる中、破格の戦費を投じ、大勢の女学生、国民学校の児童、女子挺身隊員までもつぎ込んで秘密裡に製造された新兵器の存在は、なぜも紙面に出たのか。十八日の記事は「我が当局は言明を避けている」とか「気球攻撃が事実とすれば」など軍部の関与をあいまいにしているが、事前検閲で「不都合な真実」があれば記事は差し止められていたはずである。

陸軍兵器行政本部（兵行本部）第八研究所は風船爆弾の材料面の研究を担当した。ここの少佐だった高田貞治は一九五一（昭和二十六）年という早い時期に、雑誌『自然』上で風船爆弾の連載を行った。

高田は『風船爆弾』(Ⅲ)の中で、「ふ号作戦が開始されて半月ほど経つと、米国の気象予報のラジオ放送が入らなくなった。それはふ号到達の故かも知れないと噂し合った。その後ずっと米国のラジオ放送に注意を払っていたが、ふ号のことは勿論、山火事のことも何の電波も送ってこなかった」と、米国の報道管制について明かす。「ふ号作戦」とは、風船爆弾製造から打ち上げまでの作戦をいう。

さらに、「当時一億の予算を許容し、その出発に示した軍上属部の熱意は時が経つに従い次第に批判的となった。この作戦の結果がいつまでも不明であることが、ふ号関係者を痛く困惑させ、肩身の狭まる思いであった。戦の様相が次第に窮迫を告げるに従い、人は皆気が短くなってきた」と関係者は戦果をあせったという。

そこに「空行く怪物」による例の米本土攻撃の記事が出た。

気球練習部長で砲兵少佐だった肥田木安は『水利科学22巻2号』に「風船爆弾の思い出」を書き、樺太にあった無線を追跡する標定所が偶然にも風船から発せられたラジオゾンデの電波をとらえて気球が米国本土に到達したことを確信したと明かしている。各部隊は一つの発射台から約二十分ごとに一回放球できるまでに精度が高まり、連隊で一日で百五十個以上を放ったこともあったが、攻撃に関する米国からの情報は全くなく、空しく時が経過したころ、二月になって外電により戦果が確認できたと、安堵ぶりを記した。外電とは、例の新聞報道のことだ。

高田と肥田木が吐露した心情こそ、軍部が記事に込めた真意といえる。

一色は『日本空襲記』に、二月十八日に記事が発表されたことは別の意味がありそうだ―とも書いた。四五年二月十六、十七日は米機動部隊の艦載機が初めて日本本土を攻撃、関東地方の飛行場が被害を受けた。この攻撃に対し一色は、日本軍の新兵器が米国本土を攻撃したとの記事で国民の戦意を高揚させようとした日本軍の意図を語ろうとしたのではないか。

しかし、その後も米国からの風船爆弾に関する情報は全く入ってこなかった。戦果が確認できないことも一因となり、四五年四月になって五カ月に及んだ「ふ号作戦」は中止された。この間、約九千個の風船爆弾が放たれ、約一千個が米国やカナダなどの北米大陸に到達したといわれる。

東京初空襲が開発のきっかけ

風船爆弾開発のきっかけとなったのは、四二年四月十八日に東京が初めて標的になった「ドゥーリトル空襲」だった。横須賀、名古屋、川崎も米機動部隊の空母から発進した陸軍航空隊ドゥーリトル中佐指揮のB25編隊による空爆を受け、大きな人的物的被害を出した。

帝都をはじめ日本の主要都市が真珠湾攻撃のわずか四カ月後に空襲を受けた事態に、軍部は青ざめ、報復として四三年八月、登戸研究所に太平洋を横断できる気球兵器の開発を命じたのだった。

登戸研究所は第九陸軍技術研究所が正式名称で、陸軍兵器行政本部に属し、地名に由来して登戸と呼ばれた。

前身の陸軍科学研究所は一九三三（昭和八年）から、和紙とコンニャク糊を貼り合わせた球皮による兵器を開発して関東軍に送った実績があった。

この和紙とコンニャク糊の組み合わせは、古くから地方に根付いていた伝統的な技法である。

宮城県南部の白石地方は、江戸時代から和紙製の衣料・紙子の生産地として全国に名を知られた。紙子は、上質の原紙をコンニャク糊で継ぎ合わせ、渋柿を塗って手で揉んだ。原紙は、こうした加工に耐える強さを持たせるため、楮《こうぞ》の繊維を十分にからませてすかれた。福島県北部にある桑折町の吉川紙業では大正十年代に、繭を運ぶ袋・繭袋の製法として和紙とコンニャク糊を貼り合わせ、苛性ソーダなどで加工することによって強く、しなやかに仕上げる方法を開発していた（三浦康編著『吉川家百年のあゆみ』）。風船爆弾の原紙も苛性ソーダで防水加工されている。

風船爆弾の球皮には、こうした日本ならではの和紙製造技法が生かされ、強靭性が保たれた。「ふ号」の開発は、少将だった草場季喜の主導で行われ、アメリカ西海岸沖合から潜水艦で打ち上げる小型風船爆弾の開発に成功する。しかし、海軍はすでに多くの艦船を失っており、「ふ号作戦」に潜水艦を投入する余裕はなく、計画は四三年三月に中止になった。

日本上空は強い偏西風が吹き、空襲に飛来したＢ29のパイロットを悩ませた。東京空襲があった四五年三月十日は、福島県の平市街地も焼夷弾攻撃を受けた。仙台市郊外にも焼夷弾が落とされ、宮城県蔵王山ろくの不忘山には三機が相次いで激突して全搭乗員が死亡した。この日は東京空襲にだけＢ29が出撃をしており、このうちの何機かが偏西風で平や仙台、不忘山に流されたとみられる。

後にジェットストリームと名付けられた、この強い偏西風を発見したのは初代高層気象台長の

いわき市勿来の風船爆弾発射基地跡（2016年）

大石和三郎だった。長年にわたって高層風を観測し、冬期間に日本上空を吹く西風は非常に強いことを論文にして、昭和の早い時期に発表した。この論文は国際的に評価されなかったが、現在の気象庁に当たる中央気象台の技師だった荒川秀俊は注目していた。

荒川は白河市出身。東京大学理学部を卒業して中央気象台に入った。戦後は気象研究所長も務めて退職。その後は東海大学教授を務めた。

荒川は四二年秋、日本軍の航空隊基地があったパプアニューギニアのラバウルに出張した際に健康を害することがあった。ベッドの上に横たわり浮かんだのが、大石により発見された非常に強い西風を利用する風船爆弾のアイデアだったという。

帰国後に、中央気象台長だった藤原咲平を通してこの案を提出したが、藤原は不確実な方法なので採用されないだろうと語ったと荒川の著書『お天気日本史』に出てくる。

ところが、悪化をたどる一方の戦局を打開する決定打として軍部は再び風船爆弾に注目し、登戸研究所に研究開発を命じる。登戸研究所は中央気象台に高層気流の研究を要請。気象台では荒川が中心になって風船爆弾を流す高度、米国到達までの時間などの基礎的調査を行った。

荒川が『地学雑誌第682号』に書いた「風船爆弾の氣象學的原理」によると、荒川らは大石の報告を参照にしながら約半年をかけて研究を進め、強い風が吹いて風向も一定している冬季に銚子あたりから放球すると二、三日で米国の中枢部へ到達する公算が強いとの結論に達した。根室からの放球が最も早く到達すると計算されたが、まれにシベリア極東部をかすめる危険性があり、ソ連との事を荒立てたくない軍部は根室からの放球を外している。

四四年三月、陸軍が開発した直径十メートルの風船爆弾による作戦が正式に決定され、研究機関や民間企業、和紙やコンニャクの生産地、女学生らを組み込んだ一大打ち上げ体制が出来上がった。海軍も開発した絹地にゴムを貼った直径約六メートルの風船三百個は、主に気象観測に用いられた。

　発射基地の選定は、風船がソ連に入りこまないよう仙台以南を条件に、①太平洋沿岸②山間の無風地帯または地上風が少なく平らな地形③補給に便利で防衛上も都合のいい場所―を考慮、候補地の気象条件も加えられ、草場自ら北海道から東日本の海岸線を車で走るなどして何度も現地調査を行ったという。（「自然(Ⅲ)」）

　こうして、風船爆弾打ち上げ開始のわずか二カ月前に一宮、大津、勿来に基地が決定され、気球連隊本部、第一大隊、通信隊、気象隊、水素発生小隊を大津に配置した。大津では少しの風でも発射できるように板張りの高い囲いが施された。第二大隊は一宮、第三大隊を勿来に置いた。各基地にはコンクリート製の十二から十八の円形放球台が設置され、その数は合わせて四十台以上になった。各大隊から十一月から三月までに約一万五千個を打ち上げる計画だった。

和紙、コンニャク確保に苦労

風船爆弾の開発とあわせて、和紙、コンニャクの生産も急がれた。

福島県は東北でも有数の和紙生産地であり、一九四〇年（昭和十五）年の県統計では四百七十の工場に千八百人が従事した。最も多いのは上川崎和紙に代表された安達郡で、遠野和紙で知られた石城郡（現いわき市遠野）、耶麻郡、伊達郡と続いた。これら産地は楮が採れた山間地にあり、上川崎地区は阿武隈川、遠野地区は入遠野川、伊達郡梁川町の山舟生和紙産地には山舟生川など、紙すきに欠かせない河川が流れていた。

和紙生産のほかに、楮を集めてはぎとった皮を売買する剥師《はぎし》が四一年現在で福島県内に四十七人おり、半数近くが伊達郡だった。剥師から買い集める商人もいて生産、流通システムが成り立っていた。

四〇年には統制が始まり、和紙を自由に売買できなくなった。この年七月に福島県手漉和紙工業組合が設立され、上川崎に事務所が置かれた。組合に加入しないと苛性ソーダなどの資材供給が受けられず、製品は出来上がりを厳しく検査された。

四一年には、宮城県船岡にあった第一海軍工廠《こうしょう》から同手漉和紙工業組合に軍用紙五十万枚の割り当てがあった（安斎保夫・安斎宗司著『ふくしまの和紙』）。和紙は、火薬を包むのに用いられた。余談だが、米軍の記録に日本兵捕虜が日本国内の軍事施設などを供述したことが報告されており、この海軍工廠の存在も明かされていた。

喜多方市に四二年に設立された会津製紙所も、第一海軍工廠から火薬包装紙を受注した。（『喜多方市史第8巻』）

四四年七月になると、福島県手漉和紙工業組合は国の統制組合に改組され、製造と販売を統制して国策の遂行に協力することになった。

国策とは風船爆弾の球皮に使う和紙生産のことだが、風船一球に原紙六百枚が必要であり、作戦実行を急ぐ軍部からノルマが課せられた。しかし、人手不足も重なって生産には苦労した。同組合の記録には「軍用紙の割り当て…消化容易ならず。組合は報奨制度等を設けて割り当て達成につとめた」と書かれている。

ところで、上川崎地区は四五年七月十二日深夜に焼夷弾空襲を受け、人家に被害が出た。風船爆弾の原紙製造に用いた和紙産地だったため空襲を受けたという説があるが、これには全く根拠がない。

風船爆弾はすでに四月に打ち上げが中止されており、この時期に上川崎の集落だけを夜間に、しかも威力の強い焼夷弾を落とす戦略的な理由はなく、上川崎と風船爆弾を結びつける米軍の報告書もないからだ。米軍が打ち上げ基地や製造工場を把握していれば、こちらの攻撃を優先させたはずだが、その事実もなかった。

この時期は、Ｂ29による中小都市空襲が展開されており、この夜は一つの筒に束ねられた小爆弾をばらまく「親子焼夷弾」による宇都宮空襲が行われた。宇都宮は空襲時に悪天候で、焼夷弾千五百発が残弾処理のためどこかに投下されたと報告されている。

空襲を終えたＢ29は茨城県高萩市から鹿島灘に抜けて帰還したが、このルートから外れた出撃機が上川崎地区上空で残弾処理の投下をした可能性が高い。この夜は午前三時まで福島県内に警戒警報が継続し、中通り各地の山林で火柱が上がったという。（福島民友新聞社『ふくしま戦争と人間７』）

上川崎の和紙生産には、人手不足を補うため安達地区や郡山市の女学生らも楮の皮むきに動員された。

いわき市錦町では、要請に応じて田んぼの周囲に植えてあった楮を切り、道路にまとめておくと、集めた分の代金がもらえた。静岡市でも、旧市内のほとんどの女学校、国民学校、隣組が皮はぎに従事したという。

愛媛県の和紙生産地にあった川之江高等女学校（現川之江高等学校）は、楮の皮はぎから満球テストまで一貫して風船造りに携わった全国でも数少ない学校の一つだ。四四年六月から皮はぎを始め、製紙工場に動員されて原紙を作った。さらに学校の運動場に建てたバラック内で風船の空気漏れを確かめるテストも行われた。（『風船爆弾を作った日々』）

手すき和紙だけでは生産が足りず、軍の要求で機械すきを開発して生産した工場もあった。それでも小倉造兵廠では、和紙の供給が不足して風船の生産に支障が出たという。

福島県はかつて、全国に誇るコンニャクの生産地だった。四五年の生産量は全国一位で、群馬、静岡と続いた。コンニャクは水戸藩保内地方から隣接する棚倉町、塙町などの東白川地方に入り、石川地方や阿武隈山系などへも広まっていった。

明治維新の際は、代官や棚倉藩からコンニャクの統制計画が出されたが、生産者は生活を守るため立ち上がり、自由販売を勝ち取ったという歴史を持つほど、民衆の暮らしとコンニャク栽培は深く結びついていた。

しかし、戦時中はコンニャクも統制となり、四二年十一月には農林省から芋、粉の等級別価格と販売条件が示された。これよると、福島県蒟蒻原料出荷統制組合以外への販売は、この等級別価格から三割減にすると定められた。また、軍需用の特別包装費は販売価格に上乗せする優遇策も示され、生産地ではコンニャク芋、問屋ではコンニャク粉を陸軍需品本廠に納めざるを得なかった。

塙町では生産者に、山間、休耕地も利用し、従来の生産量を下回らないようにと督励がなされたが、全国から原紙を貼るためのコンニャクが集められた四三年には、福島県内で一万二千トンのコンニャクが収穫され、戦時中では突出した生産量だった。

風船一つに約九十キロものコンニャク粉を使うため、国内ではコンニャク芋不足になった。群馬県の利根・沼田地方では、ワラビの根から作った糊も用いたので、国民学校の児童らがワラビ掘りをさせられた（『前橋女子高六十年史下巻』）。静岡県でも、国民学校の生徒が山で彼岸花の球根を掘らされたという。

隠された地震

静岡平和資料館をつくる会発行の『風船爆弾と静岡』には、四四年十二月七日発生の東南海地震のころに撮影されたプールでコンニャク芋の切り干しを作る長田南国民学校（現長田南小学校）高等科生の集合写真が載せられている。プールに直接座っての屋外作業は寒く辛かったという。芋は乾燥後に機械で粉にされた。

この東南海地震は当時、報道統制により詳細が知らされなかった「隠された地震」だったが、動員学徒や疎開児にも犠牲者が相次いでいた。

長野県諏訪市にあった諏訪高等女学校（現諏訪二葉高等学校）生は四四年十二月七日、信管の部品検査をしていた動員先のバルブ工場で東南海地震に見舞われた。そのすさまじい様子が『女学生の太平洋戦争』で次のように紹介されている。

「ごう音とすごい揺れで窓ガラスは吹き飛び、逃げ出そうとした生徒や工員がよろめきながら出入口に殺到。外に出ると地下水が噴き出し、道路向かいの工場一棟が崩壊しており、電線からは火花が散っていた。恐怖のなかを建物がない方向へ逃げ出したが、幸い一人のけが人もなかった」

東南海地震は、十二月七日午後一時三十六分に発生した和歌山県新宮市付近を震源とするマグニチュード7・9の大地震だった。被害地域は愛知県、三重県、静岡県を中心に広範にわたり、津波にも襲われて千二百人を超す犠牲者を出した。愛知県では、半田市の中島飛行機工場など軍需工場に大きな被害を出し、十二月九日の報告では、動員された学徒百十九人も犠牲になった。

東南海地震から三十七日後の四五年一月十三日午前三時三十八分には、愛知県東部にマグニチュード6・8の三河地震が発生、犠牲者は二千三百人を超した。軍需工場が多い名古屋市周辺から疎開していた国民学校の児童五十人以上が犠牲になったと推定されていることも忘れてはならない。ほとんどが泊まっていた寺院本堂の崩壊によるものだった。

いずれの地震も推定最大震度は7とされている。このような甚大な被害を出したのに、二つの巨大地震は軍需生産にも大きく影響が及んだため報道が規制されたことで詳報は報じられず、軍や警察により隠された。福島民報にも両地震の記事は掲載されていない。

東南海地震当日に内務省警保局が主要メディアにどのような規制を指示したのかが分かる資料が、アジア歴史資料センターで公開されている。

極秘の判が押された図書課新聞検閲係の勤務日誌（昭和十九年十一月から十二月）がそれで、全国主要日刊社、主要通信社に電話で通達した内容が記入されている。

通達は、時局柄留意して編集する事項を次のように挙げた。

一、災害状況は誇大刺激的にならないこと

二、軍施設、軍需工場、鉄道、港湾、通信、船舶の被害や戦力低下を察知させる事項は掲載しないこと

三、被害程度は当局発表もしくは記事資料を扱うこと

四、災害現場写真は掲載しないこと

さらに、東京都、東海、近畿、各府県主要日刊社電話通達の追加がなされた。

一、軍隊出動の記事は掲載しないこと

二、名古屋、静岡など重要都市が被害の中心地域は被害甚大のような取り扱いはしないこと

最後に東京六社電話通達として、「本日の震災に関する記事写真はすべて事前検閲を受けること」と念を押した。

地震発生翌八日付の朝日新聞には、二段組で、「昨日の地震　震源地は遠州灘」と出ている。記事には確かに、人的、物的被害の詳報はなく、写真も掲載されていない。東海地区の報告では「意外な強震だったが一部に倒半壊の建物と死傷者を出したのみで大した被害はない」と強調。大阪地区は府警本部発表として、家屋倒壊など若干の被害はあるが工場の生産体制に影響はない、

との記事がある。ただ、浜松の報告には、炊き出しが行われ徹夜で復旧作業に努めたと出ているので、相当な被害があったことがうかがえる。

三河地震報道も発生翌十四日付の朝日新聞二段記事を見る。

見出しは「東海地方に地震　被害、最小限に防止」とある。まず、地震は十二月七日の余震であるとの中央気象台発表の記事があり、名古屋発で県や警察が罹災者救護に全力を挙げており、疎開学童付き添い教師に殉職者を出したものの被害は最小限に食い止めたなどと続く。疎開学童の診療班も出発したとの記事の一方で、生産陣は全く健在、余震が続く中で増産に励んでいると報じている。

あの「空行く怪物」を大々的に報じた記事と比べると、国民に届く情報がいかに都合よく操作されていたかがよく分かる。

一方で、米国にいた日本人や日系人には東南海地震についてのニュースが届いていた。

内閣府の災害教訓の継承に関する専門調査会報告書によると、異常な地震波を観測した米国では、ニューヨークタイムズが八、九日の両日にわたり東南海地震を取り上げ、巨大な軍産業の中心である中部日本で壊滅的な地震が起きたことを報じていた。西海岸に住んでいた日本人や日系人を入れた強制収容所でもニューヨークタイムズを読めたので、日本で起きた大地震に心を痛めたことだろう。

国民学校高等科生も糊作り

風船爆弾は陸軍行政本部の指導下で、全国六つの造兵廠や民間工場、学校工場で女学生や女子挺身隊員も動員して作られた。女子の方が繊細な手作業に合うというのが理由だった。林えいだい編著『写真記録・風船爆弾』には、西日本でも早い時期に原紙貼りを始めた山口県立山口高等女学校（現山口中央高等学校）生によるコンニャク糊作りの回顧が載っている。福島県内にはつくり方の記録がないので、次のように引用する。

「三日ごとに糊をつくるため早朝に起きて、四斗樽にコンニャク粉を三パーセント入れ、水を混ぜて竹の棒でかき混ぜた。厚糊と薄糊があり、厚糊に水を入れたのが薄糊。マスクをかけ防腐剤のホルマリンを入れた。粘りが出て重くなり、交代して混ぜた。糊の必要量は天候に左右されたが、ラジオや新聞で天気予報は報じられず雲の動きに注意を払った。しかし、たびたび外れて糊が余り、急いで作り足したこともあった」

米軍は和紙の原料を楮と分析したが、米国人はコンニャクを食べないので、意外にも糊の材料は最後まで解明できなかった。

軍の規格通りにすかれた和紙は、統制組合を通して陸軍需品本廠に納められた。陸軍需品本廠や出張所から支給された和紙は、風船のどこの部分に使われるかに応じ、三から五層に貼り合わされて原紙が作られた。原紙には苛性ソーダにより防水加工が施され、グリセリンで弾力性、柔軟性が補強された。

福島県内には、『風船爆弾を作った日々』のように、風船爆弾製作に動員された女学生らによるまとまった冊子や作業の様子の写真はない。市史や学校、製紙会社の記念誌などにわずかに記録が記載されているだけだが、これらは全体を浮かび上がらせる貴重な資料といえる。

島﨑直彦著『アメリカを震撼させた風船爆弾』（仙台郷土研究通巻第二六九号）もこの一つだ。ここに宮城県丸森町に住んでいて中村女子商業学校二年生当時、三菱電機郡山工場に動員された伊藤コウの証言が出ている。

伊藤は主に、原紙を糊で貼り合わせて風船の表皮を作ったが、十九本あった麻綱を支える懸ちょう帯の取り付けや、底部にあった水素ガス廃棄弁の取り付け、三十個前後が下げられたバラストの砂袋作り、満球テストまで、幅広い作業を行っていた。

また、郡山市内にある芳山小学校と桃見台小学校高学年の生徒が、朝早くから工場にきてコンニャク糊作りを行ったと証言、かなり力が要る仕事のようだったとも話している。

児童たちが互いを力づけるため、作曲されたばかりのリズミカルな「お山の杉の子」を歌う様子も伊藤は見ていた。作業時には、憲兵がサーベルを「ガチャガチャ」と音を立てて行ったり来たりすることもあり、緊張感がよぎる瞬間だったという。両小学校ともに当時は国民学校で、高等科生が動員された。

「お山の杉の子」は、少国民文化協会が学童疎開中の児童たちを元気づけるために作られた。作詞はサトウハチロー。作曲は佐々木すぐる。安西愛子が歌い全国に広まった。寒さに負けまいと、唱歌を口ずさんで糊作りに励んだ児童たちのけなげな姿が浮かぶ。

伊藤の証言はとても重要で、同郡山工場では東京以北で唯一、和紙の製作を除いて糊作りから原紙の貼り合わせ、そして風船に仕上げる成型までを一貫して作っていたことを裏付ける。

中村女子商業学校があった相馬からも生徒が動員されていたことは、他校生の証言で把握できた。しかし、相馬高等女学校（現相馬総合高等学校）関係者に聞いても知る人はいなかった。そのはずで、中村女子商業学校は戦後、中村高等女学校と名前を変え、四九年に新地高等学校中村分校に移管されて廃止された。同高校中村分校も五〇年に相馬高等学校に移管されていた。中村女子商業学校の校歌は古関裕而の作曲で、相馬の特徴が歌詞にもふんだんに盛り込まれているが、歌える人は恐らくもういないだろう。

中村高女の沿革を綴った「心のふるさと中村高女」には、使用目的も知らないまま必死に風船づくりに励んだ様子や、粗末な食事に体調を崩した生徒がいたことも明かされている。

各校の記念誌にも断片的に風船の球体造り関係の記載がある。本宮高等女学校（現本宮高等学校）生は汽車で三菱電機郡山工場に通い、風船の表紙を貼り合わせる「冷たくて大変な作業」を行った。本数が少なくなっていた汽車は満員で、窓から乗り込んだこともあったという。引率教師は、若い将校が巡視の際、大勢の前で怒鳴り、威張り散らすのがとても苦々しく思えたとも出てくる。生徒たちは、監視の目を意識しながらも、懸命に働いた。

郡山高等女学校（現郡山東高等学校）や、郡山工業学校（現郡山商業高等学校）から動員もされていた。

一方、二本松高等女学校（現安達高等学校）の卒業生は、挺身隊員として東京・蒲田の軍需工場に動員され、風船に仕上げる作業を昼夜交代で行った。体育館のような広い作業所で羽二重を糊で何層にも重ね、畳一枚ほどに裁断された布を糊付けして何枚かつなぎ合わせた。これは海軍が開発した風船爆弾の球体だった。

桑折町で製紙業を営んでいた吉川紙業も軍需工場に指定され、四四年から風船爆弾の表皮に使う原紙の加工を始めたと「吉川家百年の歩み」に出てくる。それまでは、木綿の代用品として和紙で慰問袋を作る程度だったが、原紙の加工を行ったのは同社で昔から和紙とコンニャク糊を扱っていたためだったという。

軍は和紙やコンニャク粉を全国から集め、桑折町の吉川紙業にも割り当てたが、従業員だけでは作業が間に合わず、国民学校高等科の児童も動員され、講堂などが作業場になった。和紙を何枚も貼り合わせた製品は東京に送られたが、作業は四五年春ごろに打ち切りになった。

当時の工場は、町中心部にある旧伊達郡役所の裏側にあった。町内には合併前の旧村も含め国民学校は四校あったが、四四、四五年の詳細な記載がなく、原紙作りに関した記録もなかったので、動員された裏付けはとれなかった。

ところが、桑折町に接する国見町の藤田国民学校（現国見小学校）教員だった古川松太郎は、『明治百年福島県教育回顧録』の中で、「小学校高等科の児童が授業を中止して軍需産業に従事したあわれな姿が思い出される」と次のように回顧していた。

「風船を作るためコンニャク糊で丈夫な紙を何枚も貼り合わせる作業で、子供たちは空き腹を抱えて黙々と働いたのが目に浮かぶ。監督をしつつ同じ作業をしながら、果たしてこれがどの程度役に立つのか疑問に思っていたが、使用されたものか、効果があったものか、くわしいことは今もって分からない」

国見町に住む武田勲氏の高等科担任は古川だった。

「古川先生は体格のいい穏やかな方だった。高等科は一クラスだけで男女六、七十人はいたかな。女子は昭和十九年の高等科二年生のときから、吉川紙業の紙貼りをやっていたように聞いていた」と話すが、町内に当時のことを知る女性はもういなくなったという。武田氏も四五年二月に動員され、矢吹町で開墾作業に当たった。とても重要な証言を残してくれた武田氏は二〇二二年四月十五日、九十一歳で亡くなった。

藤田小学校にも高等科生による紙貼りに関した資料がないため、どこで作業をしたのかなどは明らかでない。

須賀川市の乾繭所は休業状態にあったが、広い施設と乾燥設備があったことから、須賀川町第一国民学校（現須賀川市立第一小学校）高等科生男女百五十人が動員されて原紙作りを行った。畳一枚ほどの和紙にコンニャク糊を七回ほど塗ったというが、何層にも重ねたはずである。作業が滞ったのは、乾燥機の燃料だった石炭が不足したせいだった。機密保持として立ち入りが禁止された中で、原紙は一日百枚前後仕上げられ、東京に送られたという。（「須賀川市史」）

原紙は兵器行政本部監督班で検査され、三菱電機郡山工場や造兵廠などの球皮を作る工場に送られた。

手のひらに血がにじんだ

いわき市遠野町で、遠野和紙を使って原紙作りをした様子が『戦争と勿来』第三集に出てくる。発行は、草の根による平和運動を目的に結成された「平和を語る集い」による共同編集。一九八五（昭和六十）年十二月に第一集が発行された。勿来の打ち上げ基地など風船爆弾に関した証言がまとめられた貴重な記録集でもある。

第三集の「風船爆弾の球皮つくり」によると、原紙作りのため現在のいわき市遠野町根岸に民間会社が設立され、糊作りが一人のほか、原紙作りは一般人約二十人、女子挺身隊員約二十人が従事した。敷地には作業場のほか、三方を板塀で囲んだ屋外乾燥場があり、遠野和紙のほか、一部は群馬県産の和紙も使ったというから、和紙不足の状況にあったようだ。コンニャクは群馬県下仁井田産を使った。

貼り方も詳しく説明されている。

まず、漆塗りの木台に刷毛《はけ》で厚糊を塗り、その上に大判生紙（横一・八メートル《メートル》、縦七十センチ《センチ》）を乗せ、厚糊を熊毛の刷毛で二度塗る。乾くと障子張り用のような刷毛を使い、厚糊を水で薄めた薄糊を塗り、乾かないうちに小判（縦横約七十センチ《センチ》）の生紙を横に三枚並べて貼る。貼り合わせの部分は一㌢ぐらい重ね、しわや気泡ができないよう両手のひらで刷り込む。さらに厚糊を二回塗り、その上に薄糊を塗って、乾かないうちに大判生紙を素早く塗る。

この過程を繰り返し、大判三枚と小判二枚の五層を十三回塗って貼り合わせ、一枚の原紙が出来上がった。大判、小判を組み合わせたのは強度を保つためだ。最後に竹ベラではがし、裏返して乾燥させた。青春時代の一ページは、手のひらにしもやけができて血がにじむこともあった日々だった、と作業の辛さも記された。

出来上がった厚紙は東京に送られ、日報は仙台の「ある地方機関」に郵送されたという。ある地方機関とは、東京第一陸軍造兵廠仙台出張所だったとみられる。

先にも書いたが、喜多方市には四二年末に設立された会津製紙所があった。ここでは、第一海軍火薬廠から受注した火薬包装紙を作っていたが、風船爆弾用原紙の製作も依頼された。一時は陸海軍当事者間の対立もあったが、両者協議のうえ同時に作業が進められ、原紙作りは喜多方中学校（現喜多方高等学校）の講堂で町の表具師を動員して行われた（『喜多方市史第8巻』）。十数人の挺身隊員も原紙作りに従事したとの証言もあった。陸海軍の作業を同時に進めたとか、表具師も動員したとの記録はほかに見られないが、作業の様子を語れる人はいなくなったので、これ以上のことは分からない。

東北における女学校でも風船爆弾との関わりがあった。
岩手県では、岩手高等女学校（現岩手女子高等学校）四年生が神奈川県の相模造兵廠に動員となった。昼夜交代で原紙を貼り合わせた表皮造りや気球から爆弾を吊り下げる懸ちょう帯を作る仕事だった。（加藤昭雄著『学校から授業が消えた』）
山形県では、宮内高等女学校（現南陽高等学校）三、四年生が校内に疎開した工場で和紙を糊付けして原紙作りを行った。寄宿舎の生徒は一日置きに夜勤となり、真夜中の作業を強いられた。天童高等女学校（現天童高等学校）では、寺に泊まって農業倉庫を借り、二交代で原紙を作った。製作所の分工場として生徒五十人ずつが約一カ月間にわたり作業を行った。（佐藤源治著『決戦化の山形県教育史』）
これまでたびたび取り上げてきた三菱電機郡山工場だが、『三菱電機社史創立60周年』や『郡山製作所創立50周年記念誌』などによると、四三年四月に世田谷工場の分工場として落下傘製造の拡充を図るため、休止していた片倉製糸紡績岩代製糸場を買収して発足した。四四年四月に分工場から独立した郡山工場となった。風船爆弾の球体を造ったのは同社で郡山工場だけだった。
郡山工場は国道4号線沿いにあり、戦時中は千五百人が働いたが、このうち八百人は動員された女学生、女子挺身隊員らだった。

芸者も三菱電機郡山製作所に特別女子挺身隊員として動員されていたという。四四年三月三日付福島民報夕刊に、福島三業組合は決戦非常措置により解散。芸妓置屋も一斉に休業するが、芸者に対しては産業方面に振り向けるよう措置を講じているとの記事が出ている。

こうした例は各地にある。京都では祇園の閉鎖に伴い、工場で風船の原紙作りに動員された芸者もいた。名古屋造兵廠鷹来製造所にも芸者が動員されていたという（『風船爆弾秘話』）。長野県でも温泉の芸者が航空機部品製造工場に動員されていた。（『女学生の太平洋戦争』）

忘れられない球体造り

福島県内に風船爆弾に関する記録が少ない中で、風船の球皮作りに直接携わった元生徒の証言はとても重みがある。

福島市の佐藤トミさんはその一人。「作業の様子は今でも目の前に浮かんできます。はっきりと覚えていますよ」と自宅で語り始めた。

トミさんが福島高等家政女学校（現福島商業高等学校）三年生だった四四年十月か十一月、校庭の片隅に防空壕を造ったころだという。教師から目的を知らされず三菱電機郡山工場行きを告げられ、慌ただしく荷造りをして鉄道で送った。郡山に動員されたのは、トミさんの一クラス五十五人だけだった。

工場左側の奥にあった寮に入った。部屋は二階で十五畳ほどあり、十人が入った。

工場では、出来上がった巨大な風船を初めて目にして驚いた。検査のため空気が入ると直径十メートルにもなった。ただ、自分たちが工場で何を作っていたのかは最後まで明らかにされず、口外す

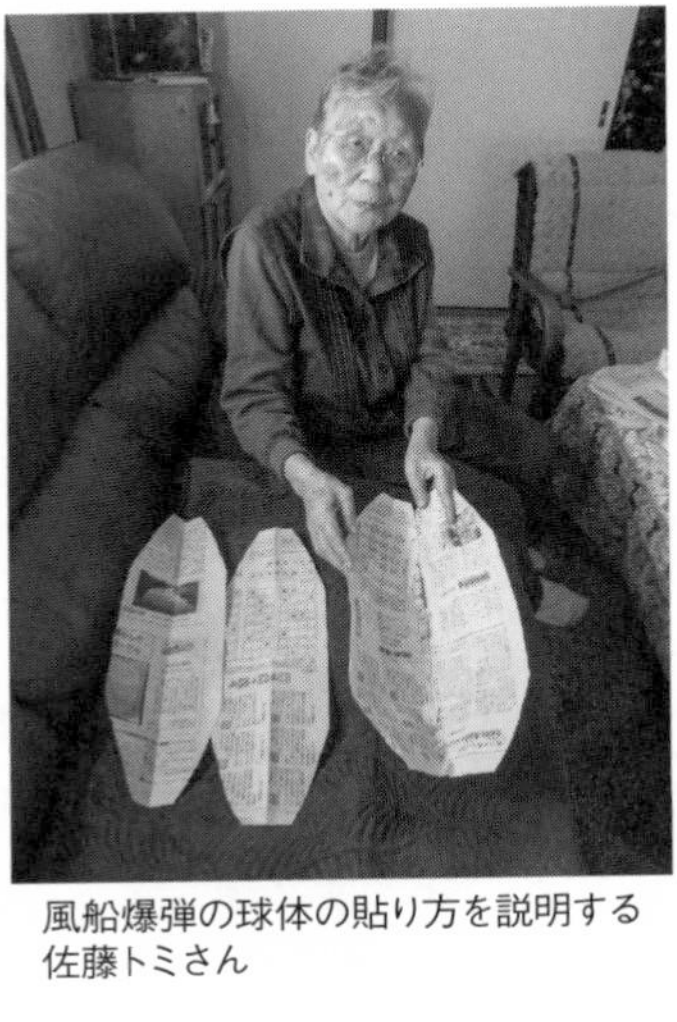

風船爆弾の球体の貼り方を説明する
佐藤トミさん

ることも禁じられていた。

「たまに休みが取れて家に帰っても、仕事の内容は家族にも話さなかった。軍刀をさげた軍人が回ってきて椅子に座り作業の様子を見回していたから、怖かったですよ」

朝六時に起きて寮で朝食を取り、点呼や所持品検査があって午前八時から板の間の大きな部屋で作業を始めた。神風の文字が染められたはちまきを絞め、支給されたカーキ色の作業服を着てモンペを履いた。日の丸のはちまきもあった。服には名前と血液型を書いた白い布を縫い付けた。作業は十人が一組になり、横一列に並んだので、五、六列になった。

作り方はなかなか理解しにくい。トミさんに言わせると「私らは骨身にしみているけれど、分かりにくいと思う。要するに、紙風船のような形にするの」だという。

つまり、一片は長さが十《メートル》で、真ん中が幅約九十《センチ》。頭と底に進むに従い幅が狭まり、船のへさきのような形になる。これをすべて感覚に頼った手作業で四十八片貼り合わせる――というのが大まかな方法だ。

作業は最初の一片作りから始まる。コンニャク糊を入れたミルク缶半分ほどのブリキ缶をもらい、両手の指を三本使って上から下へと滑らせ、原紙を貼り合わせた。板の間に座布団を敷いて進めたが、長時間中腰になる辛い作業だった。

コンニャク糊は大きな樽に入って並べてあった。原紙は部位により長さや厚み、形が異なり、外圧がかかる頭部は五層と厚かった。原紙はあらかじめ裁断されて重ねてあった。表面はすべすべしていたという。漢字やひらがなが書かれた原紙もあったというから、品質の低下や秘密保持が緩む兆しを見せていた。

トミさんの説明に熱が入る。

「私らは、原紙作りや裁断を誰が行っていたかも分からなかったんですよ。ただ、朝早くから国民学校の生徒が糊作りをしていたことは見たことがありました。力を使う大変な仕事だったようです」

糊貼りは、「うき」と呼ばれた気泡ができないよう寸分の違いも許されない。また、隣の人との呼吸を合わせる間も要求され、迷惑をかけるからとトイレに行く時間も惜しんだ。紙からはみ出た糊は入れ物に戻して再利用された。

二片目を同じようにして作り、最初の一片を十人で持ち上げて押し上げ、二片目に重ねて貼り合わせた。先細りした頭と底を最初に張り合わせたが、ここが最も難しかったという。さらに、テープと呼んだ長さ一《メートル》、幅三《センチ》ほどの厚い和紙を接合部に貼り、補強した。テープは五十本が吊るしてあった。十人が持つ個所には印が付けられていた。二片目を内側に畳んで外側の接合部にもテープを貼った。

このようにして上に押し上げ重ねる方法をトミさんは「送る」と表現した。送り出しで切片を四十八枚貼ると風船の形になる。頭と低部は穴になっているので、最後に数人が入って内と外を貼り合わせた。

風船の真ん中には、十九本の麻綱を下げるための「ざたい」と呼ばれる懸ちょう帯も貼った。風船には、砂を入れて重さを調整する袋が四十八個下げられた。「砂袋を作ったような気もする」というが明確でない。

このように文章にすると難しくない作業のように思われるが、真冬の作業には欠かせない暖が十分に取れなかった。工場のボイラーは故障しており、はんてんを羽織っても体が冷えて手のひらはしもやけになり、足は紫に変色した。余った紙をひざ掛けに利用したこともあったという。

乙女たちは辛さを胸に秘め、ひたすら働いたが、悲しいことに慣れるに従って指紋がすり減り消えそうになった。陸軍は風船爆弾の生産を急いでおり、風船は二日に一個ぐらいのペースで仕上がった。

工程の最後は、満球テストが行われた。場所は郡山で当時最も大きいとされた講堂で、大きくて重い風船を出し入れするのに一苦労だったという。テストは空気を入れて風船を膨らませた。漏れていると大きな音を立てて破裂し、地震のように建物が揺れたので、動員生にも割れたことは容易に分かったという。完成した風船は防水のためラッカーが塗られ、木箱に畳み込んで送られたが、行く先も秘密にされた。

ほかの工場では、コンニャク糊に青い色素を入れたという報告もある。色素で和紙に糊が均等に塗られているかが分かり、濃淡で厚さが判別できた。ただ、風船が飛行中に太陽の影響を受けやすいため、後に色素は使われなくなったようだ。郡山工場でも色素は使用していない。

東京では有楽座、両国国技館、東京宝塚劇場などの大きな建物が接収され、風船製作に女学生や女子挺身隊員が従事。満球テストも行われた。

郡山工場に動員されたトミさんらは、午後五時に作業が終わると再び所持品検査を受けて寮に戻った。寒さと空腹で疲れがたまった。部屋の真ん中に木枠で囲まれたスチームのパイプがあり、夜にカンカンと音を出して動き始めると思わずしがみついた。トイレは廊下の奥にあったが、夜の利用はさすがに寂しかった。何日かに一回、風呂に入れたが、女学生が一番湯に入れたことはありがたかったと目を細めた。

食事は三食とも食堂で食べた。秘密兵器を製作する学徒とはいえ、食料不足から食べ物は質素な内容だった。食器はアルマイトで、麦飯に魚一切れ、漬物二枚にみそ汁という日もあった。おかずの種類によっては、どうしても食べられない仲間もいた。そんな場合は、一箸ずつ分け合った。栄養が足りず脚気になった生徒も少なくなかった。コンニャク糊にカレー粉を入れたカレーライスを食べたこともあったという。

「家に帰ったときは入り豆、干し柿を持ってきてみんなで食べたものでした。正月に餅を持ってきたけれど、スチームに乗せて温め固くとも食べた。リンゴも持ってきて押入れの奥に置いたら、ネズミにかじられたこともあり、それは悔しかった。シラミにもずいぶんと悩まされましたね」

脱脂粉乳を持ち帰った生徒もいた。スプーンに一さじずつ盛り、甘さを確かめながら味わい合った。

しかし、工場に詰めていた兵隊の食事は動員生たちよりも格段に良かったことを生徒たちは気づいていた。民間工場の監督、検査を行っていたのは、東京第一陸軍造兵廠仙台出張所福島監督班だった。

長野県では、工場の食べ物に関し、こんな証言もあった。

動員された蚕種工場の昼食におかずかおやつとして蚕のさなぎの煮つけが出されたが、さすがに手が出なかった。野菜をさなぎの油でいため汁物に入れて出されると、食欲が減退したという。

（『女学生の太平洋戦争』）

私が住む町はかつて県内でも有数の養蚕地であり、大きな蚕糸工場が二つあった。絹糸を紡ぐ作業中に出て漂ってきた独特の臭いは今も忘れられない。まさか、茶色いグロテスクな姿をしていたあのさなぎが食べ物になったとは思ってもみなかった。

トミさんの体験談をさらにまとめてみた。

休みの日は寮で過ごした。新聞も見られず、ラジオも聞けなかった。何の楽しみもなく、おしゃれなど考えもしなかった。一回だけみんなで、神社や池に連れて行ってもらった。たまに家に帰れる日は、切符を買うため先生と朝早く駅に並んだ。

三月十日の寒い夜は、戦況の悪化を身に染みて知ることになった。警報が出たので近くの麓山公園まで逃げ、座布団を敷いて毛布にくるまりながら、まんじりともせず夜を過ごした。強風で木々が唸り空襲の恐怖を増幅させた。東の空が赤く光っていた。東京空襲に飛んできたB29が、いわき市平まで迷い込み、駅前の中心街に焼夷弾の雨を降らせて、民家や学校が燃えていたのだった。

トミさんらが寮に戻れたのは午前四時ごろだった。体が冷え切って寝付けなかったが、その日の作業はいつものように行われた。

やがて仕事がなくなり、先生から福島市に戻れると告げられた。四月十二日にあった郡山空襲の前だった。

「ひどい思いをしたから、家に帰れるのはうれしかったですよ。それでもね、報酬は最後までもらえませんでした」

報酬金に関しては、福島県労政課が警察部長名で基本算定基準を関係方面に通達。最低基準は男子中学生月五十円、女子中学生月四十円などだった。ただ、個人ではなく学校修練隊の収入となった。（昭和十九年六月十五日付「福島民報」）

修練隊とは、それまでの生徒会のような交友会を軍隊組織のように再編、各学年は大隊となった。隊長は校長なので、報酬は実質的に学校に入った。

ただ、生徒への支給は学校ごとに異なっていた。他県への動員生には、寮や食事代などが引かれて渡されたり、学校で貯金して本人に支給されない例もあったようだ。いずれにしても各学校の修練隊がどのように報酬を処理したのかは記録がなく、もはやたどりようがない。戦後に生徒会を再建した際、学校で残金として保管していた報酬を役立てたという県内の学校もあった。

トミさんは郡山から戻ると、杉妻国民学校南側の松林の中に疎開してきた海軍関係の工場に再動員され、工具で航空機部品の計測を行った。

八月十五日は杉妻国民学校に集められ、校庭に正座してラジオを聞いた。内容はよく聞き取れなかったが、職場に戻って終戦を知った。国の勝利を信じ、ひたすら働いてきたので驚いたが、安堵もした。先生に帰宅しても構わないと言われ、すぐに家に戻った。

抑留所への物資投下を目撃

終戦から十日が過ぎた八月二十五日、太平洋上の米空母ヨークタウンから飛来した艦載機十二機が福島外国人抑留所となっていた福島市のノートルダム修道院上空を旋回した。午後に飛んできた雷撃機九機は救援物資を入れたドラム缶をパラシュートで投下した。米軍による救助作戦の第一派だった。

解放を待ちかねていただけに、英国人収容者らは屋根の上から力いっぱいシーツを振り、艦載機に「私たちはここにいるぞ」と言わんばかりに投下の位置を知らせた。ＰＷ（ＰＯＷ 捕虜収容所の意味）の文字を表示するように、との米軍の指示通り、野菜畑に古いシーツを裂いて並べた。その様子を艦載機は写真に収めている。

私は戦争で捕らえられた外国民間人を知ってもらおうと、一九九一（平成三）年に『秘められた抑留所』を出版した。また、ノートルダム修道院のシスター今泉ヒナ子氏の協力や抑留者らの手記に基づき、二〇一三（平成二十五）年に『追われた人々』（私版）をまとめ、修道院建設に至る経緯やドイツ海軍に撃沈、だ補された客船貨物船の様子、食料不足や、県警特高課が編成した警備隊による虐待に苦しんだ抑留者の体験を明るみにした。しかし建物は東日本大震災で被害を受けて解体され、抑留所があったことも忘れられてしまったので、この機会に少し修道院と外国人抑留所との関わりについてページを割きたい。

福島市のノートルダム修道院は、キリスト教の布教と教育の普及ため一九三五（昭和十）年に完成した。横浜の山手教会も手掛けたチェコ人のヤン・スワガー設計による福島市内ではとても珍しいゴシック洋式の二階建てで、正面玄関から見て左右が同じシンメトリック構造になっていた。

建物を支える主な柱には外材も含めて固い建材が使われ、耐震などのため基礎を高くして、筋交いで部屋を補強した。会津からも建材が運ばれた。地下のボイラーは強化コンクリートで囲まれ、スチームに暖房用のお湯を供給したほか、水洗トイレも設置された。カナダやシカゴからは赤茶色のフレンチ瓦が運ばれ、修道院の美しさを引き立たせた。瓦が欠けると三州瓦で代用された。

建物を囲んだ外壁には鉄筋を入れ、セメントに花崗岩とザラメ石を混ぜて、固まらないうちに水をかけ白黒の模様を出す「洗い出し」という手の込んだ工法で仕上げられた。正面玄関と聖堂の柱は、渦巻模様を持つイオニア様式が用いられた。

建築は横浜市の工務店が請け負ったが、福島や山形の大工、左官、水道、電気業者も雇われた。当時は景気が悪く、労働者を多数雇用した建築現場は市民の注目を集めた。

三五年の落成式は福島市長や警察署長らも招いて盛大に行われ、新聞にも取り上げられた。しかし、日中戦争が始まると修道院は警察の監視下に置かれた。シスターたちも防空演習に参加したが、警察の外国人に対する疑いは強く、ひんぱんにやってきて身元調査を繰り返した。四〇年になると、戦争の足音がいよいよ近くまで迫ってきた。修道院では、病身のシスターら二人が開戦一カ月前に横浜港から帰国した。乗船したのは、第五話で取り上げる氷川丸だった。修道院を設計したスワガーも外国人への迫害を身近に感じたのだろう。四一年四月、家族とともに離日、チリで設計に携わった。余生はアルゼンチンで聖職者として過ごしたという。

開戦の火ぶたが切られると、シスターは敵国人となった。修道院は捜索されて、ヘレンケラーが来市の際に署名した宿泊簿や楽譜までもが押収され、ほとんどが戻ってこなかった。シスターは軟禁され、外出を禁じられたほか、新聞購読やラジオを聴くこともできなくなった。院内には特高課員が常駐し、ほかの修道院関係者にも、さまざまな圧力がかけられた。

四二年七月、突然やってきた県の職員に施設を開け渡すよう告げられた。横浜港には、インド洋上でドイツ海軍に捕らえられた連合国の客船、貨物船の乗員、乗客百四十人余りが輸送船に収容されており、内務省はこの人たちの抑留所として、スチームや水洗設備が整った福島市の修道院を使うことを決めていたからだった。

シスターたちは信者らに見送られ、九日に会津若松の修道院へと出発した。福島駅から乗ったのは郵便列車だったが、警察官も同乗していた。

修道院の近くには福島高等女学校（現橘高等学校）、福島商工業学校（現福島商業高等学校）があった。食料不足を補うため、福島高女生が勤労奉仕として福島競馬場にソバを植えたことがあった。作業に向かう生徒が抑留所となっていた修道院の近くを通ると、女性の抑留者から手を振られたことがあった。最も分かりやすい友好の表現でもあったが、応じると学校から叱られるので、この生徒は無視して通り過ぎたという。

福島商工生は、通りから男性の抑留者が見えたので敵意をむきだしにした態度を示すと、相手も同じような反応を示してきた。憎しみという感情だけがぶつかった戦争の正体が垣間見えた瞬間でもあった。

抑留者は日本の敗戦を確信しており、具体的な根拠を言葉にすることもあった。情報の漏洩を疑った県警特高課で編成した警備隊は予告なしにたびたび部屋の捜索を行ったが証拠は出ず、首をひねるだけだった。

父が抑留されていたオーストラリア人のアンディ・ミラー氏著『ＬＯＳＴ　ＡＴ　ＳＥＡ　Ｆｏｕｎｄ　ａｔ　Ｆｕｋｕｓｈｉｍａ』によると、情報を提供してくれたのは何と警備隊が読んでいた新聞だった。そのからくりはこうだった。

台所近くに警備隊の詰め所があり、隊長から朝の訓示を受けていた二十分程度、そこが空になることを抑留者たちは気づいていた。

そこで、清掃係りをしていた英国人船員がモップを持って詰め所に入り、新聞を取って素早くシャツに隠した。これを別の英国人船員が廊下で受け取り、トイレの個室で待機していた中国滞在歴のある英国人に渡した。この人は中国語が分かり日本の漢字も理解できたので、新聞の見出しや主な記事にできるだけ早く目を通し、逆のルートで詰め所に戻された。

この間はわずか十五分余り。見つかれば規則破りとしていつものようにかなりひどい体罰を受けることは明らかだったが、飢えが日常化していた閉ざされた抑留所内では希望につながる情報は生きる支えであり、リスクを覚悟した行動だった。

男女の居住部屋は分けられていたが、情報はドアのすき間などを通して女性にも伝えられた。少年も何人か抑留されていたが、大人から手話を習って情報を伝達する手助けもしていた。

抑留者を含め日本人関係者もすべて亡くなったので、冒頭で触れたように福島県内で一回だけ新聞報道された風船爆弾のことを知っていたかまではたどりつけなかったが、新型爆弾（原爆）投下のことは、抑留者に親切に接した一人の警備隊員により知らされていた。

戦争が終わると、全国の捕虜収容所や抑留所に米軍機による食料をはじめとした緊急物資の投下が始まった。

しかし、投下物資が目標をはずれるなどしては全国で事故が多発。福島外国人抑留所でも、落とされたドラム缶の一つが北側の壁を突き破って飛び込み、女性抑留者を直撃した。この人はギリシャの貨物船で無線員だったオランダ人のカロラインといい、船員だったギリシャ人の夫とともに抑留されていた。事故の後、すぐに警察の車で福島医大に運ばれたが、即死の状態だった。

佐藤トミさんが母親の実家から野菜をもらうため、自転車で通りかかったときだった。南側の外壁にぶつかって敷地内に飛び跳ねたドラム缶を目撃した。ドラム缶の投下で建物にも多少の被害が出ていたものの、南側の壁まで壊したことは、トミさんが話してくれるまで明らかになっていなかった。

ほかにも、付近の民家の屋根を突き抜け、将棋をさしていた男性が重傷を負って入院。抑留者の代表が投下された食料を持参して見舞いに訪れたこともあった。福島での事故を受け、米軍は投下場所を競馬場に変更した。

抑留所に投下された食べ物を、もらいに行く人たちも少なくなかった。一方で、「昨日の敵」に対し頭を下げることにわだかまりがあった人たちは、あえて空腹を耐えた。

パラシュートは思わぬところで役立った。修道院のガラス窓は、重しが付いたワイヤーが上下して開閉する珍しい造りだったが、戦後にワイヤーが壊れると、投下されたパラシュートのひもで代用された。また、修道院が戦災孤児を引き取った際も、パラシュートの生地で服が仕立てられた。

東日本大震災で抑留所に使われた修道院も大きな被害を受けた。すでに新しい修道院ができて旧修道院は学習施設として利用されていたが、施設内の寝具は、原発事故で近くの福島市役所に避難してきた人たちに提供された。

本震の後で相次いだ余震で旧修道院の天井や壁の被害が拡大し、二〇一一年十一月に、惜しまれながら解体された。

私は修道院の許可を得て解体前の部屋を点検し、棚の羽目板を利用した抑留者手作りのチェス

外国人抑留所として使われた旧ノートルダム修道院で見つかった抑留者手作りのチェス盤、棚の真ん中の板を利用した

二枚の板を組み合わせて作ったチェス盤の裏側

盤をいくつか見つけた。これらは桜の聖母短期大学の資料室に旧修道院を記念する資料とともに保管されている。

重機により建物が解体される様子も見守ったが、市内で有数の洋風建築物であり戦争遺跡でもあった文化財があっけなく姿を消していく瞬間は、哀しくて寂しくもあった。

さて、トミさんは四六年三月に卒業後、洋裁学校に通いデパートに職を得た。長年培った技はハサミを持つと生かされる。キーホルダー用に紅白の赤べこを縫い、知り合いに贈っては喜ばれていたが、今回の取材でも、「何回も言うようだけれど、紙風船と同じつくり方なんだよ」と器用に紙を切って、動員中の作業をていねいに再現してくれた。

風船爆弾の砂袋?を貼る

郡山市に住む大森セツさんは、四五年四月十二日の郡山空襲で九死に一生を得たが、再動員先の喜多方の製紙工場で紙袋を作ったことがあった。作業内容からして、風船爆弾の重量を調節した砂袋のように思える。

大森さんは喜多方市の生まれ。耶麻高等女学校（現喜多方東高等学校）二年生で郡山市の日東紡富久山工場に動員され、ガラス糸を巻き取ったり耐火レンガを運ぶ仕事をした。夜勤もあったという。十人一部屋の寮に泊まった。食事は三食とも食堂で出されたが、麦飯の上にふかしたジャガイモが乗った食事の味はおいしくて忘れられないという。風呂は大きくて、女性従業員と一緒に入れた。夜は寮で学友と頭を向き合わせて寝た。職場の生産状況次第で家に帰ることもできた。報酬として月四十円をもらえたが、食事代などを引かれて手元に残ったのは十円だけだった。これでリンゴジュースを買ったことを覚えていた。

郡山空襲から逃れ、再動員先の製紙工場で作った紙袋を再現してくれた大森セツさん

郡山空襲は、昼だからと手洗いに行ったら始まった。初めて身近に見たジュラルミン製のB29

の機体からは爆弾が降り注ぎ、破裂するたびにガラスが割れて土煙で視界をふさがれた。米軍は焼夷弾ではなく建物破壊を目的にした爆弾を使用したので、人の体は容易に殺傷された。大森さんは、防空頭巾をかぶり、型枠をはずすために掘られた床のくぼみに入って身を隠すのが精いっぱいだったという。

この日は、郡山駅東側にあるガソリンのオクタン価を高める化学物質を製造していた保土谷化学郡山工場と日東紡富久山工場を目標にした作戦が実施され、両工場の爆撃に合わせて百六十七機ものB29がテニアンやグアムから出撃した。このうち「生産物は不明だが大規模な化学工場」(米軍作戦報告)と認識した日東紡富久山工場には八十五機もが飛び立った。

大森さんは、空襲が収まったすきを見て逃げようとしたが、入り口は建物が壊れてふさがれたので、高い窓から這い出て屋根伝いに裏門までたどりついた。恐怖と緊張でのどが渇き守衛に水を求めたが、水道がやられて出ないと言われがく然とした。

足に大けがを負った級友がいたので、救急袋からガーゼなどを出して応急手当を施し、安全な場所まで運んだ。何とか田んぼの方まで逃げたら、B29の編隊が低空で飛んできて、再び爆弾を落とし始めた。白昼のすさまじい波状攻撃だった。大森さんは「恐ろしさを通り越して何が起きたのか理解できないほど混乱しました」と思い起こす。

富久山工場の空襲は約一時間にわたって続き、建物に大きな損害を受けて火災も生じた。この日の空襲で富久山工場では耶麻高女生一人を含む九十二人が亡くなり、保土谷化学では学徒三十人を含む二〇四人が犠牲になった。工場周辺の民間人も入れると四百六十人が死亡するという、福島県最大の戦災となった。

大森さんらは負傷した級友に付き添い、トラックで病院に向かった。この夜は病院の廊下で寝ることになった。翌朝、親切な民家で朝食をもらい、歩いて工場まで戻ると、耶麻高女生が家に帰るため正門に並び、駅に行くトラックを待っていた。大森さんも荷物を取りに急いで寮に戻ると、廊下に爆弾の破片が落ちており、裂け目が不気味に黄色く光っていたことを鮮明に覚えていた。

トラックに乗ろうとしたところ、同じ職場で働いていた磐梯町出身の工員から磐越西線の広田駅で駅員に渡して欲しいと手紙を預かった。救急袋に手紙を入れ、約束通り駅で手紙を渡したが、後日、この人から丁寧な礼状をいただいたという。

家に着いたら両親が「ああ無事で良かった」と安堵しながら迎えてくれた。

空襲の怖さが身に染みていたので、家ではすぐに逃げられるようにと靴を履き、布団の先に新聞紙を敷いて足を置いた。父親から注意をされたが、母親は「郡山で怖い思いをしたのだから」とかばってくれた。警報が出されると、すぐ裏山に逃げ込んだ。

五月ごろから二年生全員で、先に書いた会津製紙所に再動員され、へちま襟の服を着てもんぺを履き弁当を持って通った。工場に軍人はおらず、引率の先生がいた。

仕事は少し大きい小屋での紙貼りだったという。別の建物で職人が紙をすき一枚ずつ鉄板に貼っていた。これは鉄板を利用した乾燥機で、天日では時間がかかるので全国で利用されていた。紙の色は黒かったので大森さんは楮だと思っていたという。

袋に使った紙は何枚も重なっていたが、特に厚いとは感じなかった。袋の高さが五十センチで三十キロの米袋と同じぐらい。三、四人が一組となって折ったり継ぎ目の貼りを行った。底も折り、貼って仕上げて長方形にした。上は閉じなかった。ノルマはなかったが、報酬はもらわなかったという。

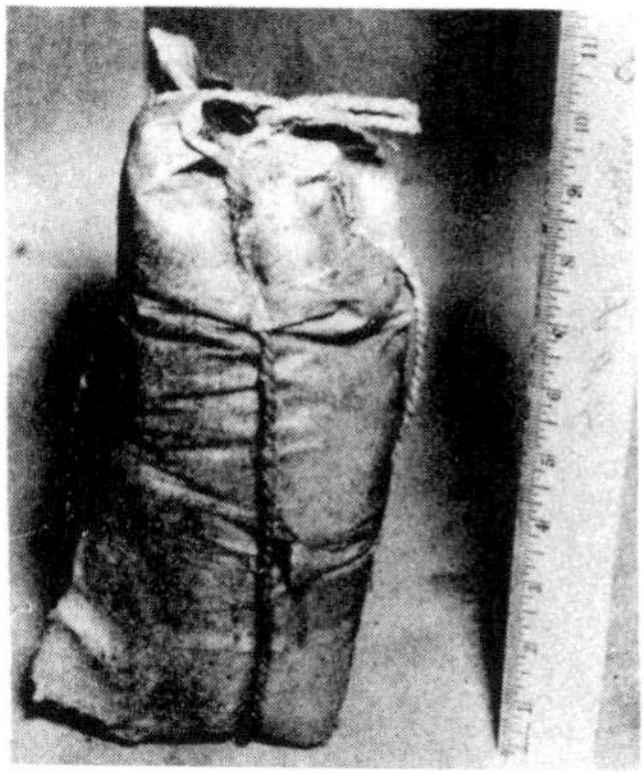
米軍に捕獲された風船爆弾に吊り下げられていた砂袋（米国立公文書館蔵、国立国会図書館デジタルアーカイブス公開）

袋の使用目的は教えられなかった。当時は風船爆弾のことを知らなかったが、工員は「風船に使う」と言っていた。

会津製紙所は喜多方中学校の講堂で風船の表皮となる原紙を作っていたが、自社でも製作をしていたことは想像がつく。大森さんらが作っていたのは風船に下げた砂袋ではないかと思ったのだが、作業時には風船爆弾の打ち上げは中止されていた。

しかし、福岡県の八女高等女学校（現福島高等学校）で終戦前日の八月十四日まで原紙貼り作業を行っていたことを挙げ、林えいだいは著書『写真記録・風船爆弾』のなかで「偏西風が吹き始める秋に向かって、ひそかに準備が進められていたのではないかという疑問も残る」と指摘している。

耶麻高等女学校は統廃校され記録がないため、大森さんらが会津製紙所でいつまで働いたのかは定かでないが、終戦の放送は自宅で聞き、戦後は家の農業を手伝った。老後も元気に過ごし、九十歳で米国観光に加わった。

落下傘製造に携わる

三菱電機郡山工場では戦時中、陸、海軍の兵士が使用するほか、荷物を落とすための落下傘製造も行った。福島県内の紡績工場で生産された絹が材料として利用されたとみられる。

棚倉町に住む菊地久子さんは、四三年に棚倉高等女学校（現修明高等学校）を卒業。四月から挺身隊員として郡山工場に動員された。挺身隊員は二十人ずつ三班に分かれて、それぞれに神奈川県や茨城県に動員された。落下傘製造現場の様子を語れる人は少なくなり、菊地さんの証言もまた、とても重要だ。

菊地さんは自宅で穏やかな口調で話し始めた。

「動員され初めて工場に来たときに、寮の部屋の窓に座り、実家の方を眺めていた記憶があります。今思うと、やはり家が恋しかったのでしょうね」

菊地さんの作業は、工場一階にあった縫製作業場での検査だった。立ったまま大きなテーブルの上に三角に仕上がった落下傘を広げ、正しく縫われているかなどを確かめた。部位によって縫い方が異なったからだ。不合格品は縫い直したが、結構出たような記憶があるという。

さらに、完成品を畳んで五十《チセン》四方ぐらいの袋に入れた。

「生地はふわふわしていたので、綱を引いて袋に入れる仕事は力がいり、大変でした」とも話す。落下傘の生地は羽二重一枚だけ。厚いのと薄いのがあった。工場で裁断も行ったようだという。縫製はミシンを並べて行なわれ、大きさに応じて一号、二号と規格があった。ミシンで縫った生地にアイロンをかける仕事もあった。国民学校の生徒たちもおり、小さな布の検査をしていたという。菊地さんの報酬は月二十九円だった。

群馬県の桐生では落下傘の投下試験を行っていた。軍の施設だったようだ。菊地さんらは、開いた落下傘を畳んで袋に入れる作業のため、国鉄小山駅乗り換えの汽車で桐生に何回か行ったことがある。

菊地さんは桐生から迎えに来た軍人に、ちょうど実家から持ってきた自家製の大福を食べてもらったが、お礼にと小山駅の売店で小説を買ってもらった。

「泊りがけだったので外出できてうれしかったです」と語るが、関東地方が繰り返し空襲されたので、実際は一度も投下試験を見られなかったのだという。

沖縄での夜間作戦に使うからといわれ、郡山工場で落下傘を男性の浴槽で灰色に染めたことがあった。この後に二階で広げ、綱を持って徹夜で「バサバサ」と空気を入れて乾かした。沖縄では激しい戦闘が行われていたが、この落下傘が実戦で使用されたかどうかは分からなかった。

その翌日というから四月十二日のことだ。二階で仕事をしていたら空襲が始まった。それほど遠くない郡山駅東側の工場地帯が爆撃を受け、混乱が広がっていた。従業員から逃げろと言われ、掛けてもらったはしごを夢中で降りて、必死にみんなの後をついていった。投弾したＢ29の編隊は郡山市役所西側の大槻町あたりで折り返し、戻ってきては再び爆弾の雨を降らせた。

動員されて初めのころは日曜に休めたので、帰宅するのが何よりの楽しみだった。朝の暗いうちに駅に並んで切符を買い、煎り米などを持って最終の汽車で戻ってきた。近くのお寺で華道を習い、梨を買いに出掛けたこともあったが、戦況が悪化すると外出する余裕も失われ、警報が鳴るたびに水がしみ込んでいた防空壕に逃げ込むなど、避難を強いられる日々が日常化した。

菊地さんの班から風船製作に数人が回されたが、仕事の内容は分からなかった。ただ、勿来から打ち上げるようだとの噂は聞いていたという。郡山高女の動員生の中にも落下傘から風船へと作業現場が代わった人もいた。「落下傘をきちんと畳まないと、兵隊さんが実際使うときに開かなくなると指導された」という郡山高女生の証言もあるが、

動員先で落下傘製造に携わった菊地久子さん

作業現場の変更は工場でいかに風船造りを急いでいたかが分かる。

いわき市の南端にある錦町の呉羽化学工業錦工場では、海軍の風船を製作した。呉羽紡績から独立した呉羽化学工業は一九四四年七月に軍需省と海軍の監督下におかれ、爆薬の原料などを製造していた。

海軍もまた風船を開発したことは以前に取り上げた。これは羽二重をゴム糊で三枚重ね合わせ、縫い目はミシンで強化、三百個を生産した。しかし、材料が高価で大量生産には向かず、陸軍の風船爆弾が正式に採用されたのに伴い生産は中止された。

ところが、海軍式風船爆弾の開発に当たった足達左京による『風船爆弾大作戦』には、海軍が四四年四月に潜水艦から風船爆弾を打ち上げる独自の計画実行に乗り出したとある。風船は直径二、三《メートル》で美濃紙にポリビニールアルコールを吹き付けた。錦工場内の相模海軍工廠分工場で生産に乗り出したが、日本本土に迫る米軍の圧倒的攻勢で実現しなかったという。

四五年五月からは錦工場で、都市上空への米艦載機侵入を妨害するため「ゼットエース」と呼ばれていた絹に薄いゴムを貼った阻塞気球百十四個を生産したが、こちらも使われることはなかった。(『呉羽化学五十年史』)

「ゼットエース」を作った元女性従業員の証言が『戦争と勿来』第四集に載せられている。これによると、約二十人が前もって東京世田谷の軍需工場で気球製作の講習を受けた。錦工場内では海軍の風船が造られていたが、これとは別に青い色をした長さが十《メートル》以上ある飛行船のような「ゼットエース」が工場で製作された。飛行機のように尾翼も付いた形をしていた。動員された植田高等女学校（現磐城農業高等学校）の生徒も作業に加わった。

作業は、型紙作り、大きなテーブルの上での裁断、三人一組で床の上に立ち膝になり、合わせ目に糊貼りしながら乾燥、はがれないようローラでのばす、といった手順で進めた。生地はゴム合羽のようだった。生産管理は厳しくて、出入り口で所持品検査が行われた。終戦になって、ゴムひもや気球の収納箱をもらったという。

錦工場にも県内外から学生が動員されたが、決戦を控えた海軍が要求する生産量は膨大で、厳しい労働環境から病気で帰宅する生徒が相次ぎ、ついに生徒全員を引き揚げた学校もあったという。また、厳しい仕事や空腹に耐えられず、終戦間際に友達と一緒に寮から抜け出して夜の山中を五十《キロ》以上歩いて帰郷した女性もいた。

県北地方の製作所では、工員から常にとがめられていたことから、ある日全員でストライキまがいに一日工場を休んだという女学生らもいた。

なお、『福島の学徒勤労動員の全て』（福島の学徒勤労動員を記録する会）には、空襲下の工場などで青春を過ごした生徒たちの姿が詳しくまとめられており、動員先からの引き揚げを実行した学校のことも明らかにされている。

宮城県でも、戦況が極めて悪化したことから動員先の横須賀から学校の判断で、三月末に現地で卒業したばかりの生徒を引き揚げた女学校も複数あった。

地元も動員して勿来基地を造る

風船爆弾を放った勿来、大津（茨城県）、一宮（千葉県）の三つの基地のうち、一九四四年五月ごろから勿来駅南側の丘陵に面した田畑が軍に接収され、陸軍造兵廠が軍属や地元の勤労奉仕隊を動員して勿来基地の造営を始めた。配属された兵士も足を泥だらけにして水田の埋め立てを行い、資材は夜間に搬入されたという。

場所は海岸から約一キロ西側の山中にあり、三方を丘陵地に囲まれて秘密基地として絶好の場所にあった。また、雪が降らない温暖な天候にも恵まれ、打ち上げに最適な環境にあった。打ち上げのため多少木々を伐採したという。

勿来に部隊がやってきたので、東京・中野区からの疎開児四十人は福島県内の中通りに再疎開を余儀なくされた。児童が泊まっていた旅館が将校の宿舎になったためだった。

私は二〇一六（平成二十八）年に、地元の人の案内で勿来町関田の基地跡を訪れたこと

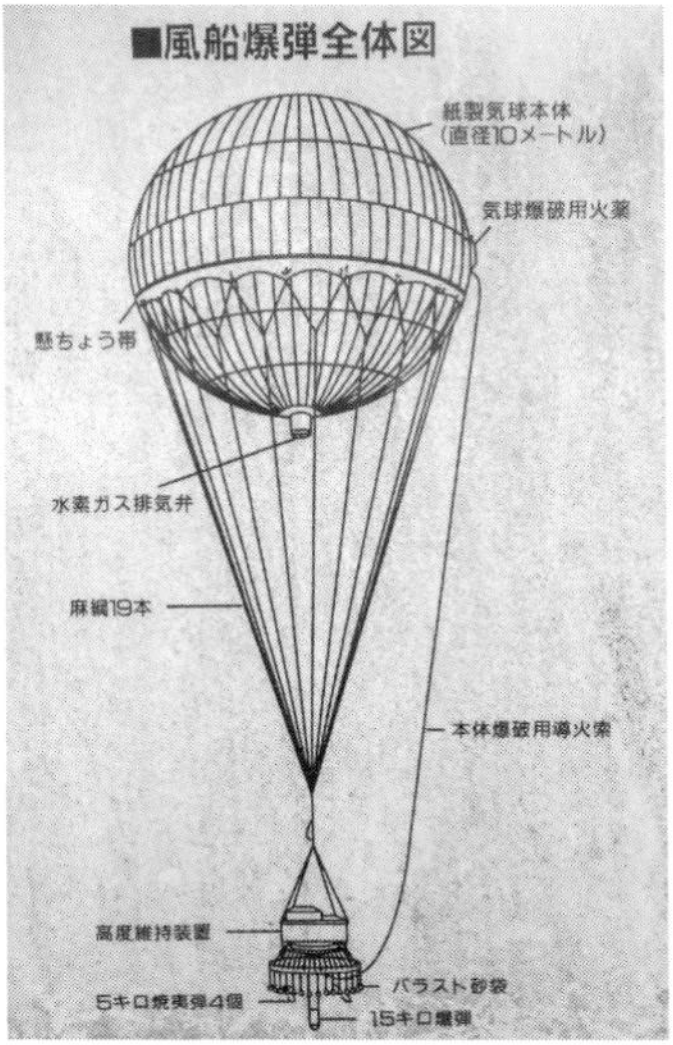

いわき市勿来の風船爆弾発射基地跡に設置されていた説明版（2016）

がある。海岸に平行して国道六号、常磐線が走り、基地跡入り口に勿来の関顕彰会が設置した「風船爆弾基地図」が立っていたが、辺りには田んぼが広がる穏やかなたたずまいがあり、戦時中の面影は全く見られなかった。当時は、すり鉢状のくぼ地に円形のコンクリート台を持つ十二床の放球台があった。

基地には兵舎三棟、三角屋根で半地下式兵舎二棟、倉庫三棟、火薬庫、事務室、炊事室、防空壕などが設置され、第三大隊約六百人が打ち上げに従事した。

勿来駅からは、川崎市の昭和電工から風船を膨らます水素ガスボンベを運ぶための引き込み線「軍線」が敷設され、軍の小型機関車が利用された。水素を入れたのは放球中隊で、ボンベから約五十メートルのゴム管を引いて充てんした。大津基地には自前の水素発生装置があり、ケイ素鉄に呉羽化学から運んだ苛性ソーダを加えて生じさせていた。

基地内に田畑を持っていた地権者だけが立ち入りを許され、焼き印を押した木製の入門証を衛兵に示して耕作を行った。

風船爆弾は、高度維持装置、自爆装置を搭載、砂袋と爆弾・焼夷弾を下げた。高度維持装置は登戸研究所を中心に多くの研究機関が関わって開発。高度が下がると装置が感知、砂袋を落とす仕組みになっていた。高度維持装置は最高機密で、機器を扱う段列中隊が球体に取り付けた。この中隊は、ほかの兵士と兵舎や食事を別にしており、会話を交わす機会もなかったという。

砂は段列中隊員が朝に水素を入れた後の作業として行い、海岸で詰めた。米軍は捕獲した風船爆弾から構造を解明したが、吊り下げていたバラスト砂から基地を特定しようとした。西部防衛司令部参謀長として風船爆弾対策に当たったW・H・ウイバーによると、砂を分析した専門家が五カ所の地名を挙げたので空から偵察し、基地の一カ所を割り出したという。（「リーダーズダイジェスト「日本の風船爆弾」）

これらがどこの場所かについては触れていないが、勿来基地では建物の屋根に偽装網をかぶせ、米軍機が接近してもあえて高射機関銃で反撃をせず隊員は横穴の防空壕に隠れたので、攻撃されなかった。ほかの基地も攻撃を受けておらず、実際のところ米軍は放球基地を割り出していなかったようだ。

風船の直径が十《メートル》だったのは、偏西風で運ぶための浮力や高度を計算したためで、搭載兵器の重さも三十五《キロ》に制限された。しかし、全体の重量は約二百《キロ》、全長は約二十《メートル》にも及び、まさに「空行く怪物」の姿そのものだった。

四四年十月二十五日、ついに風船爆弾による攻撃命令が出された。放球は十一月三日だったが、なにせ国内で初めて扱う兵器に不慣れなせいもあり、一日に勿来で、三日にも大津で爆発事故が起

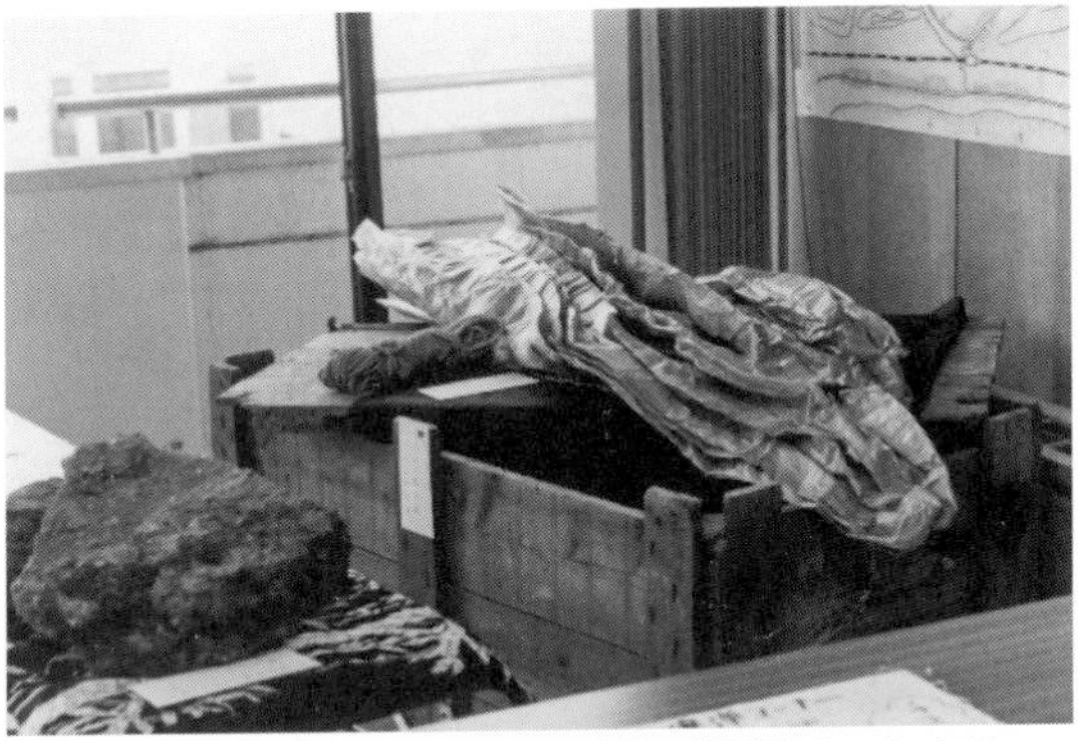

風船爆弾の球皮、球皮を入れた木箱、放球台のコンクリートの残骸（サークル「平和を語る集い」提供）

きて、三人ずつが亡くなった。勿来の事故では、谷全体が真っ赤な炎で覆われたという。犠牲者は戦死扱いとなった。

それでも打ち上げは十一月七日から開始された。打ち上げられた風船爆弾は高度九千メートルから一万二千メートルの間を時速三百キロという速さで運ばれ、二日から三日で北米大陸に届いた。

米軍が放球基地をつかめなかった要因の一つは、打ち上げ時期が四四年十一月と遅かったことが挙げられよう。

情報戦を重要視した米軍は、捕虜となった日本兵の尋問にも力を入れた。風船に詳しいとされた捕虜も尋問されたが、これらの兵士が主に捕まったのは四四年五月のサイパン、テニアン戦までと思われる。したがって、気球部隊や基地の選定、打ち上げに関する情報は引き出しようがなかったはずだ。

同じように、風船製造の工場もつかめなかった。三菱電機郡山工場東側には国道四号をはさみ、米軍の空襲目標番号１６５５がつけられた客貨車等の整備などを行う国鉄郡山工機部があった。

郡山工機部は戦前の国勢調査などから早い段階で情報をつかめたので、四四年八月に米軍が作成した郡山市内地図にも目標番号がつけられていた。

保土谷化学郡山工場は捕虜が重要な化学物質の生産拠点であることを供述。郡山市内に三カ所あった飛行場の位置も捕虜が明かしていた。

収容所入所者からも聴取

米軍は捕虜ばかりか、戦前、福島県に住んだことがあった日系人にも福島県内の発電所、道路、鉱山、若松二十九連隊の位置などについて聴取していた。

米国戦略爆撃調査団（ＵＳＳＢＳ）報告によると、これらの日系人は米国で生まれ、福島県で教育を受けた〝帰米二世〟や二世と結婚して米国に渡った女性らで、四三年八月に入所先のアイダホ州ミニドカ強制収容所で聴取された。

捕虜や日系人らは、郡山市内にあった日東紡第一から第三工場の位置や規模などについても明かしていた。このうち、第三工場は四五年七月二十九日、原爆投下部隊が投下した模擬原爆により全壊した。

打ち上げられた風船爆弾の姿は、基地の兵士や地元民に「青空に白い花が飛ぶようで美しかった」、「白い雨傘が浮かんだようできれいだった」、「クラゲが飛ぶようだった」などと映り、戻ることのない旅立ちに哀れささえも漂わせていたという。

放球の際は、海軍で製作した絹地の風船一個がラジオゾンデを積んで一緒に上げられ、宮城県岩沼やサハリン、青森県古間木、千葉県茂原から風船部隊の観測隊である標定《ひょうじょう》隊が電波を追跡した。標定隊と部隊本部は専用線で結ばれた。米軍も実はこの電波を傍受して風船爆弾の飛行状況を把握しており、米国に近づくにつれ迎撃に飛び立った戦闘機に海や陸上で撃ち落された。

岩沼には標定隊の本部が置かれ、高さ二百《メートル》のアンテナや、ゾンデの電波をとらえる方向探知機も運びこまれたという。（吉野興一著『風船爆弾』）

仙台市の元教員新関昌利氏は三十年以上前に、岩沼市の海岸沿いにあった松林の中で標定隊の跡と思われる鉄柱や石の土台を見たことがあった。

　いとこが住む長谷釜地区を訪ねた際に、海水浴場の駐車場係をしていた地区の人から立ち話で「実はこの近くに風船爆弾の基地があった」と聞いた。

　それでは確かめてみようと歩き始め、江戸時代から掘削が始まった貞山堀と海岸線に挟まれた松林を一・五《キロ》ほど北に行った左側に見つけた。長谷釜から藤曽根地区までの間だったという。当時は風船爆弾にそれほど深い関心を持っていなかったので、松林の中までは入っていかなかった。基地とは、標定隊と考えていい。

　東日本大震災後に気になって探してみたが、津波で辺り一帯がすっかり流されてしまい、地域の住民も移転していたため分からなかったという。

欠かせない気象観測情報

放球の決定を下したのは、大津基地に本部があった気球連隊の連隊長だった。打ち上げはその日の天候次第で、いわば風任せだが、それだけ正確な気象情報が必要だった。本部には約八十人編成の気象班があり、三交代で高層観測気球を上げたり、暗号で入る気象情報の解読に当たった。（『戦争と勿来』第三集）

大津の本部には、陸軍気象部や中央気象台からも情報が入った。『風船爆弾』には、陸軍気象部の将校たちが放球部隊の本部と観測データを見ながら電話で毎日、打ち上げるかどうかを決めていたというが、この中で小名浜などの地名が耳に残っていたとの証言が出てくる。

福島県の海の玄関口である小名浜港から海岸線を約十キロ南下すると放球基地近くの勿来駅があるので一帯の天候は同じである。

小名浜では、一九一〇（明治四十三）年から気象観測が開始された。四四年当時は、福島地方気象台小名浜測候所として所長以下所員六人が一日三回の観測業務に当たっていた。開戦以来、天気予報は戦時機密として国民に知らされなかったが全国各地で観測を続けており、中央気象台からモールス信号で送られてくる気象データは暗号に変換されていた。

この間の経緯に詳しいのは、元日本学術会議会員で気象研究所室長を勤めた東京都在住の増田善信氏だ。

著書『気象と科学』や増田氏によると、開戦日は京都府宮津市の宮津気象観測所に勤務していたが、二十四時間勤務の夜勤として一人で詰めていた。

当時は午後六時過ぎになると、トヨハタというコールサインを合図に、全国各地の気象情報が中央気象台から送られてきた。トヨハタとは万葉集に歌われた、とてもめでたいときに出てくるという豊旗雲のことだ。

トヨハタの後は、地点、風向、風速、気圧などが定められた数字で順序立てて届き、瞬時に翻訳して天気図に記入した。

四一年四月に旧制中学を卒業したばかりの増田氏は、モールス信号をはじめ一連の業務を覚えるまで、大変な苦労をしたことを思い起こす。

八カ月後の十二月八日の午後六時過ぎ、いつものようにトヨハタが打電されてきたが、今までと内容が全く異なる電文だったので近くにあった所長官舎に知らせに行った。所長は驚きもせず予想していたかのように観測所に戻り、金庫から真っ赤な表紙の本を出してきて、これで解読できると渡してくれたという。これが乱数表だった。中央気象台は日米開戦を予想して、戦争になったらすぐに気象放送を暗号に切り替える準備をしていたという。以降、暗号解読は手間のかかる作業になった。

気象庁編集『気象百年史』に、海軍は気象台予報課と協力体制をとったが、陸軍は独自に作業を行って気象通報を実施したと出てくる。つまり、国や測候所から中央気象台に入る気象資料は、中央電信局から気象台に至る通信線を分岐して直接陸軍気象部に入るようにしていた。

海軍気象部が本土決戦に備えた最後の拠点にしようとしたのが、外務省重要文書の疎開で触れた大倉山精神文化研究所だった。施設を整備して四四年九月から特務班が移転した。

また、四四年十一月、陸海両大臣間で気象委員会規約が定められ、観測、通信、調査、暗号などの専門委員を定めて中央気象台からも臨時委員が委嘱された。四五年一月からは陸海軍と気象台の合同勤務も始まり、膨大な通報組織が出来上がったという。

気象無線はトヨハタのほか、航空気象用のヒサカタ、タラチネ、アカシアの放送、特別用事作戦用のマスラオ放送など、七系統があったという。

中央気象台では四四年ごろから、府中第五高等女学校、共立女子高等女学校から動員された生徒が終戦まで暗号関係の仕事に従事した。また、四五年一月ごろからは、早稲田実業、桜陰高等女学校の生徒も加わり現業各班で暗号電報の仕事に携わった。乱数表記入で手狭になり、共立講堂と共立女子高女の教室も借りて補ったという。

このような体制下で、小名浜測候所からの観測情報が気球連隊に必要不可欠だったことは間違いない。

風船爆弾の情報は終戦直後にすべて廃棄されたので、福島地方気象台に保管してある「小名浜測候所気象月表原簿」から四四年十一月の天候を見て打ち上げを推測してみよう。

まず、小名浜の十一月の主なデータをみる。

平均風速は一九五一年の統計で秒速三・五《メートル》、降水量は四四年で月合計百三十二・〇《ミリ》、平均気温は四四年で九・八度だった。

打ち上げは早朝と夕方だったが、初めて放球された十一月七日は、午前六時までが曇り。以降は午後九時まで快晴か晴れで推移した。風速は、午前六時が北の風二・〇《メートル》、午後六時は北北西の風二・五《メートル》だった。平均風速は三・三一《メートル》だった。この日の平均気温は九・七度で、月平均気温とほぼ同じだった。これらの気象情報は、七日が絶好の打ち上げ日和だったことを示している。

十一月は気候が比較的安定しており、打ち上げ時に降雨を記録したのは、九日、十六日、十九日、二十七日、二十八日、三十日だった。ただ、いずれの日も打ち上げに支障が出るほどの天候ではなかったようだ。

瞬間的に強い風が吹く時があり、日中少し雨が降って夜に風が強まった二十一日の午後十一過ぎには、瞬間最大風速が十六・七メートルを記録した。

高田は『風船爆弾』(Ⅲ)の中で、一宮での打ち上げ実験中に函館市近郊と秋田県に二個の合わせて三個が落下したと書いた。実際の打ち上げでは強風の影響などで落下がもっとあったようだ。

そんな突風が吹いた朝だった。勿来から放たれた風船の一つが西の陸地に流された。すると、勿来の打ち上げ基地から兵士たちが乗ったトラックが慌ただしく出て行ったことを地元の住民が目撃していた。

兵士の出動は、勿来駅から西側にある四沢地区の竹藪に迷い込んだ風船爆弾が落ちたからだった。現場では集まってきた地区民が近づきすぎないよう兵士に規制された。

竹やぶに迷い込んだ風船爆弾

当時の緊迫した様子を目撃していた人を探し出せた。勿来第二国民学校（現勿来第二小学校）の初等科一年生だった栃木県小山市在住の泉洋一郎氏だ。

その日をこのように教えてくれた。

「いつものように少し早めに登校すると、生徒らがざわついていました。高台にあったお寺から見下ろすと、ガスが抜けてグニャグニャした状態の白っぽい灰色をした風船が竹藪全体を覆っていました。まるで巨大なクラゲが横たわっているようでしたね」

学校は四三年十二月に火災で焼けてしまい、勿来駅西側にあった寺の本堂が仮校舎になっていた。火災時に先生二人で運び出したピアノが本堂に運ばれたという。風船が落ちたのは寺から三百メートルほど離れた四沢地区との中間あたり

竹やぶに落ちた風船爆弾を目撃した泉洋一郎氏、気象観測の職業に就いて県内にも勤務した（泉洋一郎氏提供）

だった。

「私たちは、お寺の裏の雑木林に隠れて固唾をのみながら様子をうかがっていました。好奇心による怖いもの見たさだったのでしょうね。爆弾が付いていたかどうかまでは覚えていません」

やがて一時間目の授業が始まった。避難はさせられなかったので爆弾は撤去されたのだろう。それでも泉氏らは、爆発への恐怖と爆発音が聞こえるかもしれないわずかな期待で授業どころではなかったという。

休み時間を待って児童は一斉に裏山に走った。しかし、「巨大なクラゲ」の姿は跡形もなく消えていた。

秘密兵器の事故だけに地区民や児童たちにかん口令が敷かれたはずだが、泉氏の記憶にそのことは残っていない。

盛んに放たれた四五年には、内陸の山間部や近くの港に迷い込んだ風船爆弾もあった。海に落ちたものは部隊が回収した。

泉氏は横須賀生まれ。父は海軍軍人だったが、マーシャル群島で戦死した。母子家庭となり縁故を頼っていわき市勿来町関田に疎開した。家は砂浜のすぐ前にあり、朝夕放たれる風船はまさに戦争を実感させる瞬間だった。

しかし、夕日を浴びて水平線の彼方へと消えていく姿は感動的でもあった。子供たちは自分が感じた印象に大人たちから聞いた噂を加えて想像を膨らませながら学校で自慢げに、そしてひそかに話し合った。米国まで飛んで爆発する噂もあったが、泉氏は内心、「そんなに飛んでいくのかな」と疑問に思っていたという。

勿来駅から打ち上げ基地まで物資を運ぶ専用線が走っていたが、途中に作られた切通しの急な坂を上った高台の上に兵隊二人がテントを張り、大津基地からの打ち上げを含めて風船の行方や天候を確かめていた。泉氏はここに一度だけ行ったことがあった。

「ふかしたサツマイモを持っていきましたが喜ばれましたよ。切通しの北のはずれに大きなイチョウの木があり、戦後、母とギンナンを拾いに行きました。そういえば根本に石仏がありましたね」

家庭環境から公務員をめざし、最初に受験をしたのが気象庁だった。会津若松市の測候所を振り出しに気象庁や関東周辺に勤務、羽田や成田では航空機に気象情報を提供し、福島県では白河や小名浜測候所に勤務した。

「何事にも一生懸命に取り組む人で、小名浜ではヨットを手作りして湾内のセーリングを楽しんでいました」と元同僚が泉氏について話してくれた。

泉氏の幼心に残った風船爆弾の記憶は気象観測の仕事と直接関係はなかったが「自然を相手にした気象観測の仕事は自分に適していました」と振り返った。

勿来基地では爆発以外に大きな事故はなく、実弾が飛び交う戦地を知らない将校や下士官ばかりだったので、比較的楽な勤務だったという。

それでも食料不足には苦労した。とろろイモを探して食べ、捕まえたヘビは焼いてたんぱく源にした。楽しみは宴会。小名浜で買ったアンコウを内務班が吊るして調理し、振る舞ったこともあった。隊員百人以上が外出してはやりの歌を聞いたり、歌謡曲大会も開かれたという。（いわき市勿来関文学歴史館『フ号作戦と勿来』）

風船爆弾は四五年四月まで三基地から一日平均二十個、合計約九千個が放たれ、約一千個が米国、カナダ、メキシコ、アラスカなどの北米大陸に到達したとみられている。

それでは、なぜ四月で「ふ号作戦」は中止になったのか。

軍部は米国のラジオ放送や新聞報道に戦果を頼ったが、四五年二月十八日に例の「空行く怪物」が日本国内で報じられてから、風船爆弾に関した情報は全く入らなくなった。

さらに、勿来や一宮基地に水素を供給してきた昭和電工川崎工場も爆撃され、鉄道も攻撃されて輸送もままならない状況に陥った。制空権や制海権を失い追い詰められた軍部に、戦果が得られない「ふ号作戦」を続ける余裕はなくなっていた。

勿来基地には四月から呉羽化学錦工場が水素を供給することになり、海岸まで二キロのパイプラインが設置されたが、作戦中止で使われなかった。

風船爆弾は陸軍兵器行政本部の指導で登戸研究所が開発したが、兵行本部が戦後、ＵＳＳＢＳによる風船爆弾に関した質問に英語で回答した文書には、米国での被害が不明だったことや本土への空襲激化により戦況が決定的に悪化したことを作戦中止の理由に挙げた。

また、風船の製造に使う大量のゴムはほかの重要な軍需品の生産に影響を及ぼしたことも記し、熱源となる石炭や水素発生に欠かせない苛性ソーダを生成させる塩、原紙の軟化剤か硬化剤に使われたグリセリンの欠乏も生産に支障をきたしたとも報告した。

風船の製造は、東京第一造兵廠（帝国劇場、東京劇場を使用）、東京第二造兵廠、相模造兵廠、大阪造兵廠、小倉造兵廠、国産科学工業本社、同両国工場（両国国技館）、同浅草工場（国際劇場を使用）、同愛媛工場、同高知工場、中外火工品第一日比谷工場（東宝劇場を使用）、同第二工場（日本劇場を使用）、同第一京都工場（京都歌舞練場を使用）、同第二京都工場（弥栄会館を使用）、三菱電機郡山工場で行ったと列記した。名古屋造兵廠でも製造したが、なぜかこの回答書には出てこない。

羽二重風船（海軍）の製造は、藤倉工業千駄ヶ谷工場、同沼田工場（群馬県）、コクアコウギョウ羽田工場（東京・蒲田、正式な会社名不明）とあるが、呉羽化学錦工場の名はない。

原紙の製造には各造兵廠や約二百五十の民間会社が当たり、そのうち約二百三十が手作業に関わったとある。

風船爆弾の心臓部となった高度維持装置に関しては、陸軍が第一造兵廠、海軍が東京芝浦電気富士見町工場で造られたと記入されていた。安全弁は陸軍が中外火工品、海軍は藤倉工業が担った。

風船爆弾一個当たりの製造費は九千円だったとの記載もある。国鉄運賃は四五年一月段階で、福島－郡山間が三等一円三十銭、福島－都内が三等六円五十銭だったので、風船爆弾にいかに戦費を投じたかが分かる。

ＵＳＳＢＳからの日本語による質問は八日に届けられ、一月十日に英文で回答を提出したとメモ書きがあるので、一九四六年のことと思われる。

作家の向田邦子は『父の詫び状』に、女学校三年生のころ軍需工場に動員され旋盤工として風船爆弾の部品を作っていたと書いている。脚気になって四五年は家におり、三月十日の東京空襲に遭遇することになった。

米で発見の風船に日本語

ここからは、米国側が風船爆弾の脅威にいかに神経質に対応したのかについて書くことにする。

事の始まりは、四四年十一月四日だった。陸軍情報部からの四五年五月三十日付の報告によると、カリフォルニア州サンペドロ沖百五キロで一隻の海軍哨戒艇が海面を漂っていた大きなボロボロの布のような断片を発見。小型無線機や気圧感知により作動するスイッチ、小型の木製枠などを回収した。絹生地のゴム製だったというから、七日の一斉放球開始を前にして打ち上げられた観測用風船だったことが分かる。

これが、米国で最初に発見された風船だったが、米軍は日本との関係をすぐに割り出した。無線通信機には日本語の刻印があり、風船の内側には鉛筆で書かれた日本語の継ぎあてが貼られていたからだ。

発見二例目は四四年十一月十四日で、ハワイのオアフ島東海岸にあるカイルアの沿岸警備隊が海に落下した物体をした。これが最初の和紙製風船爆弾で、風船やロープの破片、スイッチ、ヒューズ、砂袋放出装置などの付属品が海中から引き上げられ、ワシントンの海軍研究所に送られた。

以後、風船の発見報告は次々と寄せられた。

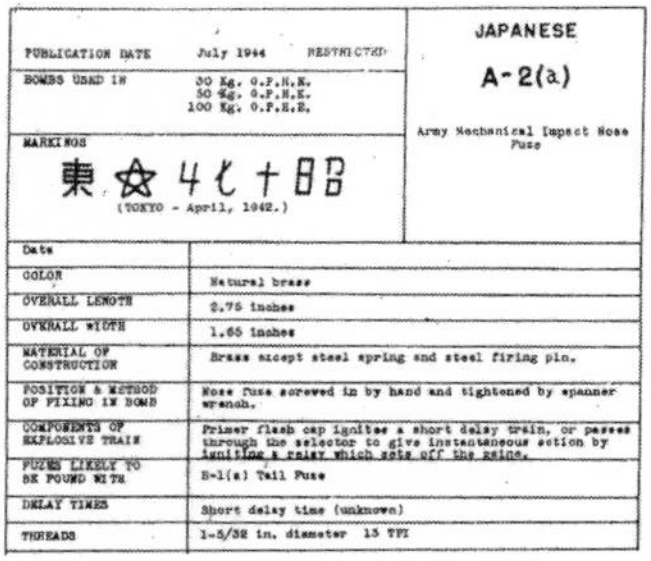

PUBLICATION DATE July 1944 RESTRICTED	JAPANESE A-2(a) Army Mechanical Impact Nose Fuze
BOMBS USED IN 30 Kg. O.P.H.E. 50 Kg. O.P.H.E. 100 Kg. O.P.H.E.	
MARKINGS 東☆4七十BB (TOKYO - April, 1942.)	
Date	
COLOR	Natural brass
OVERALL LENGTH	2.75 inches
OVERALL WIDTH	1.65 inches
MATERIAL OF CONSTRUCTION	Brass except steel spring and steel firing pin.
POSITION & METHOD OF FIXING IN BOMB	Nose fuze screwed in by hand and tightened by spanner wrench.
COMPONENTS OF EXPLOSIVE TRAIN	Primer flash cap ignites a short delay train, or passes through the selector to give instantaneous action by igniting a relay which sets off the gaine.
FUZES LIKELY TO BE FOUND WITH	B-1(a) Tail Fuze
DELAY TIMES	Short delay time (unknown)
THREADS	1-5/32 in. diameter 13 TPI

米西部防衛司令部の風船爆弾に関した報告書に出てくる、爆弾に装着されたヒューズの特徴。製造年などを示す日本語の刻印があったことが分かる（国立国会図書館蔵）

四四年十二月六日の午後六時ごろ、ワイオミング州サーモポリスでパラシュートが落下してきて爆発、炎に包まれたという目撃が相次いだ。飛行機の墜落か爆弾の破裂と思った地元民もいたほどだったという。調査で、日本軍の十五キロ爆弾の破片も見つかったが、風船は見つからなかった。

十二月十一日には、モンタナ州カリスペルで雪の中から大きな風船が発見され、現場にＦＢＩ、陸海軍の関係者が駆け付けた。風船の上部に製品登録のような日本語の荷札が貼られていた。風船は薄く細長い五層の紙をセルローズで糊付けして表皮にしており、耐性、防水性に優れていたとかなり正確に特徴を分析。風船は明らかに日本で製造されたと報告された。紙質は後に楮であることも明らかになった。

サーモポリスとカリスペルでの発見は特に日本の秘密兵器への関心を高め、全土での監視、報告体制を強めた。

四五年一月四日にカリフォルニア州セバストポールの発見例に対し、海軍調査研究所は四五年一月十八日付で以下のように報告している。

「風船は標準的なサイズで、表皮の残骸、自爆装置、四つの焼夷弾などが回収された。日本軍は今や低コストで大量の風船を生産する方法に成功し、焼夷弾や他の装置をつけて米国やカナダに達することが考えられる」。この部分には報告書で唯一、斜線を引いて内容を強調している。

さらに、これまで回収した部品の徹底的な分析から、「ある程度の数が飛来したが自爆装置のせいで発見は少なかった。砂袋で高度を調整し日本からかなりの距離を飛行したことは明確で、B29の日本空襲計画などからも米国本土に達する強い偏西風の存在は確認されている」などとも記入、潜水艦からの放球や搭乗員による操作の可能性は否定した。

このうえで、さらに飛来が増えることを想定し、気候の乾燥期に適切な対策を講じないと被害が拡大すると警告している。

四五年四月十四日にアラスカ州西端のベセル近郊で見つかった砂袋は、特異な例となった。砂が入り完全な形を保っていた一個に、山形県赤湯に疎開していた児童から一宮にあった風船部隊の父親に充てた手紙が入っていたからだ。

陸軍情報部は部隊の場所が書かれていた一宮に注目した。米軍は砂袋を分析して千葉県いすみ市大原近郊の海砂が使われたようだと推定していたが、一宮は大原の北十六キロほどの距離だった。宮城県塩釜も砂の供給地の一つと考えていたが、赤湯は山間部のため関連は否定された。

私はこの手紙の関係者を探し出そうとしたが、東京空襲で児童の学校が焼けたほか、疎開旅館も閉館しており、時間の壁が障害となって真相には近づけなかった。

相次ぐ風船爆弾の発見に、米軍は飛来の目的を米国民の精神動揺を図ることから爆弾による攻撃までを考慮、生物兵器の搭載、拡散は特に警戒した。このため、情報収集や防疫、防毒対策までも含めて西部防衛司令部に対処を一本化し、ウィルバー准将を司令官に任命した。

ところが、発見例の一つが記事として報じられ、米国の検閲当局は新聞社やラジオ局に対して四五年一月四日、風船爆弾について報道しないようにとの自主規制を要請、受け入れられた。

ウィルバーは「日本の風船爆弾」の中に、「モンタナ州に最初の降下を見たという報道は、我々の警戒網を漏れてついに日本まで達した」と書いている。

ウィルバーの言う「最初の降下」とは、四四年十二月十一日にモンタナ州カリスペルで最初に発見された風船のことだ。これが米国の新聞にまず報じられ、さらに、中国語新聞が四四年十二月末に掲載。記事はさらに中国でも報じられ、広東着、上海発として日本でも掲載されたのだった。

ウィルバーが続けて「これ以降はアメリカの新聞およびラジオの報道規制は水も漏らさぬものだった」と書くように、米政府はあらためて報道規制の強化を要請。カナダも含めて日本に風船爆弾に関した情報は全く伝わらなくなり、ふ号作戦の責任者である草場少将への風当たりも強くなって作戦中止へと追い込まれた。

報道規制により米国民にもまた、風船爆弾の危険性が伝わらなくなった。こうした状況下で四五年五月五日に起きたのがオレゴン州で六人が亡くなった〝ブライの悲劇〟だった。このため、五月二十二日に米軍部は規制方針を撤回し、風船爆弾の正体や危険性を国民に告げて森林内での不審物に触れないよう警告した。

「ユタ日報」に掲載

米国の新聞で最初に掲載されたうちの一つは、ユタ州ソルトレークシティーで発行されていた日本語新聞「ユタ日報」だったとみられる。

四四年十二月二十日付の【モンタナ州カリスペル十九日】「ユタ日報」の記事は、「モンタナの日本の爆弾　大風船で着陸する」の見出しがある一段十三行だった。

記事には、「日本字のある紙製の大風船に西北地方の森林に大火災を起こさせる能力のある焼夷爆弾を積んだものが、当地西南十七哩の地点で発見された。この風船は直径三十三呎半もあり非常に巧妙にカモフラージュされてあり、六吋のアルミナム其の他の酸化物を包蔵する爆弾をつけ七十呎のヒューズに点火してあった由」とある。

「哩」はマイルの日本語表記で、発見場所はカリスペル西南二十七キロ。「呎」はフィートで、爆弾の直径は十メートルだった。「吋」はインチのことで、大きさが十五センチの自爆装置を付け、長さ二十一メートルの導火線でヒューズにつながれていたとの内容になろう。「由」は「とのこと」の意味で、現地紙の英文を翻訳したとみられる。

四五年二月十八、十九日付で日本の新聞に掲載された【上海十七日発同盟】は、ワシントンより当地に達した情報によれば連邦検察局は最近次のように発表した、の記事に続き【日本文字の記された巨大な気球が去る十二月十一日モンタナ州カリスペス付近の山岳地帯に落下しているのが発見された。気球は良質の紙袋で迷彩が施され、その直径三十三呎、容積一万八千立方呎以上。気球の側面には自動的に気球を爆破するためか爆薬が装着してあった】とあり、「ユタ日報」とほぼ同じである。

松本市図書館によると、「ユタ日報」は、明治末期に長野県から米国に渡った寺沢畔夫、国子夫妻が発刊。一九一四（大正三）年から第二次世界大戦もはさみ、一九九一（平成三）年まで発行された。原紙は九三年に松本市に寄贈され、松本市中央図書館に保管されている。

開戦の翌年、米国西海岸に住む日本人や日系人は強制立ち退きが命じられ、日本語新聞は発刊が出来なくなった。ユタ州では日系人の居住が認められたが、軍事地域として夜間外出が禁止されるなどの制限がついた。「ユタ日報」も発行が停止されたが四十二年二月に再刊された。

再刊について上坂冬子は著書『おばあちゃんのユタ日報』に「再刊となったのは多少の経緯がありそうだ」と次のように書いている。

ルーズベルト大統領は、指定軍事地域から日本人を退去させる大統領令にサインし、その六日目にユタ日報が再刊された。国子の記憶によると、発行停止中にＦＢＩがやってきて閉鎖を解き、政府の指令書を日本語に翻訳させて文選工が拾い、数千枚のコピーを印刷させた。文面は文選工らにかん口令が敷かれるなど厳重に管理され知りようがなかったが、指定された軍事地域に住む日本人に先の大統領命令が配られたのではないかと国子は回想したという。文選工は鉛の活字を拾うのが仕事で、活字を組み合わせた活版印刷には欠かせない熟練工だった。

「ユタ日報」には、四五年五月二十三日付でも風船爆弾の記事が報じられている。ワシントン二十二日発として、陸海軍省がこの日、日本から発射された風船爆弾が過去数カ月間、米本土に落下していると初めて発表したとの二段記事だった。風船を見つけたら絶対に手をつけないことなどとある。〝ブライの悲劇〟を受けた市民への警告を呼び掛けるあの報道である。

六月一日付にはオレゴン州レーキビュー発として、「日本の風船で六人即死」の見出しがある〝ブライの悲劇〟概要を二段で掲載。さらにワシントン発として、風船爆弾は時速二百キロで太平洋を越え、米国に達したころ水素が減退して大陸に落下するようだとの一段記事を載せた。この日のトップ記事は、グアム発のB29四百五十機による大阪空襲だった。

六月六日付には、サンフランシスコ四日発として、日本の同盟通信放送が自殺決死の操縦士を訓練して風船に乗せ、今後本格的に米本土を猛爆すると発表したという記事がトップで扱われている。

記事はＦＣＣの記録であるとして、身命を賭しての日本兵では当然不可能ではなく、脅しとも言えないので、米国でもいささか憂慮していると出ている。ＦＣＣとは、放送や通信に幅広い権限を持った連邦通信委員会のことだ。

さらに、陸軍宣伝班中島中佐が放送で、これまでは試験的発射で今後は決死自殺隊が操縦する大風船を大量生産し、米国全土を爆撃する方針と言ったとも報じられている。また、この風船は日本の新兵器で敵に真似はできないと誇示したとも加えられているが、日本の新聞に自殺風船大量生産という刺激的な記事の掲載はない。

WEDNESDAY, JUNE 6, 1945

自殺風船で全米を爆襲

驚くべき日本の聲明で米人愕然

今春三月一日から試驗的に放船

米人は疲勞困憊戰爭に飽きた

松平恒雄宮相責任を以て辭職

今迄の風船は試驗に過ぎない

之から自殺操縦手の本物見參

日本自殺機で

米艦撃沈の報

日本軍の決死隊による風船爆弾襲撃予告を伝えた1945年6月6日付「ユタ日報」の記事、日本では報じられなかった（原紙は松本市中央図書館蔵）

このころ、北米大陸への風船爆弾飛来はすっかり途絶え、米軍は深刻な脅威としてとらえなくなった。実際、風船の製造は中止されており、勿来や一宮基地では五、六月にかけ隊員の転属が相次いで、基地の機能は失われていた。

「ユタ日報」は、開戦で西海岸を追われた日本人一世や二世を入れた強制収容所でも読まれ、紙面には「収容所通信」も掲載された。四五年五月の段階で日本人の強制収容は撤回されていたが、まだ七万八百人が所内にとどまっており、紙面には再転斡旋情報や転住者の戦死者情報、マンザナ収容所における吟社の作品なども掲載された。

ちなみに、第一話で触れた日米交換船の記事も四二年八月二十六日付で「ユタ日報」に掲載され、前駐日米大使ジョセフ・グルー氏らを乗せたグリップスホルム号が二十五日、無事ニューヨークふ頭に安着、帰米者は喜びのあまり泣くあり歌うありの劇的シーンを演じたと伝えた。

四四年十二月八日付では「日本に大地震　詳細未だ明らかにならず」の見出しで東南海地震の囲み記事を掲載。東京ラジオが日本に大地震があり、家屋倒壊多数、大津波も押し寄せたが重要な軍需工場には損害がないということであると伝えていると載せている。また、詳細は不明だが各国の地震計の観測では関東大震災以上の猛烈さであったろうといわれているとも続けた。

このように、「ユタ日報が比較的自由に記事を載せられたのは、米国は自由の国であり、言論の自由を基本的に認める国であることによると思われる」と上坂は『おばあちゃんのユタ日報』に書いている。それでも国子は、「アメリカの新聞の翻訳以外は載せてならないとくどいほどいわれた」とＦＢＩから再三にわたって注意を受け、不適切な記事だとの指摘もあったと圧力を受けたことも明かしている。

日本で最後となった風船爆弾の記事は四五年六月二日付で、福島民報一面にも「火の風船玉

これは困った　我が〝贈り物〟に米悲鳴」との見出しで掲載されている。【ストックホルム毎日特電三十一日発】のクレジットがついた二段記事だった。

記事は、「太平洋を越えて米本土を攻撃する「火の風船玉」に米当局も手を焼いているらしく、最近も森林局長が全国の森林官に日本の風船玉に戦闘を命令した」との内容で、以下、風船の飛翔実態や爆弾を落とす構造を述べ、「米当局は専門技術者を動員して対策を練っているが、今日までに処置なしという状態だ」と結んでいる。

記事は米国での報道を元にしており、飛来が相次いだころのような報道だが、この時期にも地上で発見、回収されていた風船爆弾への警戒を呼び掛けたのかもしれない。また、専門家による対策とは、大勢の兵士を配置しての大規模な山火事対策となった「蛍作戦」や、細菌攻撃を想定して除染装置や細菌学者を要所に配置した「稲妻作戦」を指していたとも受け取れる。

「ユタ日報」で報じられた数々の風船爆弾に関わる記事は、その存在を一度しか知らされなかったほとんどの日本人よりも、強制収容所に入っていた日本人や日系人の方がより知っていたという皮肉な結果を物語っている。

ここで、風船爆弾が落ちたカナダでも、日本人移民は迫害を受けたことを付け加えておきたい。

四二年二月からブリテッシュコロンビア州を中心に太平洋沿岸に住む日系人二万人余は財産を

没収され、内陸部への移動を強制された。移動先では強制収容所に入れられたほか、道路建設や農場で働かされた男性も多かった。

こうした中で、自由移動を認められた日本人たちもいた。宮城県宮城郡原町（現仙台市）生まれの中村長助もその一人。『カナダにかけた青春』（中村長助伝編纂委員会編集・発行）から、その足跡に触れる。

長助の父は凶作、不況で打ちひしがれた日本に見切りをつけ、一九〇七（明治四十）年にカナダに渡った。長助も三年後、十三歳で渡航。製紙会社や製材所で働き、漁業を営んだ。二十四歳でカナダに帰化。漁業界における成功者の一人になる。しかし、戦争が近いと確信して会社を処分しようとしていた前日、真珠湾攻撃が起きた。翌四二年に財産を没収されたが、長助を良く知るカナダ人らの後押しでカナダへの貢献が認められ、自由移動が認められた。

長助はロッキー山脈南端に移り、ひそかに日本人を呼び寄せて自給自足の生活を始めた。また、強制収容所を訪ねて食べ物や必要な物資を届けるなどの支援も行ったという。

長助は無線技士から購入した高性能のラジオを壁の中に取り付け、日本と米国のニュースを聞いて時勢を把握していた。日本の敗戦を確信したのは、ガダルカナル島からの日本軍「転進」のニュースだったという。予想通り日本は負けたが、日本人として悲しい結末でもあったと記した。

長男の浄氏はカナダ生まれだが、母が弟の出産のため一歳半の時に帰国。浄氏が五歳の時に母が亡くなり、祖父母に育てられた。戦時中は多賀城の海軍工廠に動員され部品の組み立てなどを行った。

長助の元に四四年、赤十字を通して母から手紙が届き、家族全員の無事を伝えてきた。離れて暮らす子どもたちの顔がカナダの空に浮かんでは消え、無事に再開できる日を祈ったという。

四五年七月十日深夜、米軍は中小都市空襲作戦の一環として、仙台市に百二十三機のＢ29を送り込み、二十四万発余りの焼夷弾を投下。仙台駅西側の中心街五百ヘクタルが焼け野原になって犠牲者は千人を超した。

郊外に住んでいた浄氏は防空壕に駆け込んだ。折を見て出てみると、探照灯の中にＢ29の機体が浮かぶ異様な姿を見た。市街地から火の粉が飛んできて危険を感じ、恐怖にかられながらも祖母と一緒に田んぼの一本道を逃げて親戚の家に避難した。

カナダと日本に分かれていた家族が互いの戦争体験を知ったのは、長助が一時帰国した四九年のことだった。

長助は浄氏を連れてこの年に再渡航、製材業に精を出した。六一年に帰国すると運輸業を営む。そのまま残った浄氏も四十歳の時に家族を連れて帰国。父の仕事を継いだ。

カナダ生活は二十年に及んだが、「暮らしやすい国だった。でも、祖父や父たちは選挙権を得るのに苦労したと思う」と淨氏は振り返る。

風船爆弾のことを聞いてみたら、「ロッキー山脈の近くに住んで製材の仕事をしていたが、そのことは誰からも聞かなかったし、全然知らなかった」という答えが返ってきた。

カナダでは、身近に風船爆弾の脅威はなかったのだろう。

カナダと日本における貴重な体験を仙台市の自宅で穏やかに、そしてとどこおりなく語ってくれた淨氏は、二〇二二（令和四）年四月二十九日、九十一歳で人生を全うした。

さて、戦争が終わると、気球部隊でも指令を受けて関係資料を破棄した。

一九九四（平成六）年七月五日付福島民友をはじめ各紙は、終戦当日、旧陸軍省軍務局軍事課所属の元陸軍中佐が細菌兵器や風船爆弾などに関わった各関係機関に対し証拠書類の破棄を命じていたことを報じている。

共同通信の配信だが、元中佐が同課名で命令した経過をメモした自筆の「覚書」を自宅に保存していた。玉音放送が始まる三時間半前の午前八時半に、個人の判断でいち早く処理を関係先に連絡したという。記事では元中佐が「風船に細菌を積み、ジェット気流に乗せて米国を攻撃するとの案もあった」と証言したとも出てくる。

米軍は風船爆弾による将来的な細菌攻撃の可能性を捨てきれないとして、西部地域防衛のため早期探知、回収などの整備、除染などの対策を怠らなかった。この除染が現実の問題となり、しかも大規模に実施された事態が起きた。二〇一一年の東電原発事故だった。放射能汚染は市民の生活に重くのしかかり、長い間にわたって負担を強いられることになった。

足達左京著『風船爆弾大作戦』によると、四五年九月十九日という早い段階で、米軍調査団による風船爆弾関係者への査問が行われた。米軍側はサンダース中佐とスキッパー少佐、二世の通訳。日本側は陸軍省軍事課国武輝人中佐と井上元幸少佐、通訳は日本人教授だった。

査問では放球全体についてのやりとりがあり、サンダース中佐の「目標は何か」と問いに国武は「ドウリトルによる東京爆撃に報復をしたいというのが風船爆弾作成の直接動機で、目標はどんなものでもよく、精神的満足を得たかった」と答えたという。

細菌戦を疑っていたサンダース中佐は、再三にわたり爆発物以外の搭載物計画を問いただしたが、国武は「何もなかった」と繰り返している。一個は約一万円かかったとも答えている。

防衛研究所には、風船爆弾関係者への出頭記録が残されている。陸軍省軍事課新妻清一中佐に対し四五年十二月七日に要請されたが、質問内容は、「フ号」のバラスト関係と思われる「調整機構設計技術」や「フ号」の試験資料だった。「フ号」とは風船爆弾のことである。

草場少将、新妻中佐に対しは、「気球爆弾発射基地の所在について」質問のため十二月二十九日に農林ビルに出頭するよう要求が出されていた。

前記九月十九日のサンダース中佐らによる査問でも、放球基地の場所について質問があったと考えるのが自然だろう。風船爆弾作戦の責任者草場少将と中枢にいた新妻中佐という「大物」二人が十二月末に出頭を要請されたのは時期として遅すぎる感もあるが、それまで収集された情報を確認するためだったとみられる。

ただ、国武輝人中佐と井上元幸少佐の査問や、草場少将と新妻中佐に対する査問の具体的内容は残されていなかった。

大津基地では終戦になると米軍がやってきて、残務整理をしていた部隊関係者から厳しく聞き取りを行い、ジープに風船をひっかけて運んでガソリンをかけ燃やしたというから、早いうちにかなりの情報を得ていたことが分かる。(『戦争と勿来』第三集)

十一月二十六日には阻塞気球に関する適任者の出頭要請があり、軍務課では東部軍肥田木少佐を打診する意向を示している。肥田木少佐は気球連隊長を直接補佐する立場にあった。

四六年に入ると、宇西大尉に対し風船爆弾のラジオゾンデについて通信部ミンクス大佐から質問を受けるため、一月二十五日に兵器行政本部登戸研究所第五技術研究所に出頭するよう要請があった。第五技術研究所は風船爆弾の追跡技術の開発を担当していた。

また、大月少佐に対してもミンクス大佐からラジオゾンデについての査問のため、一月三十一日に第一生命ビルに出頭するよう要請があった。第一生命ビルには連合軍総司令部が置かれていた。

ラジオゾンデに関しては、高野少佐にもミンクス大佐から二月二日に出頭するよう要請されている。

記録にはないが、中央気象台調査部長をしていた荒川秀俊も四五年十月十三日に連合軍総司令部に出頭するよう疎開先の長野県岡谷で中央気象台長から電報を受けたと「風船爆弾の氣象學的原理」『地學雑誌』に書いている。疎開先となった岡谷高等女学校（現岡谷東高等学校）には、特別に割り当てられた貨物列車三十両で記録や資料が運び込まれた。移動が終わろうとしたころに八月十五日を迎えた。

査問はヒューウィット少佐、モーランド博士らが当たり、日本軍が処分したはずの資料を広げて、日米間に予定している定期航空路の開設に関し上空の気象状況について知見を聞かれたという。

また、風船の残りがあれば日本から放球し北太平洋上の高層気流総合調査を米国学士院と共同で実施してほしいと提言されたが、やはり出頭要請を受けて同席していた草場少将が風船はすべて焼却したと答えると、ヒューウィット少佐らは残念がっていたという。

荒川は、ひそかに恐れていた「懲罰」はなかったとも付け加えている。「懲罰」とは、戦犯容疑の追及を意味する。

米軍は査問により、風船爆弾に関与した幅広い分野について関係者への聞き取りで全容を解明しようとしていた。

勿来基地では証拠隠滅の指示を受け、終戦直後に風船や付属装置を大日本炭鉱廃坑に捨てたほか、船で運び海中に投棄した。

勿来から西へ八キロの廃坑に占領軍の情報部門が風船爆弾付属装置の調査にやってきたことがある。高度維持装置、気圧計、排気バルブ、四四年製の焼夷弾などを持ち去ったが、坑内は湿気が強く、いずれもサビや腐食が進んでいた。

勿来基地の倉庫に保管されていた木材は、炭鉱住宅の建設に回された。また、隊員用の兵舎は戦後、長屋として使用された。

直径十メートルもある放球台のコンクリートは、地主らが自らの手で何年もかけ撤去した。

四五年十月三日付朝日新聞二面トップに「〝風船爆弾の正体〟」との見出しでＡＰ記者報道の記

事が掲載された。風船爆弾に関しては戦後初めての記事である。東京特派員が日本陸軍技術本部将校談として報じたが、記事で風船爆弾をナチスドイツのロケット兵器に例え、日本軍の高価なV1号兵器「紙風船爆弾」と形容している。

将校は、この爆弾の狙いは日米両国民に対する心理的効果だったが、米国における実際の効果について確証が得られなかったので、日本国内で特に宣伝はされず新聞紙上でわずかに知った程度で、戦意高揚にならなかったと語っている。

米国で山火事を起こし、都市に落として民心の動揺を図ったが、搭載爆弾はあまりに小さく操縦の方法がなかったので軍事施設の破壊が可能とは予期しなかったとも話した。また、爆弾には「目玉」がなく、爆発地点を選ぶ能力はなかったが、広い米大陸のどこかに落下するだろうと思っていたという。

終戦直後の混乱時に掲載されたこの記事に、どれほどの読者が関心を持ったのかは分からないが、米国人記者の視点から見て風船爆弾はまだ報道する価値があったのだろう。

四六年一月十五日にGHQは、風船爆弾についての詳細な報告を発表。風船爆弾の構造や打ち上げ作戦の全ぼうが初めて国民に明かされた。ただ作戦に関与した軍人名や多くの女子学生が製造に動員されたことは書かれていない。

福島民報は「愚《おろか》し紙風船爆弾」の見出しで報じたが、打ち上げの実態をみると、一日最大で百五個を飛ばし、約一分間で七百メートルから九百メートルの上空に到達。米大陸に最も早く到着したのは四五年一月の一・三八日、最も遅かったのは四四年十一月の三・〇九日だったという。

四七年には、風船打ち上げの水素発生に使われ、戦後は茨城県が山中に保管していたケイ素一千トン、時価総額一千万円が盗まれる事件があった。茨城県警は主犯格の風船部隊元少尉らを検挙、元大尉も共犯として捜索中と七月二十一日付の読売新聞は報じている。先のＡＰ電では、最初の風船爆弾が発射されるまで九百万円以上が投じられたとあるが、被害額はこれ以上である。

「お国のため」と寒さに耐え、指に血をにじませた女学生たちによって命を吹き込まれた「空行く怪物」は元軍人らに食い物にされ、いかにも後味が悪い結末を迎えていた。

第三話　女学校とミシンと軍服

大都市への空襲が必至になると地方への軍需工場疎開が急がれたが、さらに打ち出されたのが学校の工場化だった。

学校工場は四四年五月に発表された「決戦非常時措置要綱」で決定され、校舎などの施設を特定工場の分工場にするか、学校が軍や特定工場の委託を受け生産や修理をする二つの方法が提示された。いずれも学生が動員され、女子校は積極的に工場化を促進される方針が示された。

実施要綱には、校長があらかじめ地方庁と打ち合わせのうえで具体的な計画を立案、地方庁の承認を得て実施することとある。学校で生産、修理をする場合は、機械や設備を譲り受けるか貸与を得ることとした。

学校側にすれば、工場化で生徒を身近に置けること、軍からすると生産力を増強できるという利点があったが、授業は工場の旋盤で削られる部品のように確実に少なくなり、やがてなくなった。

陸軍被服廠から受注

学校工場となった全国の女学校で共通して行われたのは、陸軍被服廠からの受注によるミシンを使った軍服の縫製作業だった。

被服廠は師団や連隊などの戦闘部隊と比べるとなじみが薄いが、陸軍兵士の軍服、軍靴調達、製造を行う、れっきとした軍の一組織だった。

開設は一八八六（明治十九）年三月と古いが、一九二三（大正十二）年九月の関東大震災で本廠跡の空き地に避難民が殺到し、大勢が焼死する大惨事が起きたことで知られている。一方広島支廠は、原爆で被ばくした建物として建築史的な価値が高い。

本廠は東京都赤羽に置かれ、三九年四月に札幌、仙台、新潟など十カ所に出張所が開設された。四五年五月には、札幌、仙台、名古屋、東京、大阪、広島、福岡が支廠に昇格、それぞれの軍管区に所属した。盛岡市には盛岡出張所があった。本廠や東京、札幌、大阪、広島各支廠は直営工場を持っていた。仙台支廠の責任者は野出清中佐だった。

軍服関係では陸軍製絨《せいじゅう》廠という組織もあり、羊毛を含め軍服の生地製造を担当。被服廠がこれを使い裁断、縫製をしていた。熱塩加納村では戦争末期、地元の生徒を動員して製絨廠の地下工場が建設されたが、工事半ばで終戦となった。

防衛研究所戦史研究センターによると、終戦時の仙台支廠は仙台市花京院65にあった。一九二八（昭和三）年の仙台市内の地図を見ると、仙台駅から北西に光禅寺通が走り、東西に通る花京院通との交差点がこの住所に該当した。

また、被服廠仙台出張所が須賀川に倉庫を借りるにあたり、当時の須賀川町長と交わした昭和二十年三月六日付の手紙の差出人住所は、仙台市光禅寺通7だった。仙台市によると、ここは花京院65の光禅寺通沿いで、道路をはさみ斜め向かいにあった。

須賀川工業商業学校（現須賀川創英館高等学校）は仙台支廠の倉庫に利用されたが、すんなりとは決まらなかったいきさつがあったという。

須賀川高等学校発行『須高八十年史』が語るところでは、被服廠は当初、生徒が相次いで勤労動員され空いていた教室を使う予定だった。しかし、学校側が軍需省からの申し入れを理由に戦用品搬入を拒否すると、被服廠は本土決戦に対処すべき計画に影響が出れば重大な結果を招くことになると通知してきた。

町や学校側は脅迫的で一方的な態度と受け止めたが軍の命令には逆らえず、四五年五月に講堂の使用を受け入れた。このときに被服廠の地元窓口となったのが「仙台陸軍被服支廠須賀川支庫」

だったが、実態は分からない。

学校には空襲被災して疎開した東京の電気会社が機械類を設置して稼働させており、日本医科大学専門部も学生とともに疎開して空き教室で授業を行うなど、本来の姿はすっかり失われていた。

四五年四月の郡山空襲で隣接する須賀川にも爆撃の脅威が迫り、白壁を黒く塗ったり、屋根を木の枝で偽装する民家もあった。須賀川工業商業学校でも校舎を迷彩色に塗り替えようとしたが、間に合わなかった。八月九、十日は米英機動部隊による東北南部飛行場への総攻撃が行われ、須賀川でも須賀川工業商業学校をはじめ民家などが被弾するなどの被害を受けた。

被服廠仙台支廠は町内の民間倉庫にも軍服を搬入した。また、軍需工場の分散疎開に伴い、須賀川周辺の倉庫や土蔵にも軍需物資が疎開された。郡山市にあった海軍航空隊員の毛布や将校マントなどの物資も民家の倉庫に運ばれた。民家の借り入れに当たり強圧的な態度で臨んだ軍人も少なくなかったという（『須賀川市史現代2』）。敗戦時に須賀川工業商業学校の講堂には、軍服などの衣類がうず高く積まれていた。

被服廠は、軍靴の製造も行い、岩手県や長野県では女学生が関わった。福島県でも国民学校などに新しい軍靴が保管されていたが、それを見た教師は、動員された生徒らにはズック一足も支給されていなかったと嘆いたという。軍靴の製造場所は分かっていない。

米国戦略爆撃調査団文書（ＵＳＳＢＳ）によると、日本兵捕虜は仙台駅北の「Ｈａｎａｋｙｏｉｎｏｃｈｏ」に陸軍仙台被服廠の施設があり、屋根は波型の鉄板をかぶせた切妻で木造四階建て、木の塀で周囲を囲んでいたと供述している。地名は花京院大通のことなのだろう。仙台の被服廠は直営工場を持っていなかったので、建物はかなり大きな倉庫か民間の工場だったと思われるが、実態を把握できる資料は残されていなかった。

東北各地の高女に開設

東北六県や新潟県でも被服廠の学校工場が開設され、福島県で明らかになっているのは会津高等女学校（現葵高等学校）、相馬高等女学校（現相馬総合高等学校）だった。他にもあったようだが、学校の統廃合でたどることはできなかった。

私が東北の主な図書館に尋ねて把握した東北各県における学校工場などで被服廠に関わる縫製作業が行われたのは、青森県が弘前高等女学校（現弘前中央高等学校）、青森高等女学校（現青森高等学校）、岩手県は盛岡高等女学校（現盛岡第二高等学校）、花巻高等女学校（現花巻南高等学校）、宮城県は宮城県第一高等女学校（現宮城第一高等学校）だった。新潟県は新潟高等女学校（現新潟中央高等学校）、長岡高等女学校（現長岡大手高等学校）、新潟市立高等女学校（現万代高等学校）、新潟女子工芸学校（現新潟青陵高等学校）だった。

山形県は米沢高等女学校（現米沢東高等学校）で実施していたと『会津女子高創立五十周年記念誌』に記載がある。実際は、これらの学校よりも多かったと思われる。

軍服縫製を民間が請け負う作業は、農村救済対策としてすでに行われていた経緯がある。一九三四（昭和九）年に東北地方は凶作により深刻な被害を受けた。若い女性が身売りされるなどして疲弊した農民や農村を救済するため、翌三五年、陸軍省が実施していた。

このときの県内における救済事業は『喜多方市史第8巻』に見られる。陸軍省は襦袢《じゅばん》（木綿のシャツ）、袴下《こした》（ズボン下）、肩章、襟章の縫製などを授産事業として実施。町内にあった実践女学校で講習会を行い普及に努めた。縫製は三年間継続されたというから、凶作被害の深刻さが分かる。

宮城県でも、愛国婦人会宮城県支部が仙台などで四カ月間にわたり陸軍委託の縫製作業を実施。青森県や岩手県でも同じように行われた。

会津高女の学校工場開設をみると、当時の校長だった甲斐操が『創立五十周年記念誌』に次のように詳しく記載している。

県を通して被服廠から、学校を軍の被服工場として軍服製作の作業をしてくれないかとの交渉があったのは四四年七月。女子の洋裁技術が取得できるうえ、勤労動員の一助にもなると承諾したという。

会津高女では四四年七月から、三、四年生らが授産所の依頼で軍服の襟章付けなどに従事しており、こうしたことも被服廠が考慮したのかもしれない。

まず、会津高女は米沢高女を視察したが、ここも作業は手探りの状態。次に行った弘前高女ではすでに学校工場を開始しており、校長の土田廉から苦心談などを聞いてきた。帰途に仙台市にあった被服廠仙台出張所と福島県庁で細部を打ち合わせ、直ちに工場開始の準備に入った。

その弘前高女が学校工場を設置したのは四四年九月四日。七月から職員全員でミシン借用に駆けずり回ったという。体操場が縫製工場となり、三、四年生が縫製班、運搬班、ミシン修理班に分かれた。

土田によると、学校工場の話があったのは四四年六月ごろで、被服廠仙台出張所が新潟を含む管内の優秀な高女を各県一、二校ずつ選んで軍衣の縫製をさせようという内容だった。指定された学校は必要なミシンを父兄から借り、縫製の材料は被服廠が支給することになっていた。体育館を修理して短い夏休みが終わった九月四日に関係者を招待して開場式を行った。

午前八時から午後三時までの作業時間が十月後半から午後五時半までに延びた。新潟高女の方が学校工場を早く開設していたので、生徒たちに競争心が芽生えたが、戦局がひっ迫すると材料不足で二カ月余り作業を中止。この間、辛うじて授業が行われた。警報が出るたびにミシンの頭をはずして避難した。やがて学校工場を隣村の三つの国民学校に疎開させる事態となった。（『弘前中央高等学校八十年記念誌』）

新潟県内で唯一の五年生制高女が新潟高女で、生徒数も最も多かった。学校工場が開設されたのは四四年五月と早く、借り上げを主として動力、足踏みを合わせ二百八十台のミシンを備えた。作業は三年生以上の八百人が従事。ミシン六台、十一人で一班となり、流れ作業で効率を良くして一日平均で五、六十枚の軍衣を仕上げた。作業は午前七時から午後六時までだった。

検査で合格した軍衣には学校名のスタンプが押された。欠員補充には専攻科生が充てられ、下級生もボタン付けなどを行った。

作業が終わると、ミシンの機械部分は防空壕に運ばれた。警報が出ると、まず一人が片手に二つずつ、四つの機械部分を毛布にくるみ防空壕に入れた。人名よりミシンを優先させていいものかと疑問を感じた生徒もいたという。

アイロンのコンセントが壊れても市販がなく、教師の手製で代用した。また夜間は灯火管制のため下級生が新聞紙に墨《すみ》を塗って暗幕を作り働いた。

七月になると被服廠はミシンを山中に疎開させたため、作業は中止になったという。（新潟中央高等学校創立１００周年記念『叡智の鏡』）

ミシン六台で十一人が一班となった編成は、新潟県内のほかの三つの学校工場でも実施された。

花巻高女でも四四年九月一日に学校工場を開設したが、花巻南高校発行『花南六十周年史』には、県当局の命令により設立したとの記録がある。

同校では七教室に電線を引き込んで作業場とし、三、四年生二百七十人が従事した。作業は午前八時開始で正味八時間、電灯設備が完成したら十時間予定とあるので、夜間作業も行われたようだ。休みは毎月第二と第四日曜日及び祝祭日、第一、第三日曜日は作業をしたのだろう。「人機一体」入魂の品を作るため、ミシンにも一礼して作業を始めたとも記載されている。二年生もボタン付けに従事した。学校側では、県外動員のような緊張感を持たせることを課題とした。

『白梅百年史』（盛岡第二高等学校記念誌編集委員会）にも、盛岡高女の学校工場について記されている。

開設は四四年九月一日。講堂や教室を使い、一班がミシンを十三台使っての流れ作業だった。目標を達成するため夜遅くまで仕事をしたが、ミシンの針を折ると始末書を書かされた。四五年に被服廠からの貸与とみられる電動ミシン十台が導入されたが、慣れるまで時間がかかるので終戦まで一度も使用されなかった。四六年十月の電動ミシン返却時には、借入料三千円が支払われたともある。

四四年九月から十二月までの報奨金として被服廠から三千五百円余りが学校に支給され、四五年三月に卒業して六月まで働いた上級学校合格者には報酬が支払われて通帳に入ったという。

盛岡駅前は四五年三月の空襲で焼け野原となった。盛岡高女では、警報発令とともに貸与されていた電動ミシンを桜の木の下にあった防空壕に運び込んだ。重くて持ち運びは大変だったが、生徒たちは防空壕に入り切れず、寄宿舎の二階から投げ下ろした布団をかぶり桜の木のふもとで震えていた。その姿を目の当たりにした教師たちは、生徒とミシンはどちらが大切なのかと嘆いたという。

学校工場でミシンの頭部や本体を避難させたのは、被服廠仙台出張所の指示に基づいたとみて差し支えないだろう。

こうしてみると、「決戦非常時措置要綱」に書かれている校長が主体となった学校工場設置の計画、立案は、被服廠が選定し県を通じて学校を指定するという過程が実情だったようだ。

会津高女で盛大に開場式

会津高女でも、ミシン集めと講堂に配線を敷設する作業を平行して進めた。学校備品のミシンは約二十台しかなく、教師らが生徒の家庭、同窓会、市民から集めてどうにか間に合わせた。東京から会津若松市に疎開した畑洋子さんの家では、馬車でミシンを運んだ。父の実家が農家で馬を飼っていたという。後に、軍服のボタンかがりなどを行った。学校工場になったどこの学校でも、ミシンを提供した家庭では、服の修理などを手縫いで時間をかけ行うことになった。

裁縫の教師が仙台の被服廠で事前に軍服縫製の指導を受けた。運営体制を整え、四四年十一月十二日、「陸軍被服廠会津工場」という看板を掲げて講堂で盛大に開場式を行った。来賓は百十人を数え、校庭に植えて収穫した陸稲《おかぼ》で赤飯を炊いて、生徒にも配られた。（『会津女子高等学校創立八十周年記念誌』）

会津高女「学校工場」関連の式典とみられる写真。後ろに陸軍被服廠工場を示す看板の一部が見える。県内の高女で縫製を行った「学校工場」に関する写真はこの一枚しかない。（『会津女子高等学校創立八十周年記念誌』から）

授産所から指導員も派遣されたが、何せ担当した三、四年生のほとんどがミシンを扱うのは初めてで、思うような成果が上がらない。被服廠から再三にわたり催促を受けるに及び、実績を上げていた新潟高女を視察して参考にした。

英語は敵性言語として使用が禁じられ、野球用語も日本語に転換されていた。ミシンの表記に関しては、盛岡高女の「教務日誌」には「密針」と記され、ポケットは「物入れ」と言い直された。しかし、学校工場開設を報じた新潟日報の記事や、花巻高女の記録にはミシンと書かれ、陸軍の資料にも密針やミシン表記が混在していた。つまり、ミシンはどちらの表記でも構わなかったということになる。

英語の授業も、会津高女、福島高女、相馬高女などでは選択科目として残された。

会津高女の学校工場は、流れ作業を導入したことにより生産効率が高まった。また、作業を補完する材料、資材、発送などの担当も設けられ、ここでも学校は教育から生産の場へと転換されていった。

生徒たちは防空頭巾と救急袋を下げて登校した。縫ったり、掘ったり、運んだりと戦時体制における作業を優先するため教師や生徒のスカートはモンペやズボンに代わり、おかっぱ頭も禁止。靴下が不足して足袋をはいた生徒もいた。上着は、「スルメ」の愛称で親しまれたリボンを付けた制服だった。

生徒は、正門右側にあった神殿のような造りの奉安殿に最敬礼して登校した。奉安殿はどの学校にもあり、昭和天皇の御真影（写真）と教育勅語が安置された校内で最も神聖な場所とされた。学校近くに住む四年生は空襲から奉安殿と学校を守る役目を与えられ、警報が鳴ると夜中でも真っ先に駆け付けた。病院近くの四年生は救護要員として院内で待機した。

学校での作業は午前八時から始まった。まず、全員で「誓詞」と呼ばれた縫製にかける決意の言葉を述べ、すぐにミシンを踏む音が講堂に響いた。午前十時と午後三時の十五分ほどの休憩をはさみ、午後五時まで縫製が続けられた。休憩時間に音楽教師のピアノ伴奏で歌うのが何よりの楽しみで、島崎藤村作詞「椰子の実」も歌われた。日本統治下の南洋諸島には会津地方からも多くの家族が移住した。しかし、会津高女で学校工場が始まったころは、サイパン、テニアンで日本軍が全滅しており、「椰子の実」は移り住んだ人たちの安否を気遣う歌でもあった。

寒さが増すと、ストーブと二つの大火鉢で暖を取った。ミシンを百台も並べた講堂でこの程度の暖房が役に立つはずがないのだが、必勝の信念に燃えた生徒たちは両手をこすって冷たいミシンに向かい、ひたすら作業に打ち込んだ。出来上がった製品には、会女の印がつけられた。

授業は初めのころ週一回行われていたが、軍の要求で生産が拡大されるに連れて月二回となり、終戦が近づくとなくなった。講堂だけでは対処しきれず、和裁室二つの畳を片付けて作業場とした。また、四五年四月には航空機部品を生産する工場にもなって一、二年生が従事、学校は軍需工場そのものになった。同月からは、卒業生の中から希望者が専攻科生としてミシンを踏み続けた。

会津若松市に住む三橋茂代子さんもその一人で、四年生で軍服縫製を行った。父は日本料理店を経営していたが、若いころに商船のコック見習いとして世界を回り、視野が広かったという。

「学校工場」疎開後も校内で軍服縫製に従事した元会津高女生の三橋茂代子さん

三橋さんが一年生だったころ、学校南側にあったカトリック系の修道院でカナダ人のシスターから英語を習ったことがあった。優しい人たちだったという。しかし、戦争が始まると入り口に五、六人の男たちが立ち、理由は言わずに「明日から来てはだめだ」と告げられた。外国人を監視した警察の特高課員だった。

福島市のノートルダム修道院からカナダ人や日本人の別のシスターたちも移り住み、一緒に生活するようになった。以前からのシスターたちは四三年九月の第二次交換船で帰国できたが、福島市からのシスターたちは警察の監視下で終戦までとどめ置かれた。この間の経緯は前章で述べた。

三橋さんらは三年生になると、農家の人手不足を補うための奉仕作業を行った。県内の高女生がいわきの四倉で行われた泊りがけの合同海洋訓練に選抜されて参加したが、「私たちにはとてもまぶしくて新鮮に感じられ、一生懸命に習得して学校に帰ってから手旗信号を披露しました」と思い起こす。

上空をＢ29がひっきりなしに北の方に飛んでいくようになり、戦火が迫るのを感じるようになった。学校ではテニスコートに野菜が植えられ、校庭の四隅に十余りの防空壕が掘られた。防空壕の支柱となったのは、滝沢峠で生徒らが伐採した松の木で、縄を付け学校まで引いてきた。体育館では教師の指導で竹やりの訓練も行われた。

歓呼の声に送られ入営した兵士は戦地で倒れ、遺骨が若松連隊に戻ってきたが、そのたびに全校生徒や市民が迎えて見送った。遺骨は白い布に包まれた箱に入れられて兵士が首から下げ、葬送のラッパの音が悲しく響く中を連隊に進んでいった。三橋さんは「何とも言えない悲しさと空しさに包まれ、涙がこぼれた」という。

三橋さんの家からも、リヤカーでミシンを運んだ。蛇の目ミシンのようだったという。軍服縫製の作業場となった講堂では、中央の通路を挟み左右に十班ずつぐらいが並んだ。壇上からは裁縫の教師が作業を監督していた。一班は五人で、五台のミシンを使い流れ作業で仕上げていったという。

三橋さんは三班の第一ミシン係になり、シャツの襟、ポケット、袖などを縫って、第五ミシン係がまとめ役となった。倉庫から裁断されていた部位を運び、揃える材料係。仕上がりをチェックする製品係、アイロンをかける係もあった。ボタン付けや穴かがりは三年生が和裁室で行った。日の丸に必勝と書かれた鉢巻きを絞め、一枚でも多く縫おうと各班、必死で取り組んだ。針と糸は支給された。冬の軍服は厚地のため、針が折れやすいなどの苦労があったという。作業中に手や足にけがをした生徒もいた。

生徒は弁当を持参したが満足な食べ物がない時代、三橋さんも朝食の残り物を詰め、菜っ葉、大豆、サツマイモがご飯に混ざった。特別な日に持って行った白米に梅干しが乗った「日の丸弁当」が何よりのごちそうだった。のどが渇いてヤカンに入った水を飲むときは友人と話す機会にもなり、作業の緊張が解けたという。

一日の作業が終わると、生徒たちはミシンに油をさし、雑巾で全体をていねいに掃いた。

作業構成のうち、ミシンは一班に六台だったと話す元生徒もいた。受け持った製品や生産、在庫の状況などでミシンの台数が異なっていた時期があったのかもしれない。すでに書いたが、各県でも学校ごとの班構成があった。

戦利品のミシンが届く

被服廠は定期的に各県の学校工場を視察、他校での生産量を意識させて互いに競わせた。長野高等女学校（現長野西高等学校）では、軍人から長野高女と宮城高女のみが将校の軍服を縫っているので頑張れと訓示されたという。校舎は軍隊が使い、学校はミシンとともに図書館に引っ越していた。（長野高女四十八回生刊行会『谷間に揺れた梶の葉たち』）

宮城高女は、現在の宮城第一高等学校の開学時の名称。被服廠仙台出張所のすぐ近くに学校があったことから、他校に先駆けたと思われる。前身の宮城県第一女子高等学校発行『一女高百年史』には、「占領品のミシンが陸軍から届けられ、被服室や教室に置いて要求量を指定期間内に作り上げた。まさに『学校工場』という名がふさわしかった」とある。

弘前高女には運営と成績が優秀だとして電動ミシン百五十台が送られることになった。しかし、ミシンは届かなかったのだが、その訳は後に書くとして、会津高女でも製品の質や生産が向上すると優秀な工場であると賛辞を受けた。授業を縫製作業に転換していた学校にとって、これ以上の名誉はなかった。

被服廠から学校工場に米国製のシンガーミシンが届けられことがあった。会津高女には四四年十一月ごろ、新品の二十台が届いた。米国から輸出された時の包装のままだったという。新潟高女にも三百五十台が着いたとの記録がある。いずれもシンガポールでの戦利品だったという。

作戦中における陸軍のミシン押収に関した記録がアジア歴史資料センターで公開されている。四三年六月二十五日付被服本廠長から陸軍大臣への通牒では、前線の部隊から押収した密針の新品、中古品、廃棄品合わせて六百七十九台を受け取り、これらは陸軍各施設に送るため保管、さらに被服廠作業用、修理部品に充てると報告された。

四三年八月十一日付第十四軍参謀長や被服本廠長への通牒には、第十四軍が押収した千五百台の「シンガー密針」は被服廠が受領したと報告された。第十四軍はフィリピン方面を作戦地域としていたが、占領先でミシンが捕獲、押収され、日本に送られていたことが分かる。

日本製よりも優れていたシンガーミシンは戦争になると輸入、販売が禁止された。このための不足を見込した押収とも考えられる。あるいは、将来的に学校工場で軍服を縫製する方針が軍部にあったのかもしれない。

会津高女に届いたシンガーミシンも故障することなく滑らかな音を出して動き、学校工場の大きな戦力になったという。

さて、夜に警報が出ると三橋さんも学校に駆け付け、班の責任者として職員室前に集合した四年生を点呼のうえ、講堂のミシンを守った。

会津高女では四四年八月、四年生の希望者五十人が国鉄業務に動員された。

成田ナカさんもこのうちの一人で、会津若松駅に動員された。成田さんは当時の河東町にあった広田駅からの汽車通だったが、四年間通えるようにと、親が大きな靴を買ってくれたという。

成田さんが二年生のときに、海軍航空隊整備兵だった兄を松島上空の事故で失っていた。兄の遺骨は父に抱かれ古里に帰ったが、その姿を見るのは辛く、寂しかったと語ってくれた。

駅に動員される前、軍服の襟章を縫っていたことがある。学校工場になる前のことだ。会津若松市に住む鈴木恵美子さんは「襟章の下地や階級章の星も用意してありました。襟章は長さ六㌢、幅二㌢ぐらいだったかな。裁縫作業は慣れるまでが大変だった」と話す。学校には猪苗代町から汽車で通ったが、冬場は寄宿舎に入った。「汽車通学時に、母親が朝早くから弁当を準備してくれました。大変だったと思います」と母の苦労を何度も口にした。

会津若松駅には会津中学校（現会津高等学校）や謹教国民学校（現謹教小学校）高等科生も動員されていた。国民学校生はホームの清掃を担い、夜勤者のおにぎりを握る仕事をした。

成田さんらは制服を着てもんぺをはき、左手に「会津高等女学校」と書かれた腕章を巻いた。最初は小荷物係だったが、若松連隊に入営した新兵が私服を詰めて持ってきた三十㌢四方ぐらいの箱も受け付けたことを覚えていた。

その後、改札係で働いたが、戦災が身近に迫るさまを感じ取っていた。都会からの列車が到着するたびに避難した空襲の被害者も降りてきて、血が付いた切符を出す人たちがいたからだ。これらの負傷者は駅校内の軒下にうずくまっており、気の毒で涙が出た。いつの間にか姿が見えなくなったが、救護されたのかどうか心配だったという。

四五年三月の卒業後は全員が専攻科生として学校に残り、成田さんもそのまま動員を継続した。職場には弁当を持参したが、ご飯らしいご飯は食べたことがなかった。ある日、駅の職員が米の配給があったとおにぎりを持ってきて成田さんたちにも分けてくれた。そのおいしさは忘れられないという。夜食に出たおにぎりも何よりの楽しみだった。

六月二十六日夜、B29の編隊が会津上空を飛んでいった。酒田港に機雷を敷設するためだった。三月末に卒業して専攻科生としてそのまま学校工場で働いた三橋さんは、機体に点滅する灯りがきれいで見とれるほどだった。しかし、我に返ると会津も空襲を受けるかもしれない恐怖に包まれた。母と妹と市内の母の実家に避難したが、父は「ここで一生を終える」とそのまま残り、敷地内の別棟に住んだ。

被服廠仙台支廠から弘前高女に送られた電動ミシンは届かなかったと前に書いたが、それは七月十日未明に発生した仙台空襲のせいだった。

焼夷弾をばらまかれて仙台市街から立ち上る炎は夜空を赤々と焦がし、福島県の浜通りや中通りからも目撃されるほどのすさまじさだった。

仙台駅も被害を受けたほか、構内にあった三百両の貨車のうち軍用貨車も含め九十七両が焼失。ホーム全体にあった貨物や持ち込んだ貨物もすべて焼失した。駅構内には軍の貨物がとどこおっており、荷降ろし作業ができない状態だった。ミシンもこうして燃え尽きた。

構内には火薬を積んだ貨車もあったが、運転掛や操車掛が命がけで引き出した。さらに長町駅からやって来た救援機関車に連結して避難させ、間一髪爆発を逃れたという。通常ダイヤに戻ったのは三週間後だった。（『仙台駅百年史』）

会津高女に設けられた学校工場では生地が厚い冬用軍服の縫製が本格化するにつれ、折れたり曲がったりして使えないミシン針が急増した。簡単な修理は宿直室で行われたが、足りない分は被服廠仙台出張所の指示を受け岩手県花巻温泉まで取りに行ったと、当時の教諭安斎三郎が『会津女子高等学校創立八十周年記念誌』に書いている。

針は農家の土蔵に保管されており、六十万本、重さにして十五キロもあった。これを受け取ってリュックに入れ、二泊かけて戻ってきた。須賀川での例を見るように、被服廠仙台出張所は各地に縫製用部品などを備蓄していた。

学校工場にはアイロンが少なく、係の生徒が頻繁に使用するので絶縁体として欠かせない雲母板が割れる故障も続出した。新品が手に入らないので、安斎が雲母を産出する石川町の石川山に出かけた苦労話も記念誌に出てくる。

石川山は水郡線野木沢駅周辺の山の総称で、第一話で取り上げた外交官佐藤武五郎の実家に近い。安斎はかつて研究で石川山を歩いたことがあり、雲母探しを思いついたという。山一帯を歩いてようやく見つけ、これもリュックに入れて持ち帰った。ところが翌朝、玄関の外に置いたはずの雲母が箱ごとなくなっており「非常にがっかりした」とも心情を吐露した。なくなった原因は当時の極端な物不足からおおよその想像がつくが、学校工場はその後も稼働したので、雲母不足には何とか対処したのだろう。

こうしてみると、各学校工場では諸問題を抱えながらも何とか工夫しながら運用を行っていた実態が浮かぶ。

仙台が空襲されると、東北各地への空襲が現実味を帯びてきた。さらに米軍は「リーフレット作戦」で、B29が空襲を予告する都市名を印刷したビラを大量に投下し、市民の恐怖をあおった。

こうした末期的な戦況下で、仙台支廠から会津高女に学校工場疎開の命令が来たと当時の校長甲斐操が回顧している。このころは、鉄道輸送力が低下して製品を発送できずに、校内に荷造りしたまま山積みされていたという。校内に設置された航空機部品工場には、材料が来なくなったこともあった。

学校工場が疎開

会津高女ではまず、これらの被服製品を近郊の町村の土蔵に分散して保管。八月二日から六日にかけて学校工場と御真影を赤沢村（現会津美里町）と新鶴村（現会津美里町）の国民学校に疎開させた。会津高女に残った専攻科生たちもいた。

赤沢村国民学校は只見線会津高田駅から約二・五キロのところにあったが、後に廃校となった。当時は会津若松駅から会津高田駅まで三十分ほどかかった。会津高田駅から二つ先が新鶴駅。ここから徒歩約十分の距離に新鶴第一国民学校（現新鶴小学校）があった。村には第二国民学校もあったが、駅から近かったという証言から疎開先は第一国民学校に決められたとみられる。

東北における軍服縫製学校工場の疎開は、少なくとも会津高女、弘前高女、青森高女で行われていた。

会津高女では、ミシンの頭部をはずして生徒がリュックに入れて背負い、列車で各駅まで乗車。あとは炎天下を歩いて運んだ。脚部はトラックで運ばれたが、脱輪してミシンもろとも田んぼに入ったことが何回かあったという。

会津若松市に住む渡部妙子さんは、新鶴までミシンの頭部を運んだうちの一人だった。列車内で膝の上に置いたが、ズシリと感じた重さは今も忘れられない。

「重そうな格好をしないで持てと指示されたのを覚えています。スパイが運ぶ様子を見てミシンの数をつかむと、何着縫っているのかが分かるという理由からでした」

戦時中、まことしやかに語られたのがスパイ説だった。

学校工場での仕事をこう話す。

「軍服の布地は、前二枚、後ろ一枚、袖二枚と五枚でした。ローテーションのようにしてミシンでの仕事を回りました。袖を丸く縫うのが大変でした。ボタンの穴かがりもやったし、ミシン作業よりも以前に襟章付けもやりました。だから今でも穴かがりは上手なのよ。新鶴ではミシンの世話係もしました」

会津高女の「学校工場」疎開時にミシンの胴体を運んだ渡部妙子さん。手にしているのは卒業証書

新鶴では国民学校の体育館が工場に充てられ、窓には角材を打ち付けて金網が張られた。空襲対策だったと思われる。担任教師の宿直室は二階の和室だった。

疎開した学校工場には弁当を持って列車で通った。渡部さんによると、「まず赤沢組が先に降りたので、私ら新鶴組は車内から手を振って互いに励まし合いました」という。

会津若松市に住む佐藤トキ子さんは赤沢組だった。

「三年生のときに、四年生からミシンの操作を習い、軍服の袖を縫いました。この後、作法室でボタン付けや穴かがりをやりました。穴かがりは、ここは何ミリと寸法が決まっていて、糸の長さも定まっていました。糸は丈夫で強かったですよ。ミシン針も糸も材料倉庫でもらいました。針は少し曲がったぐらいだと、先生がアルコールランプで熱してトントンと叩き直しました」

三年時には、こんな係も担った。

「小遣いさんの部屋でラジオを聞き、各教室に情報を伝える係もしました。係は五、六人だったかな」

ラジオは、東北軍管区が発表する鹿島灘などから入ってきたB29の情報などを知らせ、警戒を呼び掛けた。素早い避難が生死に関わったので、職員室のラジオをつけっぱなしにした学校もあった。

佐藤さんは、ミシン作業の後に材料係になった。

「材料係は全部で二十人ぐらい。駅の荷物係から被服廠の荷物が届いたと連絡がくると、先生と一緒に五、六人でリヤカーを引き受け取りに行きました。冬の雪道はそりを引くときもあったけれど、でこぼこ道で滑って大変でした」

　荷物は裁断した布地だった。

「パーツごと百枚まとめて油紙のようなもので梱包された大きな包みでした。学校に持ち帰り、同じパーツに十枚ずつ太い鉛筆でイの一、イの二のように番号を記入して間違わないようにしました。これを班長がミシン係に渡しました」

　赤沢国民学校は駅から距離があり、坂を下りて上がった所にあった。

「ここでも材料係だったので、私はミシンの頭は運ばなかった。講堂で仕事をしたのかな。夏休みだったので児童たちはいなかったと思う。荷物をほどかないぐらいで終戦になったんですよ」

　終戦直前の八月十四日、当時教諭だった新井田羌は被服廠仙台支廠に新しい針を取りに行った。仙台支廠は、仙台駅正面を出て右手の小坂を上り十分ぐらいの距離だったと『創立八十周年記念誌』に書いている。

　仙台支廠の場所が具体的に表現されているのは

出来上がった軍服をリヤカーで駅まで運んだ元会津高女生の佐藤トキ子さん

新井田の回顧だけであり興味深い。坂とは光禅寺通のことだ。

新井田は支廠長から命令口調で、疎開先の山腹に横穴を掘り壕内工場とするように要求され困惑する。ここで針を受け取り帰途について、爆撃の被害で仮駅舎のようだったという郡山駅の軒下に空腹をこらえ、リュックサックを枕に野宿した。押し寄せる蚊にほとんど眠れなかったという。郡山駅は七月二十九日、米軍の原爆投下部隊が投弾した模擬原爆により駅舎が半壊していた。

翌八月十五日、学校で校長の甲斐らに被服廠からの壕内工場計画を伝えたが、労力や機材不足から現実的ではないと受け止められた。新井田は疎開していた工場に行く前に終戦を知った。

玉音放送を聞いた生徒たちは一様に肩を落とし、落胆した。

渡部さんはラジオがある農家に集められて玉音放送を聞いた。内容は聞き取れず家に帰って敗戦を知り、にわかに信じられなかった。

佐藤さんは国民学校で聞いたが、やはり内容は分からなかった。先生から戦争に負けたと教えられ、勉強を我慢して縫製したことが無駄になったという悔しさもあって涙が出た。

作業の合間に安らぎを与えてくれたピアノもトラックに積まれ、新鶴村の国民学校に疎開していた。ピアノはドイツ製で、戦後すぐにミシンとともに会津高女に戻り、再び合唱ができると喜ばれた。

専攻科生になって引き続き会津若松駅に動員されていた成田さんは、八月十四日が泊まりで、二番線ホーム端のコンクリート下に枕木を組み立てて作られた防空壕にいた。女子だけの泊まりは週一回ぐらいあり、高齢の職員が主任として付いた。この夜もたくさんのB29が上空を飛び、職員が数える機数の多さに怖くなったという。これらのB29は十五日未明まで日本石油秋田製油所を爆撃、「日本最後の空襲」と呼ばれた。

成田さんは十五日、貨物列車で帰宅したが、重大な放送があると言われ広田駅前にあった運送会社の土間に座ってラジオを聞いた。終戦と知って思わず「ああ、生き残れた」と感じた。

渡部さんは十四日夜、祖父と妹をリヤカーに乗せ、近くの農家の方へ避難した。両親と弟は家に残ったが、夜空に響くB29の不気味なごう音は今でも耳に残っている。

一九四五年三月の東京空襲を受け、空襲被害の拡大を防ぐため全国的に建物の強制疎開が実施されていた。福島県でも七月四日に福島、郡山、平の三市を対象に疎開地域が指定された。福島市の平和通りはこのときに疎開でできた。若松市は指定から除かれたが独自に設定し、強制疎開を実施した。

会津若松市の郊外に避難していた三橋さんは、終戦と同時に市内の家に戻ったが、目に入ったのは強制疎開で取り壊され、小さい柱が四本だけになっていた母屋の姿で、ただただ涙があふれ出た。
終戦とともに、会津高女でも仙台支廠から、米軍の進駐に備え、関係書類の焼却や設備を撤去して証拠を隠滅するよう指示を受けた。校庭の端で階級章を山積みして連日焼いたが、誰もが複雑な思いを胸に黙々と作業を続けた。階級章はそのまま焼かれるのを嫌がるように、いつまでもくすぶり続けていたという。飛行機の機材だったジュラルミンは垣根に沿って大きな穴を掘り埋められたという。

縫製材料やミシンは当時の物不足の状況からすれば、貴重品だった。このため、弘前高女では外部からの侵入に備えて複数の教室にカギをかけ、返還まで厳重に保管をした。会津高女でも同じような不穏な動きに神経を使ったに違いないが、ミシンは後日、不要になった軍服やミシン糸とともに家庭に返された。

渡部さんはこのミシン糸を、あまり使わずに裁縫箱に入れておいた。長さ約二十センチ、幅一センチの芯に薄い緑色の糸が巻いてある。もらった当時の糸は黄色だったという。苦い青春の思い出がしみ込んだ学校工場に関する数少ない物証である。

卒業後、専攻科生として学校に残った八十人への修了式は九月二十二日に行われ、八月十五日付けの小さな証書が手渡された。

資料や証言によると、会津高女専攻科生には動員中に報酬が支給されたが、学生に関しては確認ができなかった。

戦後、進駐軍に対する見えざる恐怖が日本中を覆った。特に、若い女性は外出を控えるよう役所や隣組から注意を受けた。

佐藤さんも米兵が怖くて歩いて駒込峠を越え、南会津の親戚宅に避難した。学校に戻ると、先生の指導で教科書を黒塗りした。しばらく授業を受けていなかったので、勉強を始めても教室内は妙な雰囲気に包まれていたという。

三橋さんは戦後しばらくして洋裁を学ぶために上京。帰郷してからドレスメーカー女学院を設立した。また、会津女子高のスーツ型の制服を試作するなどして母校に貢献した。

戦後の学制改革を乗り切り、最後の会津高女生が卒業したのが四九年三月。この年、県音楽コンクールで優勝し、五一年には県図書館運営コンクールで最優秀賞に輝くなどして新制高校へのスタートを切った。

相馬高女でも軍服縫製

相馬地方の名門、相馬高等女学校（現相馬総合高等学校）もまた、被服廠の学校工場になった。『相女八十年誌』などによると、四四年九月に三、四年生による軍服縫製作業教育を開始。四五年一月三十一日に学校工場の開場式が行われた。

工場となったのは、木造二階建て校舎の北棟二階で、一階の一部は倉庫としても使用された。三月に四年生は卒業したが、他校と同じように専攻科生として残った百八十人余りが、新四年生とともに兵隊のシャツ、ズボン下、階級章の縫製作業を行った。

戦争末期になると福島県や宮城県沖などに米英の機動部隊が集結、艦載機が執拗に沿岸部を襲ったので、常磐線沿線から通学する相馬高女生も空襲の危険と隣り合わせだった。

相馬高女で軍服を縫った田中コウさん

田中コウさんは、相馬市北西部から相馬高女まで約十二キロの道のりを下駄ばきで通った。下駄といえども簡単に手に入らない時代で、すり減った中歯を取り換えながら、雨の日は鼻緒が濡れないようにしてはだしで砂利道を歩いたという。

軍服の縫製のクラスは四つあったが、各教室の机を取り払い、生徒の家庭から運んだミシンとイスだけを置いた。一クラスにミシンは十台くらい入ったという。

「私の家のように、ミシンを持たない家庭もあった。そんな場合、私たちはボタン付けと穴かがりをしました」

家庭科の教師が指導をしたが、針と糸は支給された。穴の寸法は決まっており、大きな木の台の上に布地を置いて、印が付いたところに先端に歯が付いた金属を金づちで叩き横に穴を開けた。穴がほつれていないかの点検も行った。

「朝から夕方までひたすら同じ仕事を繰り返したので、楽しい思い出はなかったですね。薄いシャツだけを扱った。冬は火鉢もなかったんだから。それでも夢中だったから寒いとも思わなかった」

倉庫にした教室で整理や荷造りも行った。ある程度流れ作業だったというが、会津高女よりは小規模の作業だったようだ。出来上がった軍服はトラックが直接運んで行った。布地を運び込んだのもトラックのようだったという。

こんなことも打ち明けてくれた。

「弁当を持参したが、たいした食べ物もなかった。それでも家が農家だったのでまだいい方だったのかもしれない。私が食べていた弁当がうらやましかったと同級会の席上で打ち明けられたことがありました」

学校から国鉄相馬駅まではそう離れてない。会津高女ではリヤカーに積んで仕上げた製品を駅まで運んだが、相馬高女に来たのはどこのトラックだったのだろう。

相馬市に隣接する南相馬市の旧原町市には原町紡織があり、四三年十二月に被服本廠の監督工場に指定されていた。戦前にも被服本廠に軍需品として綿布を納付してことから、結びつきがあった。

こうしたことから、トラックは原町紡織から来たと考えるのが自然だろう。

原町紡織は陸軍原町飛行場に近く、四五年二月十六日の空襲では、女子挺身隊員二人、動員学徒と彼らの指導教師の合わせて四人が亡くなった。

五月一日に原町紡織で営まれた殉職者慰霊祭では、仙台被服支廠長野出清が女子挺身隊員二人の弔辞を読んだ。相馬高女の学校工場を監督したのも仙台被服支廠である。

郡山空襲のＢ29が上空を飛行

太平洋側から侵入し、日本列島を横切ったＢ29は高高度を飛行したため飛行雲しか見えなかったが、四五年四月十二日は日中だったこともあり、相馬高女からもジュラルミン製の大きな機体がはっきりと見えた。

田中さんはこの日、警報が出て飛び込んだ退避壕から、編隊を組んで上空を飛行するＢ29を、どこに行くのだろうとこわごわ眺めていたという。

相馬駅近くから下駄ばきで通っていた須藤マサ子さんも、Ｂ29を初めて目にした。

須藤さんも学校工場開設に伴い、家族と一緒にリヤカーを引いてシンガーミシンを運び、提供した。学校ではズボン下や階級章を縫っている。

「四月十二日に飛んできたのは日本軍機なのか、それとも米軍機なのか分からなかったけれど、後に郡山を空襲した米軍機と知り、恐怖をより身近に感じるようになりました」

テニアン、グアムから出撃したＢ29の大群は、郡山市の二化学工場を目標にして相馬市の松川浦沖から侵入、まさに相馬地方を眼下に眺めて阿武隈山系を越えるところだった。この日、三年生以下の生徒は午後に帰宅となった。

原町飛行場にも動員された元相馬高女生の羽根田マサさん

警報が鳴ると生徒たちはミシンの頭部をはずして持ち、退避することがあった。ミシンを置いて避難すべきなのにと感じた生徒もいた。しかし、警報が相次いで発令されるようになると、ミシンをはずす余裕さえもなくなったという。

羽根田マサさんは、相馬市中心部の生まれ。軍服を縫った思い出を語る。

「学校ではカーキ色の薄い木綿のシャツにエリや袖を縫い付けました。先生から、ポケットと言わずに物入れと言い換えなさいと指導されたことも覚えています」

羽根田さんは原町飛行場にも動員されて、格納庫の穴掘りにも従事した。

「スコップを持って汽車で原ノ町駅まで行き、あとは歩きました。飛行場までは結構距離がありましたよ」

原町飛行場は国指定無形文化財の相馬野馬追で神旗奪戦が行われる雲雀ケ原西側にあり、広大な敷地を占めていた。ここでは特攻隊原町飛行隊が編成され、訓練を受けた若い飛行兵が出撃基地に飛び立つなどしていった。

『相女八十年史』によると、特攻隊の第六十四振武隊（国華隊）機の尾翼に描かれた絵柄は矢に桜花を配した意匠だったが、相馬高女生二人が発案したアイデアが採用された。

第六十四振武隊（渋谷健一隊長）は、四五年四月一日、原町飛行場で編成された。五月二十三日には出撃を前に相馬高女講堂で壮行式が行われている。一つ上の世代の飛行兵が戦地に飛び立つことに悲しさを覚えた生徒もいた。翌二十四日、羽根田さんらが原町飛行場で尾翼に絵柄を描いた。

「特攻隊の皆さんと一緒に飛行場で写真を撮ってもらったことがありました。私たちは相馬にいたから、日ごろ話をする機会はなかったです」。（羽根田さん）

『相女八十年史』にその写真が載っている。矢に桜が描かれた尾翼を背に、飛行服姿の国華隊員と鉢巻きを締めた相馬高女生が並ぶ。青春のひと時でさえ悲壮感を漂わせた若者たち。国華隊は五月二十八日に大阪・大正飛行所に飛び立つまで原町の旅館に泊まっていた。

さらに、佐賀の飛行場を経て鹿児島県加世田町（現南さつま市）にあった万世飛行場に移動。六月十一日に九機が特攻作戦に参加して散った。

特攻基地として四四年八月にほぼ完成したのが万世飛行場で、陸軍最後の飛行場だった。四五年三月末から十九回の特攻出撃があり、国華隊は最後から二番目の出撃だった。

万世飛行場跡地の一角にある万世特攻平和祈念館では、二〇二二（令和四）年十一月十日から約一カ月間、特別企画展「第六十四振武隊　特攻隊員の家族への愛」が開かれ、隊員の遺書や寄せ書き、原町の旅館に面会に訪れた家族たちと撮影した写真などが展示された。

四五年七月に入ると福島県の浜通りには警戒警報、空襲警報がひんぱんに発令された。十日未明は仙台市が空襲を受け、相馬からも赤く染まった夜空が見えた。須藤さんは相馬にも爆弾が落とされると思って怖くなり、布団をかぶって逃げた。十七日は警報が相次いだため、相馬高女は汽車通学生の安全を考慮して登校後すぐに帰宅させ、学校工場の作業は徒歩通の学生だけで行った。

新地町から汽車で通っていた水戸ちよしさんも、艦載機に襲われる危険を考えて約十キロを歩いて帰ったこともあった。

「私は学校で木綿のシャツを縫いました。寸法は黒板に書かれていました。ミシン掛けが好きだったので、作業のそのものは苦にならなかった。材料が不足すると襟章も縫いましたが厚手の軍服は縫わなかったと思います」

警報が出て校庭の隅にある退避壕まで走ったことがあったという。

「死に物狂いで走ったけれど、間に合わないと思って地面に身を伏せ、耳を手で覆ったこともありました。それは怖かったですよ。終戦後に学校からズボン下を何着かもらったことを覚えています」

八月十五日は三年生以下の生徒は休んだが、四年生は作業をしており、講堂に集められて玉音放送を聞いた。勝つと信じていた生徒たちは負けたと知ると体から力が抜け、すすり泣く声も聞こえた。

終戦後、学校が真っ先に直面した混乱は学校工場閉鎖に伴う資材処理の関係だったと当時の校長半谷虎雄は『創立五十周年記念誌』に次のように回顧している。

隠匿物資摘発隊と称した正体不明の一隊が現れ、校内捜索を申し出てきた。学校側はいささかもやましいことはないと要求を断り、話し合いの結果、彼らも納得して引き上げたという。「当時は一日として安らかな日はなかった」との心境も明かしている。

九月に入ると、学校工場での製品を県に移管。四年生と専攻科生が借り上げていたミシンの返却を開始した。鹿島町以南では相馬農蚕高等学校から借りたトラック一台を使用した。

田中、羽根田、須藤、水戸さんら相馬高女三十五回生の卒業式は四六年三月十八日に行われた。三十五回生は三年生後半から学校工場で作業に従事しており、学力補充を希望した生徒のため四七年三月まで補習科が設置された。

補習科生は、山形県の作並温泉と山寺に旅行する機会があった。国民学校や女学校では旅行ができなかった時代。戦後も鉄道事情が悪く駅に長時間並んで切符を購入したが、全員が目的地まで買えず、手に入った分までの旅行となった。

「私らは作並温泉まででしたが、とても思い出深い旅になりました。一泊して宿から駅まで歩いていたときに進駐軍の車が通りかかり、乗せてやるからと言われて恥ずかしかったけれど、言葉に甘えました」と羽根田さんは思い出を語る。

戦争は終わったものの、交通事情の悪化から四六年一月は原町、鹿島、小高などで分散授業が行われ、平常授業に戻ったのは二月になってからのことだった。

福島高女で軍手の指先かがる

軍服のほかに、軍手の指先をかがる作業を行った学校もあった。

「二女高百年史」によると、宮城県第二高等女学校（現仙台二華高等学校）に一九四二（昭和十七）年四月、被服廠から奉仕作業として軍手一千個の指先をかがる注文があった。学校では一個二十五銭の用具を購入して生徒に縫製の準備をさせるよう決定したが、用具は針だったとみられる。五月から三、四年生が自習時間に従事。六月に納入すると、さらに二千個の注文があり、作業はほぼ一年間継続した。宮城県第一高女でも軍手のかがりが行われた。

仙台空襲で宮城県第二高女は戦災を免れたが、全焼した宮城県第一高女などの生徒を受け入れた。ミシンなどの備品はさらなる空襲に備え埋設された。

福島高等女学校（現橘高等学校）でも四四年四月から、軍手の指先をかがる作業を始めた。四月十二日付福島民報は、「学校工場化の先鞭をつけ軍需用手袋の基礎たる指先かがり作業を新学期から全校生徒を動員して開始することになった」と報じている。

生徒はさらに決戦勤労体制に組み込まれ、七月には四年生が福島市内の軍需工場に動員された。十一月八日には横須賀海軍工廠に向けて三年生が福島駅から出発した。

こうした経緯から、軍手の作業が主に行われたのは動員が本格化されるまでの間だったと推定される。また、会津高女や相馬高女のようにミシンを並べての縫製作業ではなく、学校に残った生徒たちも加わった軽作業のようだった。

二本松市に住む小島節子さんは、三年生のころに軍手の指先をかがった。授業の合間の休み時間にイスに座り、渡された軍手に黙々と向き合った。材料は市民が使わなかった木綿で、軍人が使うと思っていたという。

「時間があると裁縫室に集まって、壊れた物差しでリズムを取りながら『若鷲の歌』などの軍歌を歌ったものです」

農具を担いで福島競馬場の開墾にも行き、他校生とともにソバの実を植えた。ある日、「あなたたちが育てたソバです」と、そばがきが出たこともあったと話してくれた。

小島さんはその後、国鉄福島機関区に動員された。事務のほか、作業服を修繕したり、機関士の夕食のため塩を付けて白米のおにぎりを握ったが、おかずにと乾燥したイナゴが出たこともあった。

動員されて初めのころは学校から先生が来て、二階の部屋で国語や歴史を教えてくれた。午後五時まで働き、屋根のない貨物列車に乗って帰る途中に、唸るようなB29の重厚な飛行音が聞こえ、とっさに積んでいた材木の陰に身を隠したこともあった。

　卒業しても専攻科生としてそのまま働いた。月ごとにもらえた報酬三十円は、終戦後に通った洋裁学校の授業料に充てることができた。

　終戦の日は手伝いをしていた電力区でラジオを聞いたが、内容は分からなかった。夜は灯火管制のため家の電球を黒い風呂敷で覆っていたが、終戦になって外せたので部屋が明るくなり、うれしかったという。

　福島市に住む辺見清子さんは、空いている時間にクラスごと軍手のかがりを行ったと話す。体の大きな軍人が学校の職員室にいたことを覚えていた。

　辺見さんは四四年七月から、福島中学校（現福島高等学校）の向かい側にあった品川計器福島工場に動員された。油まみれになって工具を使い航空機の部品を仕上げたが、手伝いに来ていた少年の工員が出征するときは涙で見送ったという。卒業して専攻科生になると報酬が渡された。

　四五年七月二十日、福島市渡利の水田で模擬原爆が爆裂すると、あらかじめ決められていた通り学校の安全を確保するため工場から駆け付けたが、いつくかの窓ガラスが割れて衝撃の大きさを物語っていた。

　品川計器はこの日、模擬原爆投下の目標となっていたのだが、このことはあまり知られていない。原爆投下部隊に所属したB29二機の七月二十日の投下目標は、福島駅北側にあり東北本線と奥羽線に接していた福島製作所と品川計器だった。しかし、品川計器への投下機「グレートアーティスト」は太平洋上でエンジントラブルを起こし、模擬原爆を洋上に投棄した。このため品川計器に動員されていた福島中学生らも危うく難を逃れた。

福島製作所へはB29「ストレンジカーゴ」から投下されたが、曇天のせいで目標を正確に捕捉できず、福島市渡利の方向へ大きく外れた。福島製作所にも福島商工生など多くの学生が動員されていた。

原爆投下部隊は最新鋭のB29十五機で編成。訓練として投下した模擬原爆の威力を確かめるために、空襲被害を逃れていた工場などの施設を目標に選んでいた。東北本線をはさんだ福島市内の二つの目標で爆発していれば市民や動員学徒ら多くの命が失われ都市や交通、教育環境が壊滅的な被害を受けたことは間違いない。

軍手のかがり作業から模擬原爆や原爆投下に飛躍したが、模擬原爆投下による被害は郡山、平にも及んでおり、原爆投下訓練に福島が深く関わっていたという実話である。

終戦の日、辺見さんらは庭に集められ正座してラジオを聞いた。内容はよく分からなかったが、戦争に負けたと思った。社長から「今までご苦労さん。明日から来なくいいです」と告げられ、思わず悔し涙を流した。

福島市に住む吉野愛子さんも、三年生の思い出は軍手のかがりと品川計器への動員、それに体力検定だった。

体力検定は砂袋を背負い、飯坂を経由して三時間以内で学校に戻るという戦時体制ならではの体験だった。大汗をかいて塩も吹き衣服ににじんだ。

卒業して動員先に戻ってから、教員養成所に入学。終戦は弟と妹で避難した知り合いの家で知った。落胆してラジオの前にひれ伏した。自宅に戻り無事だった両親に会って我慢していた感情があふれ、思わず涙した。灯火管制が解けたせいか、市内がとても明るく輝いて見えたことが忘れられないという。

「昭和十六年の入学から卒業まで戦争の真っただ中にいました。いつの世も戦争のない時代であってほしいとつくづく思います」と吉野さんは胸の内を明かしてくれた。

学校工場や学徒動員などを取材していて、いつも気になっていたことがあった。学生たちは動員先で集められ、正座や直立不動の姿勢で玉音放送を聞いて初めて敗戦を知ったのだが、学校や工場などではどうしてこの日、終戦のラジオ放送があることを分かっていたのかということだった。

「八月十五日の新聞で終戦を知った」との回顧談が出ていた本があった。そこで当日の福島民報を見ると、一面に「大東亜戦争終結の詔書渙発《かんぱつ》」の大見出しで終戦が報じられていた。そして、カタカナ混じりの詔書の内容とともに、十五日正午から昭和天皇により詔書がラジオ放送されることを知らせた一段記事があった。

大人たちは新聞で敗戦を知らされていた。しかし、動員された現場に急ぐ生徒たちに新聞を読む時間があるはずもなかった。

被服本廠は四三年後半から四四年にかけ、埼玉県や栃木県などにいち早く施設を疎開させた。秩父市には朝霞出張所の秩父作業所が設けられ、地元の高等女学校生徒のほか、福島、岩手県からの女子挺身隊員も作業に動員されたという。（中村哲著『東京陸軍被服本廠・朝霞作業所（東京陸軍被服支廠）の疎開について』）

疎開施設では終戦後、物資の隠匿や盗難が相次ぎヤミ市にも流れたが、米軍の回収命令により事態が収拾された。

終戦当時、全国の被服廠には相当数の在庫があり、学校工場でも生産された夏冬物襦袢や袴下だけでも五百七十万人分に及んだ。これらはすべて米軍に引き渡され、有償で自治体にも払い下げられた（秋田銀一著『被服廠の終焉』陸軍経理部よもやま話続編）。本土決戦に備えた在庫とみられるが、使われなくて幸いだった。

ＧＨＱが指示した占領地域における押収品目録作成を受け、陸軍省が提出した「押収物質に関する報告綴」によると、関係書類は終戦前日に陸軍大臣命により焼却されたため数量などは推定とされたが、ミシンをみると三千五百台の押収分のうち、被服本廠での処理が約二千台。仙台出張所処理分は約五百台だった。これらは部隊補給、学校工場で使用されたと推定した。残りの相当数は三月十日の東京空襲で焼失したという。

また、大阪支廠分は八百八十台で、うち約六百台は学校工場などで使用されたが、戦後はＧＨＱを経て各府県庁に引き渡されたとある。

戦争末期、被服廠関係の施設は全国で六十カ所以上に及んだ。被服本廠、支廠の建物は戦後、大蔵省に移管された。土地を借りてバラックを建てた関連施設は所有者に返還されるか、自治体に移譲された。

各女子校の動員生は、まさに擦り切れて破けそうな国のほころびを縫うように夢中で働いた。女学校に残された記念誌や動員生による証言は、戦争で決して表に出ることがなかった被服廠の実態を唯一明らかにした、とても歴史的に価値のある資料であることを重ねて強調したい。

第四話　壮絶なフィリピン逃避行

戦前、南方に移り住んだ日本人は、戦況の悪化とともに絶望的な逃亡に追い込まれた。その生死の境をさまよった体験を証言からたどる。

棚倉町に住む元教員衣山武秀氏は、フィリピンで二番目に大きいミンダナオ島の南部にあるダバオのミンタルで一九三四（昭和九）年に生まれた。カメラを愛し、手品も披露してきた温厚な人だが、戦争が始まってジャングルに逃げ込み、半年にわたって生死の境が全くない中を一家で逃げてきたという壮絶な体験を持つ人でもある。

フィリピンのジャングルから生還した衣山武秀氏。日本人小学校に通った同級生もまた、過酷な体験を強いられた

戦争が終わって十一歳のときに父母や兄弟五人と引き揚げてきたが、当時の出来事を鮮明に覚えており、「平和と友好を築くために悲惨な出来事を多くの人たちに知ってほしい」との思いで退職後に「語り部」の活動を始めた。

これまで学校、公民館、老人会などで百八十回にも及ぶ講演を行ってきたが、著書『どこまで行っても上り坂』などに、あまりにも悲惨だった体験を書き残している。

私が衣山氏と初めて出会ったのは、福島県南部の棚倉町で二〇一七（平成二十九）年に開かれた「棚倉平和のための資料展」に講師として招かれたときだった。衣山氏はこの資料展開催の中心メンバーでもあり、私が書いた『米英軍記録が語る福島空襲』が目に留まったという。

豪快な笑いと温厚な人柄が印象的だったが、自分のことはあまり話さなかった。フィリピンからの引き揚げを知ったのは、二〇一四年に喜多方市で開かれた「平和のための戦争展・喜多方」で講師を務めた衣山氏の講演録を読んでからだった。

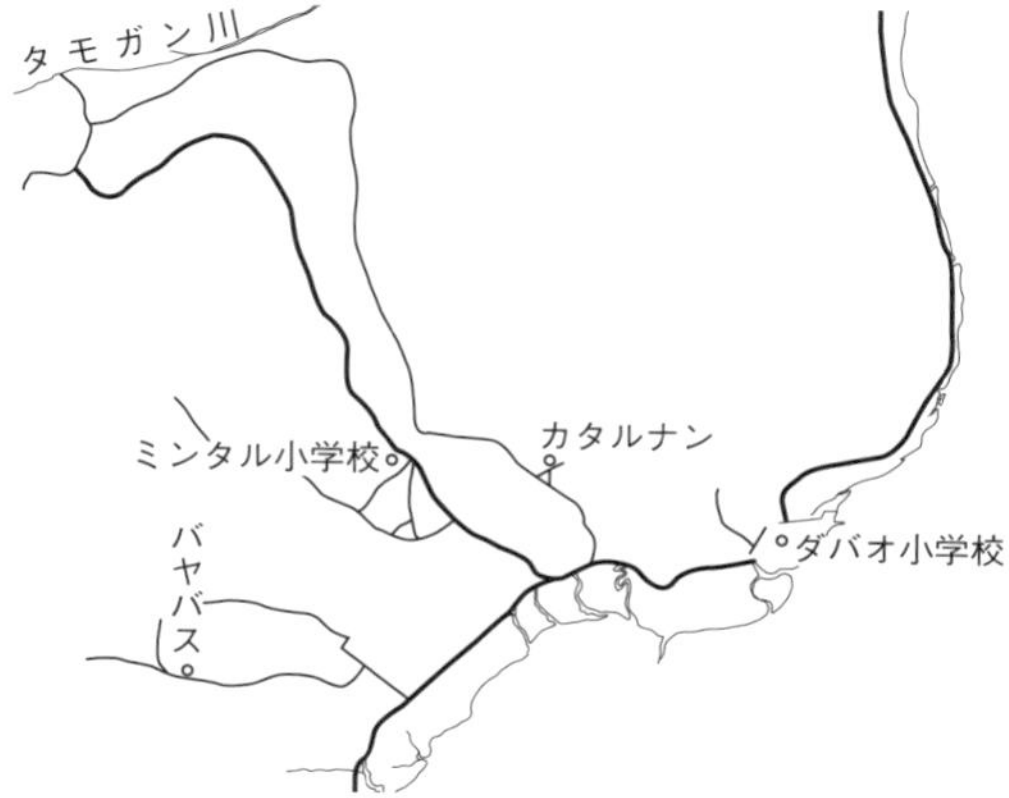

ミンダナオ島の地図

ここでフィリピンと日本との関係について触れると、海外移民が盛んだった明治時代は福島県からハワイに渡った人たちが最多で、メキシコとフィリピンがほぼ同数で続いた。フィリピンでは、移民先駆者たちがジャングルを切り開いてマニラ麻、バナナ畑を作り、縁者を頼り渡ってきた人たちが根を広げていった。

外務省が調べた一九三九（昭和十四）年十月現在のフィリピンにおける日本人は約二万五千人。ダバオに約一万八千人、ルソン島にある首都マニラに約七千人が住んだ。北海道よりやや大きいダバオでは、前年より八百人余り増えたが、マニラでは千三百人減っていた。

ダバオでの職業は農耕・園芸・畜産関係が全体の七五《パーセント》を占め、マニラでは会社員が最多だった。ダバオでは沖縄出身者が最も多く、福島県出身者がこれに次いだ。このように、日本人移民はダバオに集中しており、戦争で避難を強いられて多くの犠牲者を出すことにもつながった。

衣山氏の祖父正は相馬郡福浦村（現南相馬市小高区）の出身。台湾で警察官をしていたが、妻を亡くして期するものがあったようで退職。台中の病院で事務長をしていた。やがて景気が良かったフィリピンに渡り、ミンタルに病院をつくって事務長を務めた。また、私立ミンタル小学校建設に尽力するなど、日本人社会の発展にも大きく貢献した。

ミンタルはダバオから約二十《キロ》離れ、北部のカリナン、タモガンを結ぶ交通の要衝の地だった。

衣山氏の母富子は仙台市の女学校を卒業してフィリピンに行き、正の世話をした。後にミンタル日本人小学校などの教員をしていた矢祭町出身の父新次郎と結婚。正はマニラ麻を作る小さな工場も営んでいた。

衣山氏がミンタル日本人小学校に入学したのは一九四一（昭和十六）年一月。木造二階建ての立派な校舎だった。フィリピンでの小学校入学は一月。一年生から英語の授業があり、フィリピン人が先生だった。日本人教員は外務省から派遣されていたが、四月になると国民学校と改称された。

のどかな毎日が一変したのは十二月八日の朝だった。いつものようによく晴れていた青空の中を、見たこともない多くの飛行機が編隊を組んで頭上を飛んでいき、登校途中の児童たちを驚かせた。日本軍機だった。

学校では先生たちが緊張した面持ちで校門に立ち、「戦争が始まったから」と告げて家が近い児童を帰宅させた。衣山氏は事態が理解できないまま、家が遠いからと学校に隣接した寄宿舎に収容された。家は一・五キロ離れており、毎日徒歩で通っていた。

カーテンが閉められた部屋に座らされ、緊張して外の気配をうかがっていた児童たちは、どれほど怖くて寂しかったことか。しかし、この試練さえも戦争がもたらす悲劇の始まりにすぎなかった。

夕刻になって、先生が握ったおにぎりを一つ渡され食べたことを、衣山氏ははっきりと覚えていた。夜は板の間にごろ寝。常夏の国でも、夜は涼しい。怖さと寂しさですすり泣く子どももいて、なかなか寝付けなかったという。

この間、児童たちと一緒にいて心の支えになったのが、衣山氏の一、二年生の担任を務めた二本松出身の女性教師だった。

「とにかく優しい先生でした。叱られた記憶がありません。戦後に帰国したと知って会いたかったけれど、かないませんでした」

戦争が憎しみを増幅

戦争が始まると、フィリピンでは日本人の強制収容が行われ、ダバオでは主に現地人の小学校に収容された。周辺にはフィリピン軍の機関銃が配置され、収容所内の行動も制限された。収容者が急増すると校庭で寝起きする状態となり、食糧も不足して収容者はほかの学校などへと移された。

開戦から間もなくして、衣山氏の母たちはダバオに連れていかれたが、ミンタル日本人小学校に戻されて収容された。十二月二十一日になって日本軍に解放され、衣山氏は校舎で母や妹、弟とようやく会うことができた。母は涙を流して抱きしめてくれたが、日本人会の要職をしていた祖父や、日本人会の書記をしていた父の行方は依然としてつかめなかった。

ハワイをはじめペルーやキューバでも、日本人移民の指導的な立場だった日本人会の役員らが真っ先に身柄を拘束されていた。

ダバオは十二月二十日に日本軍が占領し、収容されていた日本人は相次いで解放された。この間の混乱で、バンキロ闘鶏場に収容されていた日本人二十八人が監視兵による乱射で死亡するなど、五十人近くの日本人が犠牲になったという。（田中義夫著『異国のふるさと　ダバオ』）

戦争は互いの憎しみを増幅し、残虐な行為にエスカレートしていった。ミンタルを解放した日本軍の主力部隊はすぐに、ほかの小学校解放に向け移動、残った部隊により惨劇が起こされた。

衣山氏ら児童は二階の教室からその様子を目撃していた。

衣山氏の記憶によると、小学校の校庭に現地の男性が後ろ手にしばられて列になり座らされていた。少なくない人数だったという。やがて学校向かいのヤシ畑に連れていかれて穴を掘らされ、日本兵に銃剣で刺されてその穴に埋められたという。

衣山氏らは恐ろしい光景に目を向けていられず、教室で言葉もなくうずくまっていた。

「今でもつい数年前のように思い出され、心臓が止まる思いです。お父さんの脇に日の丸の旗を握って心配そうについていた少年はどうなったのでしょう」と衣山氏は、編著『神様は海の向こうにいた』の中に「死者のほとんどは餓死だった」として題して書いている。

東京都に住む高木尚二氏も、日本兵が学校裏の用水路に駆け込み汚れを洗う様子など、この日に起きた驚くような出来事を一部始終目撃していた。当時は小学一年生。少年が目にした数々の惨事は今も脳裏に深く刻まれている。

高木氏の父尚三郎は現在の伊達市月舘町出身で、ダバオではマニラ麻の栽培を手広く手掛けていた。母ナオは伊達市梁川町の出身だった。高木氏はダバオ市カタルナンで長男として生まれた。

ミンタルに近かったのでミンタル日本人小学校の寄宿舎に入った。

『異国のふるさと　ダバオ』にも「ミンタル校救出の後」として、高学年生だった著者の田中が見た衝撃的な様子を詳しく書いており、この日は十二月三十日だったと記した。

当時一年生だった須賀勝美氏もミンタル生まれ。登校して開戦を知らされ、小学校から近い家に戻っていた。

須賀氏の父操と母シマは福島市の出身だった。操はミンタルで麻の栽培に従事したが、縁があって衣山氏の祖父が事務長をしていた病院で看護助手として働いた。

須賀氏は家にこもり戸の隙間からたくさんの日本兵がいた外の様子をこわごわと伺っていたが、後にヤシ畑での惨劇や校庭の運動用具に中国人男性二人が縛られ、日本兵に棒でさんざん殴られたことを聞かされた。

しかし私がこれまで調べた限り、ミンタルで日本兵が起こしたこれらの衝撃的な出来事はどういう訳か、戦犯としては裁かれなかったようだ。

衣山氏は翌四二年になると自宅に帰ることができたが、家の内部は荒らされていた。そのうち父が戻り、一カ月後に衰弱した祖父が戻ってきた。日本人会の役員をしていた祖父はフィリピンの官憲により、ダバオから遠方の刑務所に収容されていたという。母がサトウキビの煮汁を飲ませるなどして祖父を看病したが体力の消耗が激しく、回復までには時間がかかった。

射撃の訓練をしていた日本兵二十人ほどが、衣山氏宅倉庫の二階に寝泊まりしたことがあった。敗色が濃くなっていたせいか、衣山氏の家に遊びにきた将校が、「この戦は負ける」と祖父に語ったことがあった。米軍の圧倒的な力は覆せないことを前線の日本兵は身をもって知っていた。

空襲が激しくなり空襲警報が出ても、病気で寝込んでいた祖父は、「この家で死ぬ」と防空壕には入らなかった。米軍上陸直前の四五年三月十五日が祖父の命日になった。清貧に甘んじながら、激動の時代を生きた七十二年の人生だった。

ジャングルは〝魔界〟だった

四五年四月二十九日は、多くの日本人が生死を分けることになる運命の日だった。上陸した米軍がやってくるので日本人家族は避難を命じられ、衣山家でも水牛が引く荷車に家財道具を積み込むのにてんやわんやだった。

子どもたちは五年生の衣山氏を筆頭に、生後三カ月の妹まで五人。母が背負ったり、荷車に乗せられたりしたほか、衣山氏らは荷車の後ろにつかまった。途中で睡魔に襲われ、眠りながら歩いたという。米軍に察知されないよう明かりを消して大勢の日本人がタモガンのジャングルを目指して歩いたが、生き地獄が待っていたことを知るはずがなかった。

日中は米軍の偵察機が低空で飛び、異常を察知すると地上に連絡、空気を切り裂いた音を出して飛んできた砲弾はヤシの木などを吹き飛ばした。着弾率は驚くほど正確で、一発が大木に当たり衣山氏の家族らは間一髪で助かった。しかし、荷物を引いてくれた水牛を破片が直撃したので、この後は荷物を背負って逃げることになった。

ジャングル近くなると、日本人は離れ離れになった。日本軍からは北部のタモガンにあるジャングルに逃げろと命じられていたが、衣山氏の家族は親戚でまとまり、日本商社の社員らと一緒に五、六十人の集団となって別行動を取った。敗走する日本軍と同行した多くの家族は、より苛酷な逃避行をたどることになったという。

ジャンクルは〝魔界〟への入り口だった。まるで人の生命力を試すかのようにスコールを降らせて地面をぬかるみにし、ヒルを落として血を吸わせた。ヒルの恐ろしさに泣き出した子どもたちの声が音のない密林に悲しく響いた。

食料が乏しくなり、ツタや草の葉を煮て食べた。慣れない生活に体調を崩す人たちが相次ぎ、衣山氏も下痢が止まらず死を覚悟したという。幸い父の知人の医師から薬をもらい一命をとりとめた。衣山氏は、「死の瀬戸際から助かった喜びは、ほかの人には分からないほど大きいものです」と「死者のほとんどは餓死だった」に書きとどめ、命の大切さを訴えている。

ジャングルといっても、立地環境により生態が異なる。

私が二〇〇〇（平成十二）年に訪れたパプアニューギニアの熱帯雨林は赤道に近いため、日中は高温多湿、夜は肌寒くて毛布が必要だった。戦争中、ここに逃げ込んだ日本兵は飢餓とマラリアで体力を奪われて命を失い、後に死の東部ニューギニア戦線と形容された。最大で十万人いた日本軍の兵力は終戦時に一万三千人にまで減っており、ジャングルから投降してきた日本兵は生気を失って、まるで幽霊のようだったという。地元の人たちは、ジャングルに〝サングマ〟という悪霊が住み、人間に悪さをすると信じていた。それほど人の立ち入りを拒む別世界だった。

タモガンでは密生した大木が日光をさえぎり、日中でも薄暗いため寒くて川で行水もできなかったという。ジャングル生活で希望を絶たれた人たちは、早朝になると手りゅう弾を爆発させた。避難したすべての家族に、いざというときのために軍からソフトボール大の手りゅう弾が渡されていた。ピンを引くと五秒ぐらいでドーンという鈍い音とともに爆発した。

衣山氏の父は、爆発で心中した一家があると子どもたちに惨状を見せないように後始末をしていたが、衣山氏自身は、いつ父がピンを引きやしないかハラハラしていたという。

戦争は語り尽くせないほどのむごい出来事を生んでも、まだ終わらなかった。

衣山氏らの命綱となったのは、父らが夜にジャングルを抜け出して調達してきたサツマイモやトウモロコシだった。しかし、米軍や地元民の待ち伏せにもあい、命からがら逃げ帰ることもあった。

オタマジャクシも口にする

高木氏らは五家族がまとまってジャングルに向かった。
三歳だった高木氏の弟尚三を八歳の姉が背負って歩き、ジャングルの中ではぬかるみに小さな足をとられた。それでも足をひきずりながら懸命に進んだが、その後ろには、二つのわだちのような跡が残っていた。

尚三の命を奪ったのは米軍の艦砲射撃だった。一家は攻撃を避けようと固まっていたが、尚三の太ももに砲弾の破片が刺さってしまった。満足な治療薬もなく、スコールが傷を悪化させ、尚三は終戦を間近にした四五年七月二十五日に亡くなった。亡骸は埋葬され、母ナオが形見として髪の毛や爪を荷物に入れ投降したが、ダリアオン収容所で盗まれた。人の心もすさんでいた。

五家族のうち、四家族の父親が病気などで亡くなり、父尚三郎が集団のリーダとして面倒をみた。

「食べ物がなくて、飢えた日本兵もとても危険だったから私の父は相当苦労したみたいだ。当時は私が最も体が弱っていたから、オタマジャクシを取ってきて、ゆでるか何かしてそのままの姿で出してくれたことがありましたよ。でも、さすがにあれだけは食べられなかった」と高木氏は辛かった思い出をたどる。

高木氏の家族は四五年十一月、米軍の貨物船で鹿児島に上陸した。航行中に船が大きな波の上に乗っかると、スクリューが空転したことを、なぜか鮮明に覚えていた。途中で精神を病み海に飛び込んだ引き揚げ者がいた。米船は辺りを何度も旋回して捜索したが見つからなかった。船員は子どもたちに食べ物をくれるなどして優しく接してくれた。こうした行動は戦争で敵対してきた米兵の印象を覆す出来事だったと高木氏は語る。

一家は父の故郷で第二の人生を送り始めた。しかし、引き揚げた翌年の四六年一月十六日に妹すみこが九歳で亡くなり、「穏やかでおとなしかった」という母も、四七年八月十一日に四十一歳の若さで他界した。いずれも栄養失調だったが、ジャングルを逃げ回った過酷な体験が影響したことは否めない。高木氏は「三人とも可哀そうなことをした」と言葉少なに振り返る。

尚三郎は苦労をして地元で商売を始めた。「面倒見がよくて威勢がいい親分肌の性格だった。若い者の面倒もみていた」という一家を支えた父親は、六六年七月二十一日に六十九歳で人生を終えた。

高木氏は柳こうり一つを持って上京、大工の修業を積んだ。確かな仕事ぶりは腕の立つ職人としての評判を高めていった。

一方、須賀氏らも六家族ぐらいでまとまって逃げた。須賀氏は塩を入れた袋を背負い、父操は荷車を引いてぬかるみに足をとられながら重い足取りでジャングルに向かった。

麻縄が渡してあった川を渡った。体が沈むほどの深さで背中の塩が肌にしみて痛かった。渡りきれなかった女性が流されていった。ここでもまた、命がいともたやすく失われていった。背中にひん死の重傷を負い、唸り声を上げていた兵隊の姿もあった。

須賀氏は谷間を下りて水くみに行った際に、オタマジャクシを見つけた。容器に十匹ほどを持ち帰り、空腹に耐えきれずゆでて一人で食べた。味もそっけなく、ただ苦かった。引き揚げてきてから家族に初めてこのことを明かすと、呆れられ叱られた。須賀氏にとってのオタマジャクシは、高木氏と同様に戦争の苦い思い出でもある。

須賀氏の家族はジャングルで包帯を使って木を組み、バナナの葉でふいた小屋に寝起きした。操はカバンの中に医薬品を持ってきたので、病人やけが人の手当に忙しく出歩いていたという。

床は丸太だったので、夜もその上に寝た。四五年八月十日のことだった。母シマと須賀氏の間に寝ていた六歳の洋子の手が動いて、二人の体に触れた。これが生きていた最後の瞬間だったのかもしれない。朝を迎えたら洋子は冷たくなっていた。栄養失調だった。終戦までわずか五日前のことだった。

「あのときに手を動かしたのが何かの知らせだったのかな。戦争が起きる前に肩車してやったら喜んでいたっけ。母は大事に持ち歩いていた洋子の着物を着せてやって近くに穴を掘り埋めていました」

シマは洋子の遺髪のほかに、産衣にくるまれた姿と腹ばいになって顔を上げていた愛くるしい様子を撮った写真を持ち、四五年十一月に引き揚げてきた。私はそれらを須賀氏宅で見せてもらった。返す言葉がなかった。

須賀氏の家族は戦争が終わりしばらくして山を下りた。シマは家族から遅れがちになったが、須賀氏は長男だからと母の下山を手助けした。「お前にはあのときに助けられた」とシマは事あるごとに感謝していたという。

晩秋の福島は、一日ごとに冷気が増す。須賀氏が福島駅に着いたときは、半そでに半ズボン姿で、寒さに身が震えた。栄養失調のせいで頭髪はほとんど抜けていたという。一家は生の大根をかじり、小さなジャガイモを食べながら苦労に耐えた。操は果樹農家を営み、須賀氏はそれを継いだ。「お人好しで世話好きだった」という操は八七（昭和六十二）年五月二十一日に八十八歳で亡くなった。子どもたちにしつけを厳しく教えたシマは、九九（平成十一）年三月十一日、九十二歳で世を去った。

白旗を作り投降

衣山氏の集団は終戦を知らなかった。しかし、米軍の爆撃や砲撃はなくなり、様子が変わったことは感じていた。そのうち、ジャングルの入り口で大型スピーカから投降の呼びかけが流されるようになった。マイクを握ったのはミンタル小学校近くにあったお寺の住職で、最初に投降した人たちの一人だった。米軍は投降を勧告するビラも空中からまいた。

出ていくと攻撃されると思いしばらく様子をみていたが、十月上旬になって集団の責任者から「戦争は負けたのではなく終わった。ジャングルから出る」と告げられた。負け戦だったことは誰もが知っていた。

女性たちは米軍兵士から手荒なことをされるのを恐れ、急いで服装や髪型を男性のように変えた。

衣山氏はシーツを引き裂いて作った白旗を持ち、先頭に立った責任者の後についた。一団は一列になり、曲がりくねった細い道を無言でゆっくり歩いた。戦争が終わった安堵感と、これから捕虜になることへの不安感が交錯した。

ジャングルを出ると、米軍のトラックが数台待っていた。その周りを現地人二、三十人が取り囲み、罵声を浴びせながら小石を投げつけてきた。険悪な雰囲気の中を、トラックは海沿いのダリアオン収容所に向けて走り出した。ダリアオンはダバオから南西にある日本商社の進出で発展した街で日本人小学校や病院があり、衣山氏は家族と海水浴に来たことがあった。その思い出の場所に敗戦を象徴する収容所が設置されていた。

収容所は高さ二メートルもある有刺鉄線で囲まれ、日本人にはテントが支給された。ジャングルの涼しさに比べると、ここは草原に作られたため暑さが際立っており体力を消耗した。

到着して間もなく、衣山氏の親戚の母親がシーツの上で亡くなり、三人の子どもが残された。さらに、逃亡で精魂が尽き果てた病人らの死亡が相次いだ。軍人や市民約一万四千人の収容者のうち、民間人だけで約三千七百人も亡くなったとされている。

収容所で衣山氏は、鉄板などを敷いて道路を造る大型機械やダンプカーなどを初めて見て、日本軍との機動力の差に驚いた。

食べ物もご飯のほかに肉、魚などの缶詰が一人に一個配られた。「鬼畜」と教えられた米兵たちの素顔は明るくて、子どもたちにチューインガムを配って遊び相手になってくれた。「生き残ったうれしさ」を感じられる日々だったが、こんなことも起きた。

現地人が米粉を蒸しバナナの葉にくるんだ「ソウマン」などを売りにきた。収容者がネックレスや時計などと交換して食べると、倒れる人たちが相次いだ。「ソウマン」に毒が入っていたのだ。家族が日本軍の犠牲になったことへの恨みを晴らすためだったという。『異国のふるさと　ダバオ』にも、毒饅事件があって以来、米軍から接触を厳しく禁止されたと出ているが、違反者が後を絶たなかったともある。毒が入れられたのは限られた出来事のようだったが、いずれにしても憎悪の連鎖により起きた知られざる悲劇だった。

十月になって日本への引き揚げが決まったが、衣山氏の父親らは残務処理のために残された。母は五人の子どもを連れ、水陸両用車で沖に停泊していた貨物船まで運ばれた。米国人乗組員の手助けで縄はしごに足をかけ、足のすくむような高さを一歩ずつ上った。甲板にたどり着くと、安心して思わず胸をなでおろした。船員はすべて民間の米国人のようだったという。

ところが、貨物船はなかなか出港しない。後続の水陸両用車が転覆する事故が起きて、救助活動が行われていたためだった。事故ではたくさんの犠牲者を出した。

多くの米兵が海岸に駆け付け、偵察機が海面低く飛ぶなど、この事故の捜索活動の様子を、タモガンのジャングルから抜け出てダリアオン収容所に入っていた当時小学六年生の紺野彰も目撃していた。

彰の父清助は、福島県信夫郡飯坂町（現福島市飯坂町）の出身だった。ミンダナオ島に渡り、開戦時はミンタル西方のバヤバスで広大な麻園を経営していた。

清助は私の父彦次郎の叔父でもあった。彦次郎も若いころマニラに住んだことがあり、私の家系もフィリピンとは何かと縁が深い。しかし、父の兄二人もマニラやダバオで戦火に巻き込まれ亡くなっていた。

彰はバヤバスの生まれで、バヤバス日本人小学校に通っていた。長男と長女は仙台市で教育を受けるため、戦前に帰国した。

彰は晩年、父を失うなどした過酷なジャングルでの体験を、平和について一緒に考えてほしいとの思いを込め、『こどもの太平洋戦争』を書き残していた。副題は「子供をこんな目にあわせても　また戦争をやりますか」とした。

実は、衣山氏からフィリピンでの体験を聞いたことがきっかけで、私はこの本を初めて読んだ。そのころは、私の父の戦争体験さえも断片的にしか知らなかった。身近にあった戦争体験をおろそかにしていたことを恥じるしかない。

その『こどもの太平洋戦争』によると、彰が戦争を知らされたのは小学校に登校した直後で、担任でもあった上野重信校長から帰宅するよう告げられたという。翌朝、家族とともに小学校に避難したが、すでにフィリピン軍の管理下にあり、男性はダバオの現地小学校、女性はダリアオンの日本人小学校に連れて行かれた。十二月二十一日までに日本軍が日本人収容者を解放したが、このときの混乱で上野校長が犠牲になった。

日本軍はダバオでも食料を現地で調達した。彰の父は海軍軍需部の生産隊員となり、トラック何台分というノルマを課せられて生産に励んだが、支払いは価値のない軍票だった。

米軍が上陸すると、日本軍は転戦と称してさっさとタモガンのジャングルに逃げ込んだ。後を追って多くの民間人が命令通り一カ月分の食料を持って続いた。

避難中は米軍機の執拗な攻撃を受け、ジャングルに入ると夜通し長距離砲が撃ち込まれた。眠らせないで生きる望みを絶つ米軍の心理作戦だった。

食料が底をつき、夜になって父と彰がバヤバスまで取りに行った。四五年六月一日のことだった。牛や馬に食料を積んで戻る途中で米兵の機銃掃射を受け、ジャングルに逃げ込んだ。夢中で走ったため途中で父とはぐれ、坂道でようやく石に座れたが、恐ろしさで体中の震えが止まらなかった。

静寂の中で耳を澄ますと、谷の下流から彰の名を呼ぶ父の声がかすかに聞こえた。十一歳の少年に父を探しに行くべきかどうかの極めて難しい決断が迫られた。父の居場所も定かではないので迷っていたら、後ろから逃げてきた人に、また撃たれるから早く逃げろと促され、ジャングルで待っている母の元へと急いだ。

父はそのまま行方不明となり、谷の下から聞こえた声が五十三歳だった父清助の最後の肉声となった。

母モトに会い、父と離れたことなどを一気に話した。黙って聞いていた母は「それでよし」とだけ言ったという。

母のひと言があっても、彰には父を助けに行くべきではなかったのかという悔いがいつまでも残った。心の底に浮かぶのは、マニラ麻栽培に必要な現地人労働者を救おうと、日本軍指揮官の前に毅然と立って直談判をした男気のある父の面影だった。

戦場に父を置き去る少年の一生の不覚今も疼きて

（紺野彰歌集「ダバオ・タモガンの地獄」）

父を失った彰ら家族はジャングルの大木群に隠れ、川の中を腰まで水につかって逃げた。小さな小屋で野営していると、襟章を付けていない日本兵が現れ、米を出せと銃で脅して母からなけなしの米を袋ごと奪い取った。

逃げていた日本人の間では、飢えた日本兵は何をするか分からないから注意をしろという話が広まっていたが、その通りのことが目の前で起きた。

母胸に「米を出せい」と銃向けし陸軍兵士襟章も無し（同歌集）

米軍機の攻撃がやんで急に空が静かになり、終戦を告げるビラがまかれた。それから約一カ月は一日に芋一つを食べてしのいだが、海軍軍需部から敗戦を告げられ、投降の命令が出された。

空からまかれたビラに白旗を掲げて投降するよう書かれていたので、彰は汚れたままの半そでの上着を脱いで振りながら出ていった。

米軍のトラックに乗せられ、ダリアオン収容所に向かった彰らにも現地人が罵声を浴びせ、小石を投げつけた。

帰国して必死に生きる

衣山氏らは一足先に貨物船に乗っていた。船が進むにつれ、兄弟五人の生まれ故郷だったミンダナオ島は次第に視界から消えていった。行く先はまだ見ぬ国、日本だった。貨物船では船内に板を敷いて寝起きした。客船とは違って貯水量に限りがあったせいか、水の利用は制限された。船が広島の宇品港に入ったのは十月二十八日のようだった。上陸寸前のある日、親切に対応してくれていた米国人船員が「日本はこれから寒くなるから」と毛布やお菓子を渡してくれた。

その一方で、港に迎えに来たはしけに乗っていた元日本兵たちが検査と称して上陸する引き揚げ者の荷物を物色し始め、騒ぎとなった。ダリアオン収容所でもらった缶詰などを入れた荷物も持ち去ろうとしたが、衣山氏と母は必死に追いかけて荷物を取り戻した。敗戦で日本がいかに荒廃していたかを知らされた瞬間だった。

復員収容所では、日系の米兵が日本語で大人たちに経歴などの身元調査を行った。舞鶴港ではシベリアからの引き揚げ者にも同じことが行われたが、こちらは治安上の理由から、より徹底した聞き取りが行われた。

大阪駅に向かうために広島駅に行った。そこで見た言いようのない風景に衣山氏は我が目を疑った。辺り一面は何もない。がれきは道端に片づけられていたが人の姿はなく、不気味な静寂に包まれていた死の街があった。すさまじい破壊が新型爆弾によりもたらされたことは広島駅で聞いたが、それが原爆であったことはまだ知らなかった。

支給された引き揚げ切符を手にして、屋根のない貨車に乗り大阪駅をめざした。肌に当たる風は初秋の気配を告げていたが、南国育ちの衣山氏らはこれからやってくる冬の寒さを想像できなかった。

母子六人は祖父の実家である相馬郡福浦村に身を寄せた。冷たい田んぼに裸足で入り、初めて稲刈りを手伝った。環境の変化が影響したのか、一週間が過ぎたころに衣山氏はマラリアを発症した。高熱と悪寒を繰り返す「三日熱マラリア」だった。特効薬のキニーネは手に入らず民間療法にも頼ったが、何が効いたのか一カ月ほどで全快した。

一九四六（昭和二一）年一月中旬ごろ、実家の矢祭町に帰ってきた父と暮らすために引っ越しをした。しかし、苦労は尽きなかった。一緒に住む家がない。ようやくみつけた物置を改造し、三畳ほどの板の間に親子七人が重なって寝起きした。

ところが、今度は父がマラリアを発症した。家計を助けるためフィリピンから一緒に引き揚げてきた相馬の叔父から塩を安く売ってもらい、近所で売ることになった。五年生だった衣山氏と、三年生だった妹の二人が相馬まで仕入れに行った。

茨城県に接した山間部の矢祭から沿岸部の相馬まで行くのはそう簡単なことではない。当時は進駐軍が占領政策を優先させた運行を管理しており、一日に発行される乗車券は限られていた。これを買うために朝五時前に起きて薄暗い中を水郡線の東舘駅まで三・五キロを歩いた。ここから午前五時二十七分発の列車に乗り、阿武隈山系を超えて水戸駅までは三時間かかった。車内で母が握ってくれた小さなおにぎりを食べた。さらに常磐線に乗り換え、海沿いを北に走る。昼をかなり過ぎてようやく浪江駅で降りた。水戸から浪江まで立ち通しの日もあった。

請戸港の近くで叔父さんが海水を煮詰めて塩を作っていた。浪江駅から六キロほど離れていたが、歩いていった。一泊して翌日戻ったが、重い塩をリュックに背負った妹は泣き言一つ口にしなかった。学校にも行けず、涙が出るほど辛い日々だったと衣山氏は言う。

幼い二人を助けてくれた人たちもいた。駅の外で焚火にあたらせてくれた飛行服姿の元兵士。浪江駅から自転車に乗せてくれた青年。水戸駅で混雑した列車から降りるのを手伝ってくれた男性らだった。

母と物を売り歩いたこともあった。一つしか売れない日もあり帰り道は足取りが重かった。母は童謡を歌うことで空腹を忘れさせようとしたのだろう。一緒に歌って家に戻った。

四六年四月から小学校に通えた。しかし、一年間、学校へは行けなかったので、前年と同じ学年でのスタートになり、衣山氏は五年生、妹は三年生、弟は二年生からだった。

父が元気になり、戦前に教員だったことから生徒が三十五人ほどの分校で教壇に立った。家族も分校の住宅に引っ越したので、中学校へは山道を一、二時間かけて毎日歩き、遠距離通学賞をもらえた。

ありし日の衣山新次郎、富子夫妻（衣山武秀氏提供）

高校は県境に近い茨城県立の学校だった。東舘駅から三・五キロほど離れた叔母宅に世話になり、食費を切り詰めた自炊生活を送って、五円の納豆ばかり食べていた苦学生だった。福島大学学芸学部に入学、奨学金をもらって寮生活を送った。このころ、松川事件で無罪が確定する元被告の妻が経営していた飲食店で苦労話を聞いたことが、今の衣山氏に至る原点だったという。
衣山氏が退職して間もなく、母富子が病気で倒れ介護が必要になった。衣山氏は八年半の間、在宅で世話をしたが、母は二〇〇二（平成十四）年九月二十二日、彼岸の日に九十二歳で他界した。

こんなにも長い間、家で母の介護する苦労を私には想像がつかないが、「ジャングルで死と向き合い、子ども五人の命を守ってきた母のことを思い出すと、介護は辛くなかった。むしろ介護で親孝行できる、恩返しできると思った」と衣山氏は『どこまで行っても上り坂』で胸の内を明かしている。日露戦争の最中に生まれた父新次郎は一九八四（昭和五十九）年九月八日に八十歳で亡くなっていた。「曲がったことは大嫌いだ。まっすぐ生きろ」が口癖だった。

二〇一二年九月、衣山氏は生まれ故郷のミンダナオ島を訪ねる機会があった。

ミンタル日本人小学校跡地は現地の小学校になっていた。応対してくれた校長は日本軍によるあの戦争被害を知らなかったが、当時の悲しい出来事を目撃していた「証人」でもある人の背丈の二倍も高いコンクリート造りの校門は、かろうじて残されていた。

フィリピンを発つ前日、ホテルに父が日本人だったという七十歳前後の男性が訪ねてきた。いわゆる残留孤児で、日本人の子どもだと知られると生命に危険が及ぶので、隠れるように生きてきたと苦難の人生を語ったという。五百人に及ぶという無国籍の残留孤児問題は未解決のまま現在にまで尾を引いている。

衣山氏が今も行方を気にする人たちがいる。

ジャングルや引き揚げ船の中で自作の指人形を操り、子どもたちをくぎ付けにした不思議なおじさん。引き揚げ船が着いた広島で別れた。米軍に投降する際に大切な物を思い出として交換した友人。ジャングルで両親を亡くし兄弟三人だけになったイクオ君。大阪、東京駅にいた多くの戦争孤児たち。その後彼らはどうなったのだろう……。

衣山氏は戦後、教職に就くが、簡単にできて子どもたちも真似ができる指人形劇を教室で演じ、笑うことの大切さを教える役割をあのおじさんから受け継いだ。

「忘れていいことと
忘れてはいけないことがある。
悲惨なこのできごとは
平和と友好を築くために
忘れてはいけないことだ
そう思います」

（「死者のほとんどは餓死だった」から）

「アメリカ乞食」とさげすまれる

ダリアオン収容所に入っていた紺野彰の日課の一つは、米兵の観察だった。最も優しかったのは黒人兵、日系兵士は意外とそっけなかったという。日本兵と将校を収容したテントは別々にあり、バラ線で厳重に囲まれていたが、子どもたちに食べ物を乞う将校の姿もあった。日本兵の収容所では食べ物をめぐる争いが頻発していたという。

彰と母、姉は、ダバオから最後の引き揚げ船に乗った。甲板に着くと、安堵と疲労のせいか母が倒れて動かなくなった。途方に暮れていたら、タラップを上ってきた知り合いの軍医に手当をしてもらった。

海が荒れると、マラリアを患っていた母と姉は船酔いに苦しんだ。ジャングルを逃げているときに彰もマラリアを発症し、母と姉が看病してくれた。彰は高熱で意識が遠のき死を覚悟したが、この日を境に発作がおさまった。みんなマラリアで死んでいくのに、なぜ自分だけ助かったのか不思議だったという。

私の父もラバウルから復員してマラリアを再発し、職業を変えざるを得なかった。私自身も、パプアニューギニアから帰国してマラリアを発症した。国内でも発生していた「土着マラリア」

は六〇年代になくなっていたので、私は国外で感染して国内で発症する「輸入マラリア」に分類された。厚生労働省の統計では、この年に東北地方でマラリアを発症したのは私だけだった。渡航が便利になったせいもあり、「輸入マラリア」の発症は後を絶つことがない。

私の感染を振り返ると、現地で宿泊した部屋の窓が割れており、そこから入ってきたハマダラ蚊に右の首を刺された。現地で手に入った予防薬は当時、日本国内では副作用の関係で服用できず、蚊取り線香を準備するなどマラリアには用心をしていたつもりだったが、旅の疲れもあり、無防備になっていた。

それまでの海外旅行で経験をしたことがない倦怠感を感じながら帰国。まもなく、夜になって話せないほどの震えと悪寒や強烈な高熱を繰り返したので、マラリアに感染したと確信した。父から聞かされていた症状と同じだった。

病院の外来でマラリア感染のようだと告げたら看護師が戸惑っていた。地方の医療機関でマラリアを治療することはなくなっていたからだ。診察したベテランの医師の許可を得て一度会社に戻り、仕事の整理をして車で病院に向かった。途中で再び発作に襲われたが比較的軽かったので何とか病院にたどり着き、すぐに入院した。

現在はマラリアの治療法は確立されているが、手遅れになると死に至ることがある。地方に専門医はおらず特効薬のキニーネの常備もないので、私の主治医も東京の大学病院にいた専門医から治療法の指示を受けた。一時は空気感染によるほかの伝染病も疑ったようで、感染防護のためものものしい格好で病室に出入りしていたことを覚えている。

確定診断は症状が悪化しやすい「熱帯熱マラリア」だった。一週間がヤマ場で病室に救命器具も置かれていたが、幸い隣県に保管してあったキニーネのおかげで持ち直すことができた。とはいえ、入院直後一週間の記憶はほとんどない。葬儀に備え、両親は家の片づけをしていたと後で聞いた。

退院後は体を気遣うようになり、職場も変わった。慣れない仕事にとても苦労をした。

定年前にコラムニストの仕事に就けた。雪が少し舞っていた寒い日だった。担当した一面のコラム記事をほぼ書き終えようとしたころに、東日本大震災に襲われ、床が大きく揺れて瞬間的に死を覚悟した。

強い余震が繰り返すうちに停電となり、管理部門が用意をしたロウソクの灯りに助けられ、パソコンに残っていたバッテリーを頼りに原稿を差し替えた。恐怖と焦りから一行分足りないまま提稿した。帰路につくと、灯りを失った深夜の街は漆黒の闇に包まれ、不気味な静けさの中にあったことに気づいた。どうやって伊達郡にある家に戻ろうかと路上で考えていたら、たまたま郡山市から走ってきたタクシーが通りがかり、帰宅することができた。

そのあとで原発事故が起きた。目に見えない放射性物質への例えようのない恐怖が日ごとに加速した。電気、水、食べ物、ガソリンを欠いた生活が一週間ほど続き、心も体も冷え切った。あのような恐ろしさは再び体験したくないし、子どもや孫たちにもさせてはならないと強く思う。

福島県の沿岸部には戦争末期、沖合の米英艦隊から艦載機が飛来して機銃掃射を加え、山間部に逃げた人たちもいた。ある漁村で、逃げ込んだ竹藪の中で撃たれた婦人がいた。医師はおらず産婆が応急手当をしたが助からなかった。危うく難を逃れたこの悲劇の目撃者は東電福島第一原発事故で古里を追われた挙句、避難場所を転々とした。戦争と原発事故。人生で生命が脅かされる危機に二度も見舞われたのである。

大熊町にあった陸軍磐城飛行場には練習機しか配属されず、それらも隠されていたのだが、滑走路が穴だらけになっても繰り返し攻撃され、周辺の町にも艦戦機が蜂のように群れて飛んできて攻撃を加えた。戦後、飛行場跡地に地域振興の切り札として誘致されたのが東電第一原発だった。

マラリアについてもう少し書くことにする。

マラリアはハマダラ蚊がマラリア原虫を媒介して感染する。ハマダラ蚊は日本の一般的な蚊よりも数倍大きい。体内に残った原虫が活動を始めると症状が出始め、感染からずいぶん経った後に再発することもある。ウイルス感染ではないのでワクチンはない。ジャングルや下水道が整備されていない環境がある限り根絶は難しく、人類がまだマラリアを克服できない大きな要因がここにある。

オランダはインドネシアにキニーネのプランテーションを開発したが、一九四二年七月に日本軍はジャワ島西部のバンドンにある工場からキニーネ五十トンを押収した。届けられた日本では製薬原料として使ったと前記「押収物質に関する報告綴」に出てくる。

ミンダナオからの引き揚げ船上では、マラリアによる死亡や自殺といった悲劇が続いた。死者は板の上に横たえられ毛布をかぶせられた。その後、海に落とされて葬られると、波間を漂って沈んでいった。

彰らが乗った船は一週間かけて四五年十一月に浦和港に入港した。半そで半ズボンのまま海軍の兵舎跡に案内された。寒いので支給された毛布をかぶって街を歩いていたら「アメリカ乞食」とさげすまされ、同じ日本人なのにとショックを受けた。

敗戦による疲弊は各地に及んでおり、母モトや彰らは紆余曲折を経て福島市飯坂町湯野に落ち着いた。

モトが亡くなったのは、七〇年一月二十五日、波乱に満ちた六十五歳の人生だった。

「ダバオでメイドさんがしていた炊事や洗濯を母がしていた。ふと私は戦争で一番の被害者は母ではないかとこの時思った…可哀そうな母であり、気の毒な母の姿であった」と彰は、ある日の母の姿を『こどもの太平洋戦争』に書いている。

歴史の接点は意外なところに潜む。彰の妻文子は小名浜出身で、本書の第二章で扱った風船爆弾の目撃者でもあった。友だちと海岸から空に舞い上がる大きな風船を眺め、異様な光景にあっけにとられたという。

彰は福島大学を卒業して教員となり、福島県内の十の小学校に四十年間勤務。二〇一七(平成二十九)年五月十八日に八十三歳で亡くなった。文子が他界したのはそれから三カ月後のことで、同じ年齢だった。

長男の元教員雅彰氏は語る。

「父が社会を見る目は厳しかったのですが、反面寂しがりやでした。それを知っていた母は後を追うようにして生涯を終えたのかもしれません」

フィリピンで生まれた衣山武秀、紺野彰の両氏は父や母に守られて地獄のようなジャングルを抜け出せた。過去を振り返り文字に残すことは時として勇気がいる。二人がその壮絶な体験を書き残したのは、平和を求める強い信念があったからこそだろう。

また、胸の奥に長い間しまい込んでいた思いをここに明かしてくれた高木尚二、須賀勝美の両氏にも心からの敬意を表したい。

第五話　幻の手紙

戦争が終わり、海外には六百万人以上の元軍人や民間人が取り残された。これらの日本人をできるだけ早く本国に引き揚げさせ、復員させるのが占領下の日本政府に課せられた最大の責務だった。

棚倉町に住んでいた蛭田サダさんは看護婦としてラバウルからの復員業務に従事した。衣山武秀さんは蛭田さんから、そのときの驚くような体験を聞いたことがあった。

「蛭田さんが立ち話で教えてくれたことがありました。それは、復員船まで泳いできた日本兵二人がしきりに手を振っていたので、縄ばしごを下ろして船に上げたというんです。頭に巻いたはちまきにはさんでいた手紙を預かったので、帰国してから二人の家に届けましたという程度でした。二回聞きましたよ。後で詳しくうかがおうと思ったのですが、残念ながら機会を逸してしまいました」

看護婦当時の蛭田サダさん（蛭田栄氏提供）

本書ではこれまで触れたように、戦時中の辛くてひどい体験はたくさん耳にしたが、蛭田さんが口にしたようなまさかと思うような出来事は聞いたことがなかった。

私は蛭田さんに直接確かめようと取材を申し込み、了解をいただいた。そのときは声もしっかりしていて、元気そうだった。コロナ感染が落ち着いたころに面談をお願いしたら、体調がすぐれないために実現しなかった。蛭田さんは、私に会って話さなければと気にかけていたというが、二〇二一（令和三）年七月二十八日に不帰の人になった。九十六歳だった。

ここからは、その手紙について私が知り得た限りのことを明らかにしてみよう。

海外から日本人を運ぶ復員船として運行されたのは、旧海軍艦船、民間の船舶、それに米軍貸与の戦時輸送船や揚陸艦輸送で、ピーク時には四百隻を超した。

一九四五年十一月十一日現在でまとめられた政府の帰還者輸送実績によると、九月三十日に病院船高砂丸がカロリン諸島のメレヨン島から千六百人の傷病兵を乗せて海軍病院があった別府に帰還した。

病院船氷川丸も十月七日に、マーシャル諸島のミレ島などから二千人を超す傷病兵を運んで浦賀港に到着した。両島で戦闘はなかったが、補給路が断たれて孤立した将兵が飢餓状態にあり、優先して病院船が派遣された。以降、復員船の派遣が本格化した。

高砂丸はダバオからの引き揚げにも当たり、氷川丸もラバウル、マニラなどから合わせて二万八千人を輸送した。

両船の運行記録は残っていないが、マニラからの患者輸送に当たった筑紫丸の報告書が残されている。昭和二十年十一月二十日付で別府海軍病院筑紫丸派遣救護隊長が作成した。筑紫丸は貨客船だったが海軍に徴用され、戦後は復員船となったが、マニラへは病院船として送られた。

これによると、担架で運ばれた患者百五十人、歩ける患者五百人を収容。外科患者は戦傷、内科患者は主に栄養失調で、結核やマラリアなどにより二十人が重症だった。収容者に民間人はおらず、現地で活動をしていた日赤の従軍看護婦七人が帰国のため乗船した。

輸送中に十六人が死亡、別府に入港して三百三十七人が入院した。マニラにはまだ四千五百人の患者がおり、症状が比較的重い患者がまず筑紫丸に収容された。

報告書では、医薬品の提供など米側の積極的な協力や、別府から乗船していた日赤看護婦十五人の献身的な活動を特筆している。また、英会話に堪能な日本人関係者の必要性も強調した。

病院から筑紫丸が着岸した桟橋までは三十キロ《キロ》以上離れていたが、米軍は救護車約三十台、大型トラック数台で一時間半をかけ、三回にわたって患者を運び、船内への収容にも協力したという。

当時は塙町に住んでいた蛭田さんも、看護婦として戦時中の病院船や戦後の復員船で医療救護活動に従事した。その足跡は蛭田さんの誕生日である十二月二十六日付でまとめられた手記『私の人生九十六年』（二〇二〇年発行）に詳しい。

手記で明かした医療救護活動

蛭田さんは生前、医療救護活動の様子はほとんど家族に話さなかった。それが病院から退院してきた二〇二一年一月ごろから、「家族に読んでもらいたい」と便せんに思い出を書き始め、十五、六枚にまとめ上げた。

これを長女で東京都に住む夏目由紀子さんが同年七月六日の帰省時に母から初めて見せられ、半日かけて読み合わせをしながら内容を確認した。夏目さんがパソコンで代筆して七月十二日に冊子が出来上がった。

読み合わせをしていたときが元気な母と過ごした最後の時間だったと、夏目さんは思い起こす。

「退院直後で筆力が弱く、思い出すままに書いていましたが、できるだけ忠実に再現しました。話したかったことはたくさんあったと思います。戦争の悲惨さを伝えるためにあえて書き残したところもありました。タイトルは母が自分で考えましたが、九十六歳で人生を終わっていいのと尋ねたら、十分に生きたからそれでいいと答えていました」

冊子で明かされたのが、冒頭で記した復員業務の際にあった出来事だった。それは、復員船でラバウルに将兵を迎えに行ったときに起きたことだったという。詳しくは後述するとして、まず

総代で卒業した蛭田サダさんに看護婦養成所から授与された記念の硯箱（蛭田栄氏提供）

は蛭田さんの人生からたどることにする。

蛭田さんは、棚倉町と接する塙町上渋井字寄居で生まれた。小さいころから負けん気が強かったが、内気でとにかく人前に出るのが嫌いだったという。

自立できる職業として看護婦を選び、家から比較的近い茨城県東海村にあった看護婦養成所を付属する国立療養所に四一年四月に入所した。

当初の配置は外科病棟。手術の準備や授業に追われ、寄宿舎に戻ってからも眠る時間を惜しんで勉強に励んだ。卒業時は成績が一番になり答辞を読むとともに、表彰式で軍事保護院総裁賞として漆塗りの硯《すずり》箱を授与された。患者さんから祝ってもらったことが何よりもうれしかったという。

記念の硯箱は、表に黄色や青色の菊の絵柄、その裏に「賞　軍事保護院総裁」と白字で筆書きされていた。蛭田さんが一生の宝物として大切に保管しており、光沢を失わないままの状態だった。

卒業式を終え帰省すると、職業選択に厳しかった父が喜んでくれて、着物と帯を買ってくれた。病院に戻るときに母が煎り大豆と煎り米を持たせてくれたので、宿舎でいつも空腹だった仲間と分け合って食べた。

主任看護婦にもなれたが、戦時色を反映して四四年には病院船だった氷川丸で救護活動に従事することになった。

氷川丸は一九三〇（昭和五）年に日本郵船のシアトル航路用貨客船として就航した豪華船。戦前はコメディアンのチャリー・チャップリンら約一万人が乗船した。開戦直前に徴用され、病院船として改造された。戦争中は南方方面に派遣され、魚雷に触れるなどして沈没の危機に見舞われながらも、二十四回の航海で約三万人の傷病兵を運んだ。戦後は復員や引き揚げに従事した。船体は今も横浜市の山下公園前に係留されている。（「氷川丸」日本郵船歴史博物館）

蛭田さんは氷川丸で横須賀港からラバウル方面に出航する際、軍隊用の重い毛布を六枚支給された。肩にかついだが、足を踏み外すと海に落ちるので慎重にタラップを上った。割り当てられた場所で毛布を二枚敷き、二枚を掛け、後の二枚は自由に使えたが、畳んで枕代わりに使ったという。

これが蛭田さんにとって初めての外洋航海のうえ、日本海軍は劣勢に立たされていて米海軍艦船に襲われる危険が高く緊張の連続だった。往路は患者を乗せていないので船体は軽かったが、ひどく揺られて苦しみ、氷を入れて患部を冷やすゴム製の袋「氷のう」を腰に下げて船酔いの吐き気に対処した。衛生兵に教えてもらってヤシの実で菓子入れを作るなどして、気を紛らわしたこともあったという。

赤道が近づいてきたある日、衛生兵から「赤道を通過するとドラの音が聞こえて赤ちょうちんが下がっているから、よく見ているように」と言われ、その気になって目や耳を凝らしたが、見つからなかった。

これは、船が赤道を通過する際に行われる「赤道祭り」を茶化されたのだが、後で冗談だったと気づき、大笑いをしたという。任地に着く前の数少ない穏やかなひと時だった。

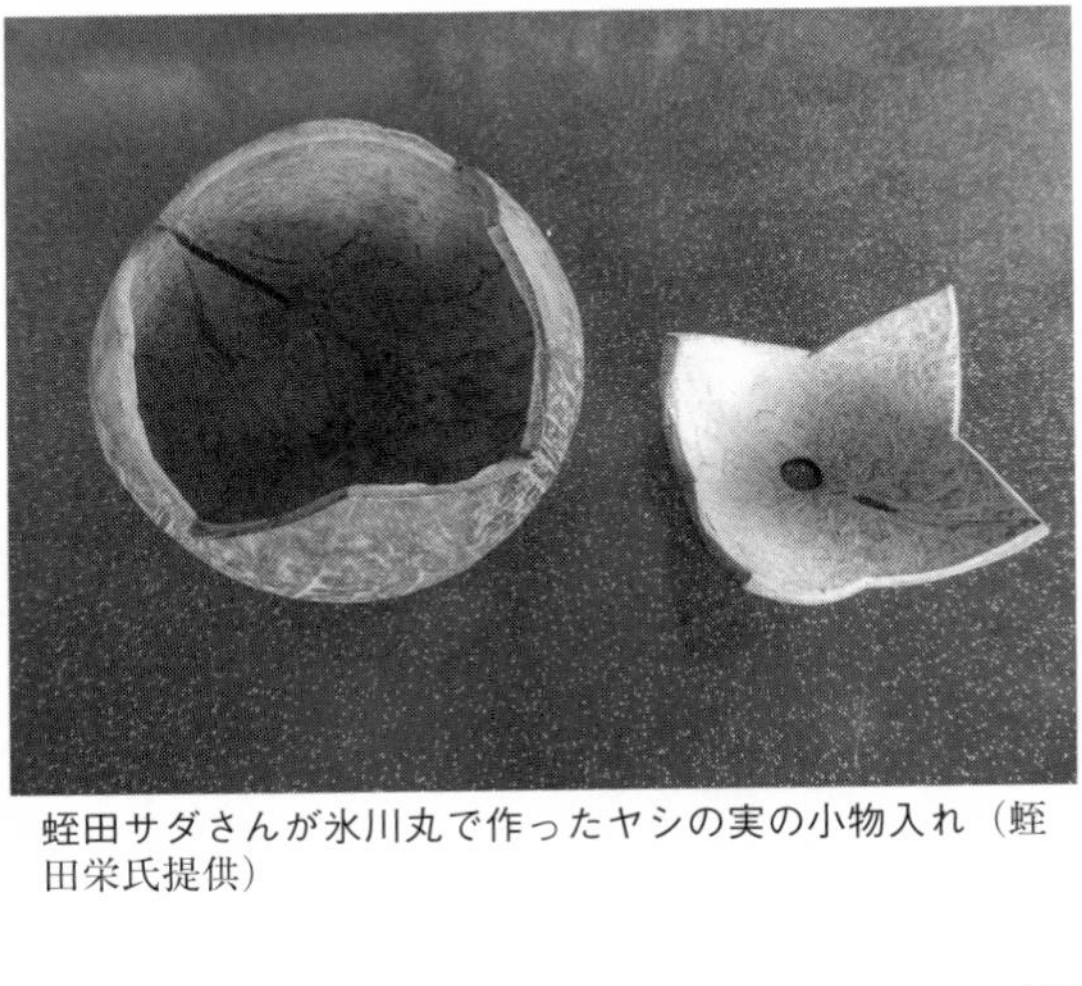
蛭田サダさんが氷川丸で作ったヤシの実の小物入れ（蛭田栄氏提供）

船は機雷を避けながら遠回りをして、約一カ月をかけてラバウル湾入り口にあった南崎に着いた。ラバウルは日本軍が名付けた花吹半島の中心街にあり、北端が北崎。ラバウル湾入り口の南崎近くに陸軍病院分院があった。

蛭田さんは氷川丸で「気を引き締めて」看護に当たり、夜を徹して重症者の収容、手当などを行った。

帰路についてようやく内地の山が見えてきたのに、亡くなってしまう兵士もいた。供養のためドラが鳴らされ、鉄棒に毛布を巻いて遺体は海に沈められた。「家族が知ったらどんなに深い悲しみに襲われることだろう。これも戦争の悲劇だ」と蛭田さんは、海葬に立ち会った医療従事者ならではの複雑な心境を吐露している。

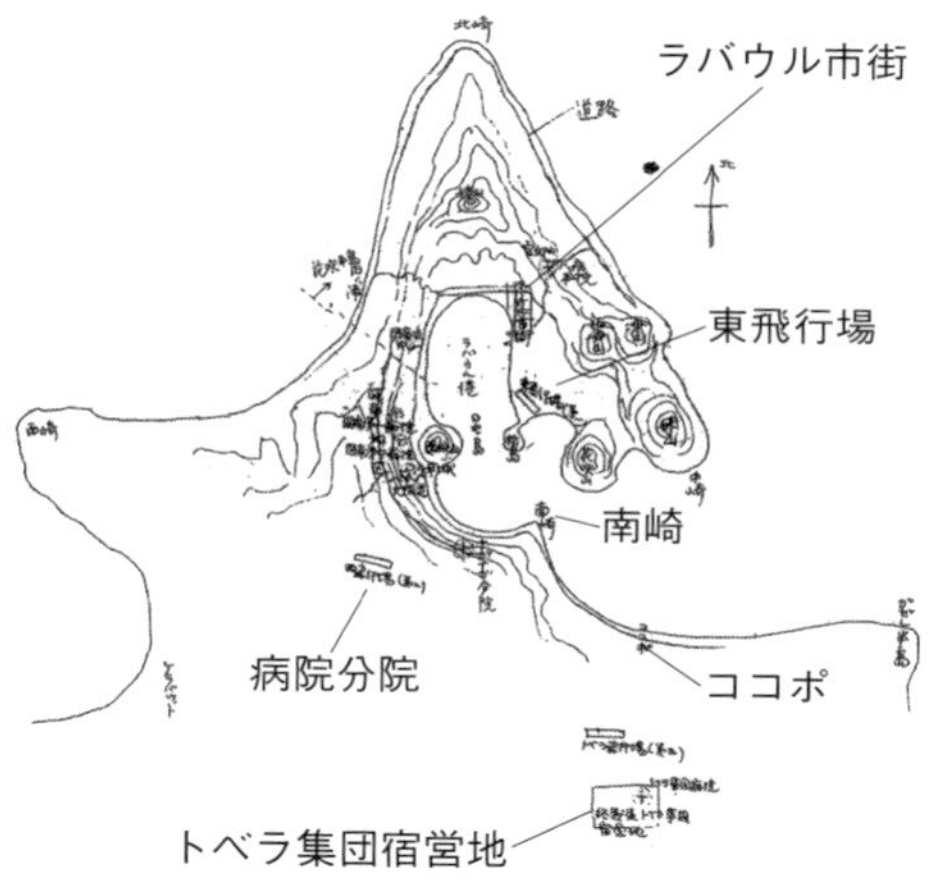

日本軍が作成したラバウル周辺の地図（防衛研究所蔵、アジア歴史資料センター公開に→を入れた）

氷川丸は四四年一月十九日に横須賀港を出港してトラック島、ラバウル、トラック島を経由、別府、呉を経て二月十四日に横須賀港に戻っている（高橋茂著『氷川丸物語』）。同年に横須賀からラバウルに寄港した航海はほかにはないので、この一月から二月にかけての業務で乗船したとみられる。

蛭田さんの手記には、B29や米艦隊により水戸、日立が攻撃されて火の海になり、トラックに乗って救護活動に駆け付けたとも出てくる。

「空襲、空襲。毎日恐ろしいことばかり。よくも命があったものだと思う」と空襲下における命がけの救護の様子も記されていた。艦砲射撃による振動はすさまじく、小名浜でも家の障子戸が揺れたほどだった。

これら空襲や艦砲射撃は四五年六月から八月にかけて行われており、蛭田さんは氷川丸から帰還して東海村の病院に戻っていたようだ。

戦後のことだが、お盆になると棚倉周辺の町でも花火が打ち上げられた。しかし蛭田さんは子どもたちを会場に連れていかなかったという。

夏目さんは、どうして家からしか眺められなかったのかと、幼心ながら不思議に思っていた。
「今になって考えると、花火は投下された爆弾が破裂する音と同じだったんですね」と母の心の中に閉ざされていた戦争体験に思いを馳せる。

蛭田さんは終戦直後に、復員業務に従事する。手記には貨物船を改造した「有馬船」に乗船したと書かれているが、これは有馬山丸のこと。有馬山丸は八千七百総トン。三井物産が一九三七（昭和十二）年に建造したニューヨーク航路用の貨物船で、終戦時にも残っていた数少ない大型商船だ。

有馬山丸の航跡も波乱に満ちていた。軍用船として使用されていた四四年、主に門司港からシンガポールに向かう輸送船団に加わった。四四年十二月から四五年二月末までの行動表によると、台湾の高雄やマニラ、韓国の釜山から門司、大阪などに鉱物、重油、生ゴム、バナナさらに引き揚げの民間人などを運んだ。

四四年十二月十八日夜、マニラから高雄に向け航行中に米機Ｂ24一機に攻撃され、至近弾が爆発して機関や操舵装置などが損傷を受けて停止した。有馬山丸は全火器で応戦して撃退、応急修理で急場をしのぎ、高雄に戻ってさらに修理を行った。

四五年三月一日には徴用され、和浦丸（六千八百総トン）とともに陸軍病院船となったと米国などの連合国に通知されている。船体にはジュネーブ条約の規定通り、五千メートルの距離から潜水艦、高度約八千メートルから航空機が認識できるよう船体に赤十字のマークが描かれた。船体のマークは縦、横が七メートル、幅が一・五メートルで、夜間は照明があてられた。甲板は白く塗られた。

しかし、赤十字のマークを付けていた和浦丸も攻撃を受けた。

外務省記録によると、四五年三月二十九日夜、南シナ海でＢ24一機により投下された爆弾二個により発電機や赤十字の標識が損傷した。この攻撃で軍部は外務省に対し、敵国への抗議と病院船に対する将来の安全性保障を要求している。

病院船への攻撃は国際法上違反だが、攻撃を非難されたどの国も自国の関与を否定した。

泳いできた兵士に手紙を託される

さて、蛭田さんの手記には十五行ばかりの中に冒頭で書いた出来事がさりげなく書きとどめられているが、これらは蛭田さんの家族も初めて知ることだった。

それは、南方方面で復員兵を乗せ、船が陸を離れようとした時だった。大きな声で「福島の人はいませんか」と尋ねる兵士二人が甲板にいたというのだ。

蛭田さんが手を挙げて応じると、「一人は下重さん（旧笹原村・現塙町の自転車屋）、もう一人は中塚（現塙町）の大工さんだった」と書かれている。なんと二人は偶然にも、蛭田さんが住んでいた塙町からの召集兵だった。

二人は頭に巻いた手ぬぐいに手紙をはさみ、船まで泳いできたというから、小説や映画を上回るようなシーンが浮かぶ。蛭田さんの手記には「技術兵は復員が後回しになるので、自宅に届けてほしいと手紙を頼まれた」と記載されている。二人は工兵だったようだ。姿格好は書かれていないがランニングシャツを着て短パン姿だったのではないかと想像がつく。頭は丸刈りだったに違いない。

当時、復員船は南崎沖に停泊した。南崎近くには陸軍病院分院や将兵を収容した集団宿営地があり、桟橋から大発と呼ばれた木造の舟艇で復員船まで運ばれた。

蛭田さんは手紙を受け取り、「確かに届けます」と約束した。二人は再び泳いで戻っていったようだ。

有馬山丸は進路を広島に向けて航海、引き揚げ港の一つだった大竹港に入った。文面は「復員船（有馬船）は広島の大竹港に入り、下船。時間があったので厳島神社に無事帰国できたことのお礼参りをした」と続く。

病院船のほか、戦後の沈船えい航にも従事した有馬山丸（昭和21年に佐世保港で。福岡市提供）

その後、蛭田さんは自宅に戻った。手記にはこう綴られている。

「手紙を届ける約束をしたものの、よく考えてみると交通の手段がなくテクテク歩くだけ。それだけで疲れてしまうが、約束した以上そのままにはできない。決心して下重さんら二人に無事届けることができた」

こんなことも付け加えた。

「ついでに常豊小学校にヤシの実を寄付してきた。珍しいもので喜ばれたが、その後植えて大きくなったのか、駄目になったのかは知らない」

常豊小学校は、蛭田さんが一九三七（昭和十二）年三月に卒業した母校だった。学校は二〇一八年三月、少子化に伴って百四十年に及ぶ歴史に幕を閉じ廃校となった。ヤシの実の行方は分からなくなったが、校長室近くの棚に、大きな二枚貝などと一緒に展示されていたことを覚えていたと語る卒業生もいた。

蛭田さんが手記に書いた「塙町、下重、自転車店」は、手紙を託した兵士を探す有力な手掛かりになった。衣山氏らに尋ねたら、塙町の南部にある川上地区に住んでいた下重政春が浮かんできた。すぐに長男の督光氏に問い合わせると、軍歴から政春はラバウルから四六年六月二十四日に名古屋港に上陸、復員していたことが分かった。兵士の一人は政春で、有馬山丸はラバウルで復員兵を収容したことが特定できた。

『名古屋引揚援護局史』（加藤聖文監修・編集）によると、名古屋引揚援護局はGHQの指令より別府に代わって開局され、四六年四月に開局した。

名古屋港への引き揚げ船は、四月七日に台湾からの民間人三千二百人を乗せたV67号が第一船となりで、ラバウルからは四月に一隻、五月に十三隻が入港していた。

六月にラバウルから入港したのは二十四日のV52号一隻だけで、軍人、軍属だけ三千三百人が乗っていたが、政春もこのうちの一人だった。四七年一月までの統計では、ラバウルからの入港はこの船が最後だったので、政春の帰還はかなり遅かったようだ。

V号とは、戦後に引き揚げ者輸送のため米国から特別貸与された戦時標準型輸送船（リバティ船）の略記である。リバティ船は戦時中に米国で緊急かつ大量に建造された一万トンクラスの規格型輸送船で、約百隻が貸与された。ほかにQ号と略記された戦車揚陸艦も貸与され、米国貸与船は合計で百九十二隻だった。引き揚げにはCDの略語で書かれた海防艦も多数従事した。これは船団護衛などの主力となった海軍の小型戦闘艦だった。海軍の復員船は百七十二隻、日本船舶は五十五隻が従事した。

　政春についてさらに分かったことは、父政右ヱ門の本籍は上渋井字寄居。塙町北部で生まれた蛭田さんの家の近くで、互いの実家は番地がわずかに違うだけだった。「下重さん」とは、蛭田さんより四歳年下の下重政春のことだった。

　ラバウルの有馬山丸船上で、蛭田さんが「確かに届ける」と確約したのも、こうした関係を知っていたからこそだったのではないか。政春との出会について蛭田さんの手記には出てこないが、南方の小島で同郷の出身者と意外な出来事で会えた奇遇をとても驚いたことは想像に難しくない。

　督光氏によると、政春は日立の工場で働いていたときに召集されたようだという。留守宅では弟が自転車業を営んでいた。

次に、「中塚地区の大工」を当たってみた。ここは県道に沿って笹原地区に行く途中にあるが、復員兵はいたもののラバウルとの関係までは分からなかった。

政春は終戦時、船舶工兵第十二連隊の伍長だった。部隊はラバウルの南崎に連隊主力を置き、舟艇による敵前上陸や輸送などが任務だった。

政春の上官で大阪府に住んだ杉野金男は「連日空爆を受け、食べ物もなく孤立無援の苦しい戦いだった。戦争は絶対にしてはいけない」という思いを込め、『南海の思い出』を出版していた。

これによると、杉野ら約二十人はラバウルに配属された連隊本隊と離れ、宇品で無線の訓練を受けた。政春はラバウルで無線通信に従事していたことから、この訓練に参加していたと思われる。

ラバウルでは米軍による空や海からの攻撃が激化してくると、トンネルを掘って兵器から病院までを隠した。舟艇もレールを設置して横穴の中に引き入れた。

私がラバウルを訪れた際に、横穴に入ったままの舟艇を見ることができた。ただ、入り口は金網で囲まれており、中に入るには地元の人に見学料を払う必要があった。南崎対岸の第一飛行場跡に不時着した日本軍爆撃機内部に入ったときも同じで、現金収入が少ない地元民の生活状況がうかがい知れた。

杉野は、ラバウルから東北に約十キロ離れた平坦な小島・ヨーク島に五人と無線通信所を開設したが、政春も一緒だったようだ。米軍機に見つかって何度か機銃掃射を受けたという。ここには約一年間滞在し、二人が通信、一人が暗号、炊事と連絡が各一人ずつの担当だった。当時の無線機は大きいものの性能は悪く、ジャングルからは通じにくかったという。

ジャングルにいた野ブタやヘビは貴重なたんぱく源で、ヤシの実も熱帯ならではの食べ物だったが、ラバウルでは木に登っているときに米軍機に撃たれたこともあった。

ラバウル北方のガビットにも五人で上陸し、数カ月間、無線通信所を置いた。ヨーク島と同じ編成とみられる。ガビットには、めったに見られないパイナップルの株の列や大きなミカンの木が三本あり、戦地に長くいて初めて味わったぜいたくな食べ物だったという。

戦争が終わると豪軍に武装解除され、日本軍は八つの集団に編成された。杉野や政春は舟艇を扱う連隊に属していたせいか海に最も近く、収容者が最多だった南崎の集団に入った。

四六年二月末付の「南東方面艦隊現状報告」（帰還者報告綴）によると、日本軍による集団宿営地の建設や豪軍宿舎の建設は四五年十二月末までに終わり、一集団に陸海軍の約一万人が収容された。

しかし、豪軍からの食料支援は乏しく、自活のためのヤシ林の開墾にも追われた。このため栄養失調やマラリア患者が増加し、死者も増えた。

特に、海岸線から遠く離れたトベラ集団は湿潤という環境のせいで四六年一月現在の患者は総員の五十《パーセント》近くにも及び、そのうちの八十《パーセント》以上がマラリア患者だった。こうしたことから全集団に栄養剤やマラリア治療薬の支給を訴え、早期に内地送還を実施するよう切望したと報告されている。

四六年三月、ようやく最初の復員船となった空母葛城がラバウル港に入った。葛城は復員船の中でも最大で、病人や年長者ら約一万人を収容したという。復員を見守った日本兵は葛城の大きさに驚いたが、葛城はほとんど外洋に出ず沖縄上陸支援作戦の米機動部隊艦載機に攻撃され甲板などに被弾したものの、改装を施して引き揚げに従事した。

ラバウルには次々と復員船が入ったが、若くて元気な兵隊は乗船が後回しになり、次はいつ入港するのか、早く家族に会いたいと望郷の念を募らせていたことは容易に想像がつく。『南海の思い出』にも、家族を案じて「一日も早く帰りたい」と書かれていた。

政春らも復員船が出ていくのを目の当たりにして、古里を思うはやる気持ちを押さえられなかったのだろう。桟橋では豪兵が乗船者の確認と手荷物検査をしており、勝手に舟艇には乗れなかった。そこで、無事で過ごしていること、もうすぐ帰国できる見通しなどを手紙に書いて有馬山丸まで必死に泳いだのに違いない。

宇品引揚援護局大竹出張所の「援護局史」によると、葛城は三月八日、大竹港に入港。また、蛭田さんらが乗り組んだ有馬山丸がラバウルから大竹港に入ったのは四六年五月十五日の一回だけで、午後二時に接岸した。

私はこの機会をみて、ラバウルの戦車隊に所属した父紺野彦次郎の戦歴を見直してみた。父は生前、戦車隊員としてジャワ島に駐屯。デング熱に感染し入院中に部隊がガタルカナル島に移動したが、後に全滅したと聞いたことがあった。四三年初めに新たにラバウルに配属され、ココポ近くに駐屯した。激しい下痢でココポの陸軍病院分院に入院したことがあったという。分院は後に米艦船の艦砲射撃や空爆で壊滅し、多くの入院患者が亡くなったそうだと語ったことがある。

私がラバウル滞在中に目にしたココポは、道路の両側にヤシの木が乱立するだけで、戦争の跡は全く残されていなかった。

父は戦況が悪化して山間部に逃げ込み、自活しながら谷間に穴を掘って米軍の攻撃をしのいだが、部隊の三分の一はマラリアに感染し、発狂した上官や眠ったまま亡くなる兵隊もいたという。

終戦後に父は南崎集団に収容され、英語を理解したことから豪軍との渉外班を担っていた。戦前、貿易関係の仕事でマニラにおり、英語学校にも通っていたことがあった。病院船で復員したとも語っていたが、船名や時期までは口にしなかった。

父の回顧録には、乗船した病院船はラバウルから広島県大竹港に入港。検疫のため港の施設に約一週間留め置かれたと残されている。

県から届いた父の戦歴には、四六年五月五日に内地帰還のためラバウル港で乗船、翌六日に出航し、十五日に大竹港上陸と記録されていた。つまり、偶然にも蛭田さんと同じ有馬山丸に乗って帰国していたのだ。さらに、蛭田さんが政春らから手紙を受け取った日は五月五日か六日だったことも裏付けられた。

「援護局史」には、「病院船（普通還送船で患者を便乗せしめたものを含む）の入港次の通り」として、「有馬山丸　ラバウル出港、昭和二十一年五月十五日入港　引揚者数一二九七　患者数七一四」とも記載されている。引き揚げ者の半数以上が患者だった。

やはり父の回顧録に、有馬山丸でさっぱりとした性格の福島県出身の看護婦さんと知り合い、同郷のよしみを縁にお世話になったと出てくる。父もマラリアに感染した体であり、蛭田さんとも話を交したのではないかと想像を膨らませた。

政春と同じ部隊だった相馬市の半谷一実は八三年に『南十星の下で』を自費出版した。これによると、復員業務に当たっていた半谷は四六年六月十二日にリバティ船でラバウルを出港。飲料水不足に悩まされ、病死者の水葬を目の当たりにするなどしながら名古屋港に入港した。船は政春も乗っていたV52号だった。

一行は消毒のためDDTを全身に散布され、予防接種を受けた。米軍が最も神経を配ったのが伝染病の国内持ち込みだった。さらに復員手当てを支給され、専用の復員列車に乗車。車窓から焼け野原になった街並みを見ながらそれぞれの故郷に向かった。

約束通り届ける

さて、蛭田さんは例の託された手紙を「テクテク歩いて」届けてきた。

最も考えられる道のりは、自宅から山を越えた常豊小学校までのかつての通学路を三十分以上かけて歩き、ここから南側の中塚地区まで足を延ばして一通を届けた。さらに、政春が卒業した笹原小学校前を通り笹原地区にやってきてもう一通を政春の留守宅に届けた。常豊小から笹原小までは歩いて約五十分、蛭田さんの自宅からは片道だけで一時間半近くかかるかなりの距離になる。

蛭田さんと政春の留守宅でどういうやりとりがあったのかは、『私の人生九十六年』には出てこない。

政春はラバウルから無事に復員したが、家に戻った日のことを妹の近内カネさんはこのようにはっきりと覚えていた。

「私は福島市にあった福島師範学校女子部を昭和二十一年三月に卒業し、母校の笹原小に勤めて三カ月ぐらいの新米教師でした。その日はどういうわけか一人で家にいました。『ただいま』という低い声がして振り向いたら、兄が立っていたのでびっくりしました。色褪せたカーキ色の帽子に軍服を着て脚絆を巻き、丸めた毛布を乗せたリュックサックを背負っていました。家に戻って安心したせいか言葉も少なく疲れ切っていた感じがしましたよ」

ラバウルから手紙を託した下重政春氏、後列左から2人目、日本国内での撮影とみられる（下重督光氏提供）

近内さんは急いで裏の川上川にかかった一本橋を渡り、すぐ近くの畑で麦刈りをしていた母ヨネに手を振りながら「あんちゃんが帰ってきた」と大声で知らせた。二人が再会した様子は覚えていないが、母が息子の無事な姿を見て喜んだことは疑いようがない。政春は常磐線水戸駅で水郡線に乗り換え、磐城塙駅で降りて家まで約四キロを歩いてきたようだ。

やがて政春はヨテさんと結婚。オート三輪車で行商などをして家族を養った。政春が亡くなったのは二〇〇四年三月十七日、八十三歳だった。一方、妻ヨテさんは二〇二二年八月九日に死去。百二歳での大往生だった。

「父は読書好きで足が早い少年だったそうです。筋道を通す父親でそんなに厳しくはなかったのですが、たまに怒ると怖かった。歴史が好きな孫には、よく戦争体験を話していたようです」と督光氏。孫の直樹氏は学習院大学大学院准教授としてアーカイブス学を研究していた。

政春が蛭田さんに託した手紙について、家族の間で知る人はいなかった。政春が口にしなかったからなのだろうが、推測の域を出ない。

さて、蛭田さんは助産婦の資格も取り、町の保健所に勤めた。ここで縁があって助産婦をしていた蛭田ヨテの長男守と結婚した。

守は旧満州から復員。弟の至は海軍の飛行士だったが、四四年六月十七日、テニアン島上空で戦死した。十九歳だった。戦争の犠牲者は小さな町にも及んでいた。

蛭田さんはヨテと助産所を営み、一万四千人ほどの赤ちゃんを取り上げた。助産婦、いわゆる産婆さんの仕事は昼夜を問わない。蛭田さんも例に漏れず、子どもたちとゆっくり話す時間を持てなかった。「学校の行事にも行けず、子どもたちには我慢をさせた」という悔いも、手記を書き残す動機の一つになった。

守は棚倉町収入役や町商工会事務局長などの要職に就いたが、定年を機に、蛭田さんと海外旅行を楽しんだ。

蛭田さんは大病を乗り越え、夫婦で米寿、卒寿の祝いができた。夫婦の別れは二〇一四（平成二十六）年六月十八日だった。守は九十三歳で他界した。

『私の人生九十六年』の最後には、夫の希望通り在宅で看取れたことを書き、追記では横浜港に係留中の氷川丸を見学した様子に触れた後で、「守には充分に尽くしたから悔いはない。家族の皆様、これからもよろしく頼みます」とまとめた。

「母はじっとしていられない性格でした」と長男の栄氏が語るように、二〇二一年五月ごろまでは庭の手入れをしていたが、このころはガンを患っていた。医師から体力が持つのは春ごろまでと宣告されていたが、家族と花見を楽しみ、図書館で借りた本を読んでいた。数字を使ったパズルゲームの一種である数独やクロスワードパズルを解くのも好きだったという。

娘の夏目さんが冊子を完成させて家族に送った翌日の七月十三日から体調が悪化、二週間ほどして亡くなった。自分の死期が近いことを悟っていたのか、年齢は冊子のタイトル通り、九十六歳だった。

有馬山丸で託された手紙に何が書かれていたかを知る人は、もう誰もいなくなった。

想像を巡らせば、政春たちはラバウルで元気に過ごしており、国破れても緑は常に豊かであり続ける古里に早く戻りたいとの強い思いがしたためてあったのではないだろうか――。

小名浜と八戸に沈船防波堤

復員、引き揚げが一段落すると旧海軍の艦船は解体されたほか、戦勝国に譲渡されるなどした。一方で、全国の港では戦後の復興を果たす先駆けとなって防波堤の代わりとなり沈められた艦船もあった。小名浜港ではその先駆けとして駆逐艦二隻が沈められたが、この機会に戦争ではなく平和目的のために一生を終えた旧海軍艦船についても少し触れたい。

戦争が終わり、国の再建のため、漁港や港湾施設の整備が急務となった。しかし、最も必要だった鉄骨やコンクリートなどの建設資材が足りなかった。そこで、経済負担の軽減や工期も短縮できる苦肉の策として鉄の固まりである艦船をそのまま沈めて防波堤の代役を務めさせようという前代未聞の計画が持ち上がり、小名浜港や八戸港などが候補に上がった。

運輸省第二港湾建設局小名浜港工事事務所発行『小名浜港工事事務所50年の歩み』や『小名浜港ケーソンヤード史』、それに八戸市発行『新編八戸市史　近代資料編都市計画』を引用して、この間の経緯を次のようにまとめてみた。

沈船を計画したのは当時の運輸省港湾局で、米軍がグアム島で格納庫を使って行った模型実験がヒントになった。台風時における港の荒れ方を研究した実験は米国の雑誌に掲載されたという。

建設省土木研究所で模型実験を行い、沈船での防波堤建築の有効性を確認。ＧＨＱの港湾局が小名浜港と八戸港を視察して計画を了承し、沈船防波堤の実施が決まった。沈船となる駆逐艦やタンカーは、運輸省が政府から有償で払い下げてもらった。

小名浜漁港前に沈められ防波堤となった沢風、右が船首（運輸省第二港湾建設局小名浜港工事事務所編「開港までの礎」から）

福島県における海の表玄関となっていた小名浜港では戦争末期に本土決戦に備えた陸海軍の部隊が進駐。港湾作業員も召集され、港の復旧は後回しになっていた。

戦後、漁港整備のため魚市場前の防波堤延長に着手。しかし、一九四七（昭和二十二）年八月の台風でこの防波堤が致命的な被害を受け、再発防止のため国内で初めて沈船による防波堤が実行されることになった。

小名浜では米軍に接収されていた駆逐艦沢風と汐風を使うことになった。沢風は排水量千二百《トン》で船体は約百《メートル》。終戦時は特攻攻撃目標訓練艦だった。汐風は同型艦で、人間魚雷「回天」の搭載艦でもあった。戦後は高砂丸やほかの艦船とともに中国などから引き揚げ者を輸送していた。

沢風沈船には「割石基礎法」が採用された。この工法は割り石を沈めて船底と同じ形に基礎を設け、港内側を港外側より一メートル高く積んだ。さらに満潮時に港外から誘導して沈船。船首、船尾に港内外から「捨て石」を投じて船体を安定させる方法だった。

港内では台風で崩れた防波堤の基礎除去などの工事から始まった。合わせて浦賀ドックで船体から不要な設備を撤去し、戦闘艦から一般的な鋼船へと模様替えがなされた。さらに甲板には沈めるための重しとなる砂詰め用のハッチを三十カ所設置、船底両側には注水用のバルブも十四カ所設けられた。

ただ、ＧＨＱから改装作業を急ぐようせかされ、ボイラーやタービンなどかなりの装備を積んだまま小名浜に回航されたという記録も残されている。

四八年四月一日から作業が始まり、沖防波堤に係留していた沢風は魚市場前まで曳かれてきた。当時は作業船がなく、工事事務所所長青島茂一ら四人が伝馬船を使って行った。

翌二日には、魚市場の護岸から百十メートル離れて平行に固定。注水が行われて船底が基礎石に届き、台船から捨て石が投入された。船内に詰めた砂は海岸のも使い、人力によるトロッコで護岸まで運んで漁業会から借りた漁船六隻に積み替え、運んだ。

午後八時三十分に十四時間に及ぶ作業を終え、長さ百メートルに及ぶ防波堤を築き上げた。国内初の沈船の様子は、前日の夜行列車で駆け付けた東映が撮影していた。後にニュースとして放映したとみられるが、フィルムの行方は分からなくなっていた。

沢風には、沈船作業に必要になるからと、不要になった海軍艦船のイカリもいくつか積んできた。完成した防波堤の上にはそれらが転がっていたが、後に売却処分されたという逸話も残されている。

汐風は四八年八月二十五日、波浪、漂砂防止対策として第一号ふ頭西端から直角に沈められた。沈船は沢風と同じ方法で行われ、ほとんど水平に固定された。砂はふ頭から直接台車で運び込まれ、注水、捨て石作業を経て午後四時過ぎに作業を終えた。

翌九月の台風では、基礎付近の土砂や捨て石が流出する事態に見舞われたが、沢風沈船で経験を積んだ作業員らが適切に被害を補強して大事には至らなかったという。

沢風は漁港区の大幅改良のため六五年に撤去されたが、タービンは三崎公園内に展示されている。

汐風は沈船後も一部が露出して駆逐艦としての面影をとど

沈船作業が進められる汐風（運輸省第二港湾建設局小名浜港工事事務所編「開港までの礎」から）

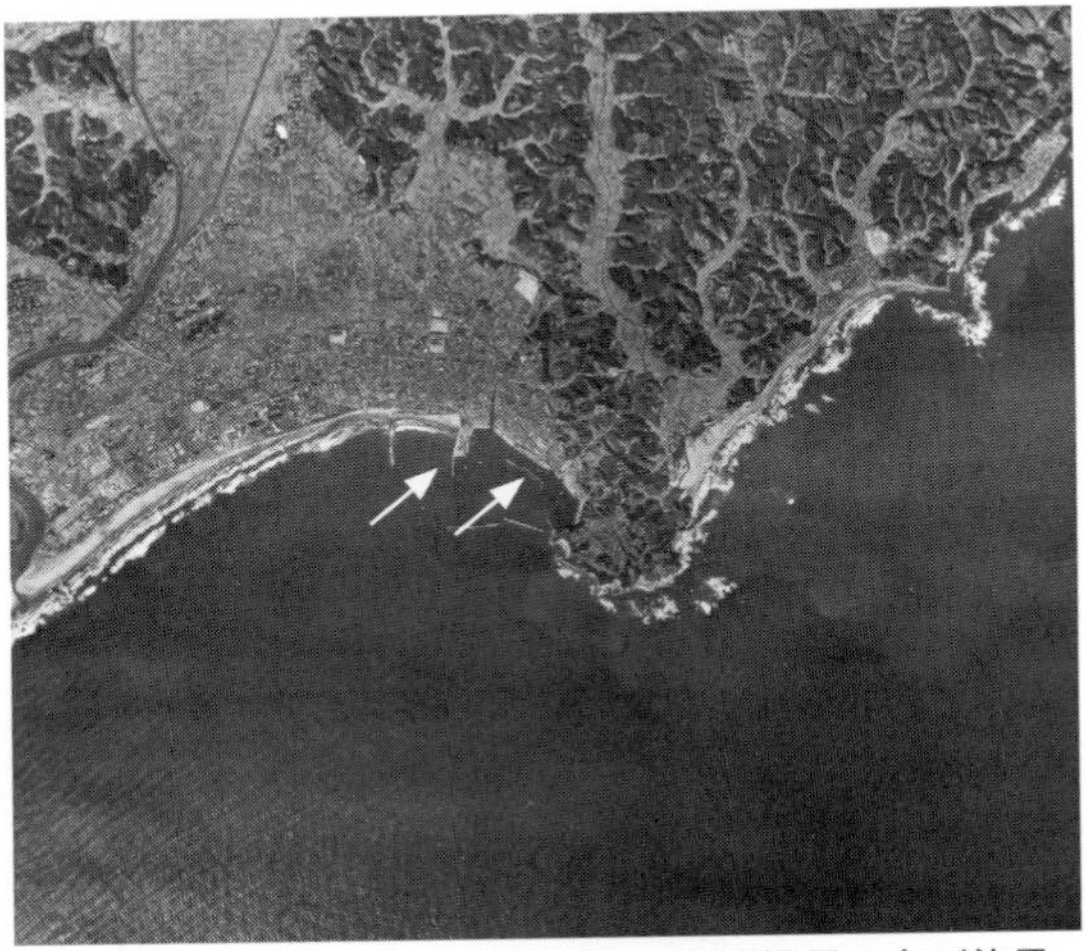

小名浜港の沈船防波堤空撮写真、右が沢風、左が汐風（1952年10月21日米軍撮影　国土地理院空中写真閲覧サービスに→を入れた）

めていたが、再開発に伴うふ頭の拡張によりコンクリートで覆われ、姿を消した。一号ふ頭の公園には、県により汐風の説明版が設置されたが、埋め立てを前にした二〇〇〇（平成十二）年八月六日、元乗組員でつくる「汐風親交会」が説明版の前で慰霊祭を行った。

　八戸港でも一九五〇（昭和二五）年三月に沈船が行われたが、こちらは一万トン級大型タンカーを三隻並べて沈められ、長さ四百五十メートルの防波堤を完成させた。

　作業に携わった港湾局建設課技官小松雅彦が、土木学会誌（第三十四巻第一号、第三十五巻第二号）にまとめた「八戸港沈船防波堤の出来る迄（Ⅰ）、（Ⅱ）」などによると、戦時中は八戸港も小名浜港と同じような海軍主体の体制にあった。

　戦後になって港の整備が急がれたのは、四七年に八戸港が運輸省によって岩手県松尾鉱山から産出される硫黄鉱の積み出し港に指定され、外洋からの波浪対策として防波堤構築が必要とされたからだ。硫黄鉱は化学肥料の原料となり、戦後の食料増産には欠かせなかった。

ここで沈船として注目されたのが戦時標準船として量産された一万トンタンカーで、偽装中に終戦となり横浜沖に係留されていた富島丸、大杉丸、それに終戦のころに一航海しただけでドックに置かれた東城丸だった。三隻をつないで四百五十メートルの防波堤を造ろうという、これまた前例のない計画が立てられた。

八戸港の沈防波堤空撮写真（1961年4月28日 米軍撮影
国土地理院空中写真閲覧サービスに→を入れた）

検討の結果、沈船に問題はないとの結論に達し、四七年六月から二カ月かけて各船の改装が施され、あらかじめ砂を詰めてえい航することにした。沈船の予定はこの年の十一月から十二月にかけてだった。予定通りであれば、八戸港の沈船が国内初となるはずだった。

まず、砂を積んだ富島丸は十月十五日、無事に八戸港に着くようにとの関係者の願いの中で出航したが、引き船となったのが「日本に残っていた最優秀船」と形容されたあの有馬山丸だった。

三井船舶は終戦時、所有は有馬山丸など十七隻しか残っていなかった。このうち優秀船は有馬山丸だけで、他は老朽船か戦時標準船だったという。

有馬山丸はとにかく意外な場面で登場する船のようだ。客観的にみれば、引き揚げ、復員だけでなく沈船のえい航にも関わっていたことは、いかに使える船が乏しかったという当時の海運事情を裏付ける。

有馬山丸に関するもう一つのエピソードも『戦時輸送船団史』（駒宮真七郎著）から紹介しよう。四四年二月十六日、有馬山丸など七隻の船団は門司港からシンガポールに向け出港したが、護衛に当たったのが汐風だった。幾多の輸送船や駆逐艦が米海軍の攻撃で海中に没したというのに有馬山丸と汐風は生き残り、沈船という戦後の秘史の中に活躍の場を得ていたのだ。

八戸港へのえい航に話を戻すが、有馬山丸に曳かれた富島丸は横浜港を出港するが、途中で傾き始め、引き返すことになった。横浜港に戻って調べてみると、砂に含まれていた水がしみ出して一方に傾いたことが分かった。揺れにより液状化現象が起きていたのだ。このため、えい航は延期され、排水対策が取られた。

有馬山丸の速度が速く、富島丸が強く揺られことも予期せぬ事態の要因だったので、えい航の専用船二隻が手配された。富島丸の事故を受け空船で待機していた東城丸が四八年六月十五日に出港。七月二十四日までに三隻が八戸港に入港した。

沈船は七月十日に富島丸から開始され、潜水夫が確認する中で無事に完了した。大杉丸は船首を富島丸の船尾に押し当てて沈められた。東城丸は土砂や海水を入れた後で沈船となった。

沈船防波堤完成後は波も穏やかになり、岸壁からの積み出しも順調に行われた。しかし、新防波堤の建設で沈船防波堤は役目を終え、八五（昭和六十）年までに解体、撤去された。

有馬山丸はその後も外国航路に就航するなどしていたが一九七〇（昭和四十三）年、三十三年に及んだ波乱の船籍に幕を降ろした。

—終わり—

（本文中に出てくる外交電、報告書、手紙などはできるだけ原文を尊重したが、必要に応じて分かりやすく要約した。また、取材時の故人は敬称を略させていただいた）

あとがき

終戦記念日が近づくとメディアなどに「悲惨な戦争」という表現がよく使われる。私自身、「悲惨な戦争」と同じような言葉を使って戦争をひとくくりにし、個々の背景を深く探らないで伝えていたことがある。その方が手間を掛けずに済んだからでもあった。

しかし、安易な書き方で戦争を扱っているうちに、誰にも知られていない幾つかの「空白」があることに気づき、以後、ライフワークとして解明に取り組むようになった。

例えば、福島市に開設された外国人抑留所や、福島、郡山、いわき各市に落とされた模擬原爆などである。

私は事実を裏付ける証言や資料集めに時間をさく。インターネットが普及する前に外国人抑留所や模擬原爆投下の関係者を探して米英豪各国に手紙を書き、国内の市民団体とも交流して全容をつかんだ。

インターネットで情報がつかめるようになると従来の視点を変え、米軍の資料を分析する手法で実態を追ってみた。そうすると、米軍はいかに日本を効果的に破壊するかの戦略を立て、民間人の犠牲をいとわない冷酷さで戦争に臨んでいたことが分かった。

地方に住むと専門資料などの情報が手に入りにくいので、インターネットからの情報は確かに有益だが、私はそれ以上に「足」で得られた情報は見る、感じるという感覚もつかめるので、物書きにはとても重要な手法だと思っている。

私が足を運んだ硫黄島、パプアニューギニアでは生々しい激戦の跡が残されており、日本兵はどのようにして戦死、あるいは餓死したのかを目の当たりにして衝撃を受けた。戦争をテーマにする場合、戦地を訪れないと戦争の本当の「悲惨さ」は分からないし、残された遺族の辛さや悲しみの深さは伝えられない。ベトナムや韓国でも民族を分断した戦いの跡を見てきた。

私は福島県民なので、福島と戦争、特に市民との関わりにこだわり続けている。戦争につきまとう市民の犠牲がきちんと記録されていないように思うからだ。

海外に移民した福島県民と戦争との関係もその一つだ。移民史では日の当たらないキューバでも、戦争中は三百五十人の日本人成人男子が刑務所に抑留され、この中には福島県出身者も数多く含まれていた。私は実際にキューバに渡航して家族から話を聞いたが、それは汗と涙がしみついたキューバにおける開拓の苦労を象徴する大きな出来事でもあった。

ハワイには戦前、夢を求めてたくさんの福島県人が渡った。しかし戦争が始まると、日系移民には米国民としての義務を尽くすか否かの選択が強いられた。日系人で結成された部隊は欧州に送られ、多くの戦傷者を出した。両親が福島県人だった兵士も亡くなり、戦死から六年後に遺体が見つかった。私はハワイでこの兵士の関係者に会い、彼の素顔を文字にした。アメリカの強制収容所を転々とさせられた日系二世からも収容生活を聞き取り、文章にした。

こうした中で、追い切れずに書き残したことがあった。それは戦時体制の中で軍需工場に動員され、風船爆弾製造に関わった女学生たちのことだった。もう一つは女学校が軍服の縫製工場に指定され、そこで作業をした生徒たちについてだった。

東北地方において、和紙を材料とした原紙を貼り合わせて風船爆弾の球体を造り、膨らませて完成試験を行ったのは郡山市の電機工場だけだった。また、打ち上げ基地も勿来だけに置かれるなど、福島県と風船爆弾は深い関わりを持っていた。

本書第二話では証言や資料により、埋もれていた風船爆弾球体の具体的なつくり方や打ち上げの実態を表に出すことができた。さらに、軍部により情報が操作された日本と比べ、アメリカでは「ユタ日報」という邦字紙に風船爆弾ついての記事がたびたび報じられていたことが分かった。

第三話で扱った「学校工場」での縫製は、被服廠の主導で東北、新潟の女学校でも盛んに行われていた実態が初めて把握できた。会津高女では終戦間近になって、二つの国民学校に縫製作業の現場を疎開させたが、その様子も証言により明らかになった。相馬高女では、海が近い立地環境から米艦載機による空襲の脅威を間近に感じながら作業を行っていたという証言が相次いだ。被服廠という陸軍の組織はあまり馴染がないが、学校や工場に対し積極的な活動を行っていた実態にも迫ることができた。

第一話を書くことになった端著は、疎開を調べていて外務省文書の中に石川町出身の外交官だった佐藤武五郎の名を見つけたことだった。そこから彼の足跡をたどり、赴任先のニューオリンズ領事館で起きた開戦直後の混乱を綴った日記の存在を知った。

しかも、ワシントンの日本大使館以外での在米公館における出来事は日米開戦にまつわる稀有な記録であり、日米交渉で飛び交った暗号電の存在とともに外交の裏面史を知らされることになった。外交関係を閉ざされた国から戻った外交官の仕事を知る機会はほとんどないが、その意味で佐藤が縁者の協力で外交文書や図書疎開に尽力していたことが分かったことは興味深い。

外務省は空襲で被災し重要記録も失われたが、佐藤らが疎開させた文書などは焼失を免れた。一方で、佐藤は家族が疎開中、東京空襲時に火傷を負っていたことも明らかになったが、それは絶望的な本土決戦が近づくにつれ、国民に等しく課せられた様々な犠牲が積み重なっていく有様を知らされることになった。

佐藤がハワイ領事のころは、福島県人をはじめ多くの移民らと喜びも悲しみも分かち合い、長い外交官生活の中でも思い出深い四年間を過ごしたことは疑いようがない。戦後発刊された福島県からのハワイ移民に関する資料集のいずれにも、佐藤が巻頭言を寄せていることもその証といえる。

第四話では、戦争でジャングルに追い詰められたフィリピン移民家族の筆舌に尽くしがたい逃亡生活を証言や記録を元に再現することができた。身内を亡くした親や子にとって、これほどの悲劇はないのだが、自戒を込めて告白すれば、私は証言を聞くまで、フィリピンのジャングルで何があったのかを詳しく知らなかった。文中では、亡くなられた方々の名前や命日を「生きた証」として、できるだけ入れさせてもらった。

テニアンやサイパン、沖縄、満州、そして広島、長崎でも起きたように、戦争は多くの市民の命を奪ったことを決して忘れてはならないし、私の後に続く人たちが引き続き記録として残してくれることを望みたい。

引き揚げ者の多くは、古里に戻っても苦労を重ねた。受け入れ家族も困窮しており、世話をする余裕がなかったためだった。中には、口を堅く閉ざしたままの引き揚げ者もいた。その体験を察すれば無理からぬことだと思う。ただ、資料の有無を問い合わせてもなしのつぶてだった国内外の機関や団体があり、戦争が残した傷跡の深さを知る思いがした。

第五話は、一つの手記から明かになった手紙にまつわる出来事をまとめてみた。ここには偶然が結びついた思わぬ展開があったのだが、私の父も少しだけ顔をのぞかせた不思議な縁にも驚かされた。

第五話は日本の復興の礎となった沈船の逸話で締めくくることができた。私の健康上の理由もあり、出版までに約三年を費やしたが、皆様のご協力に改めて感謝を申し上げたい。特に、貴重な体験を話してくれた方々はいずれもご高齢であり、本書の完成を前に鬼籍に入られた方もおられた。出版の遅れをこの場をお借りしてお詫び申し上げたい。

私はこれまで戦争をテーマに取り上げてきたので、昨日の友が敵になり、友情が憎しみ変わる戦争の姿が手に取るように分かるつもりだ。

近代戦でもその基本的な構図は変わらないのだが、破壊力が格段に増した殺人兵器が使用されていることはロシアがウクライナに進攻した戦いをみれば明らかである。さらに強力な核兵器などが使われれば、瞬時にして国は亡びてしまうだろう。

だからこそわだかまりをつくらず、昨日の友は今日も友として大切にしなければならない。それが戦争による犠牲者、戦争を生きた人たちの尊い教えであると私は固く信じている。

【主な参考・引用資料】

◇第一話関係

「父の日記　母の日記」（熊倉純子編集　木村綏子挿絵　私版　２００４）

「洋上日記」（佐藤ユキ著　熊倉純子編集　私版　２００５）

「学校法人石川高等学校１００年史」（石川高等学校　１９９２）

「経済と外交　（５２３）」（経済外交研究会　１９６７）

「外務省の百年下巻」（外務省百年史編纂委員会編　原書房　１９６９）

「米国抑留記」（伊藤憲三編　鹿島研究所出版会　１９７１）

「東の風、雨」（吉川猛夫著　講談社　１９６３）

「暗号戦争」（デーヴィッド・カーン著　秦郁彦・関野英夫訳　早川書房　１９６９）

「PEARL HARBOR INTERCEPTED DIPLOMATIC MESSAGES SENT BY THE JAPANESE GOVERNMENT BETWEEN　JULY 1 AND DECEMBER 8 ,1941」（米国立公文書館蔵米国戦略爆撃調査団文書＝ＵＳＳＢＳ、国立国会図書館デジタルコレクション）

「開戦神話」（井口武夫著　中央公論新社　２００８）

「公文書に見る日米交渉」（外務省外交史料館）

「日本外交文書デジタルコレクション　日米交渉―１９４１年―下巻　付録　駐米任務報告（野村大使）」

（外務省外交史料館）
「米國に使して」（野村吉三郎　岩波書店　１９４６）
「日、米外交関係雑纂／太平洋ノ平和並東亜問題ニ関スル日米交渉関係（近衛首相「メッセージ」ヲ含ム第四～六巻）（外務省外交史料館所蔵、アジア歴史史料センターデジタルアーカイブ＝ＪＡＣＡＲ）
「日、米外交関係雑纂／太平洋ノ平和並東亜問題ニ関スル日米交渉関係（近衛首相「メッセージ」ヲ含ム）／「特殊情報」綴」（外務省外交史料館所蔵、ＪＡＣＡＲ）
「連合軍による文書、図書の査閲接収並び返還関係雑件　外務省関係（第1巻）」（外務省外交史料館）
「ＮＨＫ戦時海外放送」（海外放送研究グループ編纂　原書房　１９８２）
「昭和17．４．11　交通課　海外放送周波数の件」（防衛研究所蔵、ＪＡＣＡＲ）
「内務省警保局編　外事警察概況　昭和16．17年　復刻版」（１９８０年　龍渓書舎）
「大東亜戦争関係一件／交戦国外交官其他ノ交換関係／日米交換船関係　第一巻」（外務省外交料館、ＪＡＣＡＲ）
「文書及図書類疎開関係雑纂」（外務省外交史料館、ＪＡＣＡＲ）
「第二次世界大戦関係雑件真珠湾攻撃事件」（外務省外交史料館）
「Honolulu Star Bulletin」（１９４１年12月16日）
「福島民報」（１９４２年８月21日、１９５７年９月１日）
「朝日新聞」（１９４２年７月30日、１９４５年11月９日）

「読売新聞」（2008年12月22日）
「日本経済新聞」（2012年12月8日）
「太陽にかける橋」（グエン・テラサキ著、新田満里子訳　小山書店新社　1958）
「大蔵省百年史下巻」（百年史編集室編　大蔵財務協会　1969）
「満鉄資料の接収」（大内直之著　現代の図書館第24巻第2号　日本図書協会　1986）
「外務省文書及び図書の疎開・焼却・接収・返還」（石本理彩著「レコード・マネジメントNo.81」2021）
「在米加総領事館・領事館管内概況」（外務省欧米局　1956）
「東日本における明治期出移民の実態」（吉田恵子著「移住研究第29号」国際協力事業団編1992」）
「開戦神話」（井口武夫著　中央公論新社　2008）
「近代日本の外交史料を読む」（熊本史雄著　ミネルヴァ書房　2020）
「知られざる福島移民」（紺野滋著　歴史春秋社　2020）
「移民」（中国新聞『移民』取材班　1992）
「布哇報知」（1957年1月17日）

◇第二話関係

「写真記録・風船爆弾」（林えいだい　あらき書店　1985）
「風船爆弾」（吉野興一著　朝日新聞社　2000）

「風船爆弾秘話」（櫻井誠子著　光人社　２００７）
「風船爆弾大作戦」（足達左京著　學藝書林　１９７５）
「風船爆弾（Ⅰ）～（Ⅲ）」（高田貞治著「自然」　中央公論社　１９５１）
「風船爆弾と静岡」（静岡平和資料館をつくる会　２００７）
「日本の風船爆弾」（W．H．ウィルバー著　「リーダーズダイジェスト5（9）」　日本リーダーズダイジェスト社　１９５０）
「明治百年福島県教育回顧録」（福島県公立学校退職校長会　１９６９）
「吉川家百年のあゆみ」（三浦康編著　吉川花子発行　１９８２）
「ふくしまの和紙」（安斎保夫・安斎宗司著　歴史春秋社　１９７９）
「福島の学徒勤労動員の全て」（福島の学徒勤労動員を記録する会　２０１０）
「福島民報」（１９４４年３月３日夕刊、１９４４年６月15日、１９４５年２月18日、１９４５年６月２日、１９４６年１月17日）
「福島民友」（１９４４年７月５日、１９９４年７月５日）
「東奥日報」（１９４５年２月19日）
「秋田魁新報」（１９４５年２月19日）
「朝日新聞」（１９４４年12月８日、１９４５年１月14日、１９４５年２月18日、１９４５年10月３日）
「岩手日報」（１９４５年２月18日）

「読売報知」（1945年2月18日）
「読売新聞」「1947年7月21日）
「毎日新聞」（1945年2月18日）
「夕刊いわき民報」（1965年7月27日）
「気象月報原簿」（小名浜測候所　1944年11月）
「気象百年史」（気象庁　1975年）
「お天気日本史」（荒川秀俊著　河出書房新社　1988）
「風船爆弾の氣象學的原理」（荒川秀俊著「地學雑誌第682号　第60巻第4号」東京地学協会　1951）
「気象と科学」（増田善信著　草友出版　1984）
「風船爆弾の思い出」（肥田木安著「水利科学第22巻第2号　No.121」日本治山治水協会　1978）
「戦争と勿来第一～第四集」（サークル「平和を語る集い」発行　1985～1989）
「フ号作戦と勿来」（いわき市勿来関文学歴史館　2004）
「秘められた抑留所」（紺野　滋著　歴史春秋社　1991）
「日本の細道」（ローズ・コーション著　コングレガシオン・ド・ノートルダム修道会　2011）
「追われた人々」（紺野　滋著　2013　私版）
「米英軍記録が語る福島空襲」（紺野　滋著　歴史春秋社　2016）
「アメリカを震撼させた風船爆弾」（島崎直彦著「仙台郷土研究復刊二九巻第二号」仙台郷土研究会

２００４）
「いわき市勿来地区地域史２」（いわき市勿来地区地域史編さん委員会編　２０１３）
「吉井田小学校百年の歩み」（創立百周年記念誌編集委員会編　１９７４）
「前橋女子高六十年史下巻」（六十年史編集委員会編　１９８０）
「女学生の太平洋戦争」（関幸子・遠藤岬編　信濃毎日新聞社　１９９４）
「川俣町史第1巻　通史編」（川俣町　１９８２）
「喜多方市史第8巻」（喜多方市　１９９１）
「須賀川市史現代２」（須賀川市　１９７２）
「工芸農作物市町村別累計統計表」（福島農林統計協会　１９９７）
「福島民報百年史」（福島民報社　１９９２年）
「ふくしま戦争と人間７」（福島民友新聞社　１９８２）
「呉羽化学五十年史」（日本経営史研究所編　呉羽化学工業　１９９５）
「三菱電機社史　創立60周年」（社史編纂室編　三菱電機　１９８２）
「見聞録　郡山製作所創立50周年記念誌」（記念誌編纂委員会編　三菱電機郡山製作所　１９９３）
「風船爆弾を作った日々」（愛知県立川之江高等女学校三十三回生の会著　鳥影社　２００７）
「日本空襲記」（一色次郎著　文和書房　１９７２）

「父の詫び状」（向田邦子著　文藝春秋　１９７８）
「災害教訓の継承に関する専門調査会報告書　１９４４東南海地震・１９４５三河地震」（内閣府防災情報のページ　２００７）
「内務省新聞検閲係　昭和十九年自十一月至十二月・勤務日誌」（国立公文書館蔵、ＪＡＣＡＲ）
「心のふるさと中村高女」（馬城会相馬支部編　１９９１）
「壇陵」（本宮高等学校創立七十年記念誌編集委員会編　１９８４）
「創立七十周年記念誌」（安達高等学校記念誌編集委員会編　１９９３）
「郡商創立八十周年記念誌」（記念誌編集委員会編　２００１）
「紫匂ふ」（郡山女子高等学校創立六十周年記念実行委員会編　１９８２）
「喜多方高等学校七十年史」（七十年史編集委員会編　１９８８）
「二女高百年史」（宮城県第二女子高等学校編　２００５）
「学校から授業が消えた」（加藤昭雄著　ツーワンライフ　２０１３）
「決戦下の山形県教育史」（佐藤源治著　決戦下の山形県教育史出版協賛会　１９７７）
「Special report on balloon bombs and landing craft.」（米国立公文書館蔵米国戦略爆撃調査団文書＝ＵＳＳＢＳ、国立国会図書館デジタルアーカイブス）
「Japanese free balloons and related incidents 30 May 1945」（米国立公文書館蔵ＵＳＳＢＳ、国立国会図書館デジタルアーカイブス）

「May 1945, TECHNICAL AIR INTELLIGENCE CENTER REPORT No.41」（米国立公文書館蔵ＵＳＳＢＳ、国立国会図書館デジタルアーカイブス）
「History of the Western Defence Command, 17 March 1941-30 September 1945. Voleme 5, Appendix 6a. A study of Japanese Free Balloons and Related Incidents. Study No.1」（国立国会図書館蔵）
「FU-GO」（ROSS COEN 著 University of Nebraska Pr4ess 2014）
「Japan's World War Ⅱ Balloon Bomb Attacks on North America」（Robert C.Mikesh 著 SMITHSONIAN INSTITUTION PRESS 1973）
「LOST AT SEA Found at Fukushima」（ANDY MILLAR 著 BIG SKY PUBLISHING 2012）
「勿来発射基地跡空中写真」（米軍１９４６年７月24日撮影 国土地理院空中写真閲覧サービス）
「大津発射基地跡空中写真」（米軍１９４６年10月10日撮影 国土地理院空中写真閲覧サービス）
「一宮発射基地跡空中写真」（米軍１９５２年10月29日撮影 国土地理院空中写真閲覧サービス）
「おばあちゃんのユタ日報」（上坂冬子著　文藝春秋　１９８５）
「ユタ日報」（１９４２年８月26日、１９４４年12月８日、１９４４年12月20日、１９４５年５月23日、１９４５年６月１日、１９４５年６月６日＝松本市中央図書館蔵）
「カナダにかけた青春」（中村長助伝編纂委員会編・発行　１９８１）
「復連報綴（１）、（２）」（防衛研究所蔵、ＪＡＣＡＲ）

◇第三話関係

「福島の学徒勤労動員の全て」（福島の学徒勤労動員を記録する会　２０１０）
「原町戦没航空兵の記録」（原町飛行場関係戦没者慰霊顕彰会編　白帝社　１９９８）
「特別企画展　第六十四振武隊　特攻隊員の家族への愛」（万世特攻平和祈念館　２０２２）
「原町市史第十一巻特別編Ⅳ」（南相馬市　２００８）
「原町市史第六巻資料編Ⅳ」（南相馬市　２０１２）
「原町市史近代資料編」（南相馬市　２０１２）
「須賀川市史現代2」（須賀川市　１９７２）
「喜多方市史第8巻」（喜多方市　１９９１）
「新潟日報」（１９４４年9月10日）
「東京陸軍被服本廠・朝霞作業所（東京陸軍被服支廠）の疎開について」（中村哲著「文化財研究紀要第21集」
東京都北区教育委員会生涯学習推進課　２００８）
「創立五十周年記念誌」（会津女子高等学校編　１９５８）
「戦中・戦後の会女時代第一集、第二集」（戦中戦後の学生時代回想編集委員会　１９８３、１９８５）
「会津女子高等学校創立八十周年記念誌」（記念誌編集委員会編　１９８８）
「松操の名のもとに」（葵高等学校創立百周年記念事業実行委員会編　２００８）
「創立五十周年記念誌」（相馬女子高等学校　１９５８）
「相女七十年」（相馬女子高等学校編　１９７８）

「相女八十年誌」（記念誌編集委員会編　１９８７）
「須賀川高等学校八十年史」（八十年史編纂委員会編　１９８７）
「敷島の海いまなお藍く」（福島高等女学校第四十三回卒業　藍の会編　１９８６）
「一女高百年史」（宮城県第一女子高等学校百周年史編纂部編　１９９７）
「二女高百年史」（宮城県第二女子高等学校編　２００５）
「八十周年記念誌」（弘前中央高等学校校史編纂委員会編　１９８０）
「百年史」（弘前中央高等学校記念誌編纂委員会編　２００１）
「青森高校百年史」（百年史編纂委員会編　２００３）
「叡智の鏡」（新潟中央高等学校編　２０００）
「花南六十周年史」（花巻南高等学校編　１９７１）
「白梅百年史」（盛岡第二高等学校記念誌編集委員会編　１９９８）
「谷間に揺れた梶の葉たち」（長野高女四十八回生「思い出の記」刊行会　１９９０）
「愛国婦人会宮城県支部四十年史」（愛国婦人会宮城県支部　１９４２）
「岩手県農業史」（岩手県　１９７９）
「東奥年鑑昭和十一年版」（東奥日報社　１９３６）
「仙台駅百年史」（ＪＲ東日本仙台駅　１９８７）
「押収ミシン還送に関する件」（防衛研究所蔵、ＪＡＣＡＲ）

「押収処理に関する件」（防衛研究所蔵、ＪＡＣＡＲ）
「被服廠の終焉」（秋田銀一著「陸軍経理部よもやま話　続編　若松会編　１９８６」）
「福島民報」（１９４４年4月12日、１９４５年8月15日）
「押収物質に関する報告綴」（防衛研究所蔵、ＪＡＣＡＲ）
「Miyagi, Fukushima and Iwate Prefectures Report No. 1」（ＵＳＳＢＳ、国立国会図書館デジタルコレクション）

◇第四話関係

「死者のほとんどは餓死だった」（衣山武秀編著「神様は海の向こうにいた」２００６）
「どこまで行っても上り坂」（衣山武秀著　２０１６）
「第20回　平和のための戦争展・喜多方」（「平和のための戦争展・喜多方」実行委員会２０１４）
「第25回　平和のための戦争展・喜多方」（「平和のための戦争展・喜多方」実行委員会２０１９）
「こどもの太平洋戦争」（紺野彰著　２０１６）
「歌集　ダバオ・タモガンの地獄」（紺野彰著　２０１６）
「異国のふるさと　ダバオ」（田中義夫著　２００２）
「ＢＣ級戦犯フィリピン裁判資料」（茶園義男編著　不二出版　１９８７）

◇第五話関係

「私の人生九十六年」（蛭田サダ　私版　２０２０）

「海外各地在留本邦内地人職業別人口表」（外務省　1939）
「復員輸送資料其1（4）」（防衛研究所蔵、JACAR）
「南東方面艦隊現状報告（帰還者報告綴）」（防衛研究所蔵、JACAR）
「南東方面艦隊現状報告（帰還者報告綴）(2)」（防衛研究所蔵、JACAR）
「大東亜戦争指定船舶行動表（1）」（防衛研究所蔵、JACAR）
「帝国病院船ニ対スル不法攻撃事件第二巻」（外交史料館蔵、JACAR）
「氷川丸」（日本郵船歴史博物館　2011）
「氷川丸物語」（高橋茂著　かまくら春秋社　1978）
「援護局史（宇品引揚援護局大竹出張所）海外引揚関係史料集成（国内篇）第7巻」（加藤聖文監修・編集　ゆまに書房　2002）
「名古屋引揚援護局史　海外引揚関係史料集成（補遺篇）補遺第1巻」（加藤聖文監修・編集　ゆまに書房　2002）
「南海の思い出」（杉野金男　1998）
「南十字星の下で」（半谷一実著　1983）
「小名浜港工事事務所50年の歩み」（運輸省第二港湾建設局小名浜港工事事務所　1979）
「小名浜港ケーソンヤード史」（運輸省第二港湾建設局小名浜港工事事務所　1983）
「開港までの礎」（運輸省第二港湾建設局小名浜港工事事務所　1996）

「八戸港沈船防波堤の出来上がる迄（Ⅰ）」（小松雅彦著「土木学会誌第三十四巻第一号」１９４９）
「八戸港沈船防波堤の出来上がる迄（Ⅱ）」（小松雅彦著「土木学会誌第三十五巻第二号」１９５０）
小名浜港の空撮写真（１９５２年10月21日米軍撮影　国土地理院空中写真閲覧サービス）
八戸港の空撮写真（１９６１年４月28日米軍撮影　国土地理院空中写真閲覧サービス）
「新編　八戸市史　近現代資料編都市計画」（八戸市　２０１１）
「戦時輸送船団史」（駒宮真七郎著　出版協同社　１９８７）
「創業百年史」（大阪商船三井船舶発行　１９８５）

■著者紹介

紺 野　　滋（こんの　しげる）

元新聞記者
福島県桑折町在住
パプアニューギニア、硫黄島で戦地取材
キューバ、ハワイで移民取材

著書
「福島にあった秘められた抑留所」（1991年）
「米英軍記録が語る福島空襲」（2017年、第40回福島民報出版文化賞奨励賞、第20回日本自費出版文化賞入選）
「知られざる福島移民　キューバ、ハワイ、ペルー、カナダ」（2021年、第44回福島民報出版文化賞奨励賞、第24回日本自費出版文化賞入選）

■表紙

みみながうさぎ

喜多方市生まれ。個人でイラスト制作、HP制作を行う。2021年に『ふくしまからのメッセージ』（第一印刷）にイラストを製作。また、福島県、主に会津地方観光ガイド『会津おもてなし企画』を運営。

戦争が遺した五つの物語
愛しき父よ 母よ 友よ

発　行　令和５年８月10日

著　者　紺 野　　滋
発行者　阿 部　隆 一

発行所　歴史春秋出版株式会社
〒965-0842
福島県会津若松市門田町中野大道東8-1
TEL　0242-26-6567
FAX　0242-27-8110

印　刷　北日本印刷株式会社
